二見文庫

その夢からさめても

トレイシー・アン・ウォレン／久野郁子＝訳

Tempted By His Kiss
by
Tracy Anne Warren

その夢からさめても

登　場　人　物　紹　介

マーガレット(メグ)・アンバリー	イギリス海軍大将の娘
ケイド・バイロン	イギリス軍の元偵察将校。公爵家の次男
エイミー	メグのメイド
ルドゲイト	郷士の老人
エドワード	ケイドの兄。クライボーン公爵
ジャック	ケイドの弟。ジョン卿
ドレーク	ケイドの弟。数学者
マロリー	ケイドの妹
エズメ	ケイドの末の妹
クライボーン公爵未亡人(アヴァ)	ケイドの母
マックケイブ大尉	海軍将校
アダム・グレシャム	ジャックの友人。プレイボーイ
ニアル・フェイバーシャム	ジャックの友人
カリダ	ケイドの元婚約者
エヴェレット卿	貴族

1

ノーサンバーランド、一八〇九年二月

ケイド・バイロンはウイスキーをあおると、アームチェアの隣りのサイドテーブルに置かれたボトルをつかんだ。お代わりをグラスになみなみと注《つ》ぎ、一杯目と同じようにひと息に飲み干した。舌とのどがかっと焼けるように熱くなる。首を後ろに倒して目を閉じ、全身に酔いがまわるのを待った。運がよければ、これで脚の痛みをごまかせるかもしれない。

ちくしょう、今日はいつにもまして痛みがひどい。胸のうちで悪態をつき、なかなか癒《い》えない右の太ももの傷から意識をそらそうとした。雨が降ると決まってこいつがうずく。もっとも今日は、この凍えるような冷気のせいだろう。外は雪が降っている。

やぶ医者に処方されたアヘンチンキを飲むこともできるが、とてもあんなものに頼る気にはなれない。あれを飲むと、自分が自分でなくなった気がする。意識がもうろうとし、奇妙で支離滅裂な夢の中にいるように、まわりの世界がぐるぐるとまわりはじめる。頭に霧がか

かったようになり、全身から力が抜けてしまう。もちろん長い目で見れば、強い酒を飲みつづけることも、アヘンチンキと同じくらい体には毒なのだろう。それでも、酒なら自分が誰だかわからなくなることはないし、なにより自分を制御《せいぎょ》できなくなることもない。

自分で自分を抑制できないというのがどういうことであるかを、ケイドはよく知っていた。それは自由意志を奪われて恐怖におののきながら、地獄の苦しみから逃れたい一心で、いまにも敵の足もとにすがりつき、破ってはならない神聖な誓いを破りそうになってしまうことだ。

ケイドは胃がねじれる感覚に襲われた。いまわしい記憶がよみがえり、かすかに吐き気がこみあげてきた。無理やり記憶をふりはらい、震える手でウイスキーをグラスにあふれるほど注いで一気にあおった。体が温まり、だんだん気持ちが落ち着いてきた。それがアルコールのもたらす一時的な効果にすぎないことはわかっていたが、ケイドはその恩恵に感謝した。あとはただ、静かな生活が欲しい。

ケイドが望むことはそれだけだった。誰にも邪魔をされず、ひっそりと静かに暮らすこと。先週、兄のエドワードが訪ねてきて、この流刑《るけい》の地のような場所を離れ、両手を広げて待っている家族——愛情あふれるバイロン一家——のもとに帰ろうと言ったとき、ケイドは自分の意思をはっきり告げて断わった。

「いつまでも冬眠中のクマのように、ここに閉じこもっていてもしかたがないだろう」エドワードは書斎の中を行ったり来たりしながら言った。「もう半年になるんだぞ。そろそろ社会復帰しようとは思わないのか」

「ぼくひとりがいなくても、社会はなんの問題もなく動いているように思うが」

エドワードは褐色の眉をひそめた。「母さんが心配している。お前は手紙の返事も書いていないそうじゃないか」

ケイドは手で髪をすいた。「手紙なら読んださ。ありがたく読ませてもらったと母さんに伝えてくれ。それから、愛しているとも伝えてほしい。いまのぼくに言えることはそれだけだ」

「いいか、お前がポルトガルでどんな経験をしたかはわかっている——」

「へえ、そうかい」ケイドはぶっきらぼうに言った。

エドワードは視線を落とした。「ああ、そのつもりだ。だからこそ、いままでこうやってお前の好きにさせてきたんじゃないか。お前には心と体の傷を癒《いや》す時間が必要だと思ったからだ。それなのに、お前は悲しみにひたるばかりで、まったく立ちなおろうとしていない。なんてざまだ、ケイド。ぼくとブラエボーンに帰ろう。みんなと一緒に暮らしたほうがいい。家に戻るんだ」

ケイドはほんの一瞬迷ったのち言った。「ぼくの家はここだ。この土地はぼくに相続させると、ジョージ伯父の遺言書に書いてあっただろう。さあ、話が終わったなら、冷めないうちに夕食を食べないか」

ケイドもわかっていたとおり、エドワードはその時点ではまだあきらめていなかった。だがそれから三日間説得を重ねても、弟の気持ちを変えることはできなかった。エドワードはついに引きさがり、馬車に乗って帰っていった。

というより、自分が追いだしたと言ったほうがいいだろう。ケイドはそのときのことをふりかえって思った。兄をこの屋敷から、そして自分の人生から締めだした。

あれでよかったのだ。自分は孤独を求めている。このままひとりでひっそりと暮らしたい。

ケイドはまたもやボトルをつかむと、残ったウイスキーをとくとくとグラスに注いで口もとに運んだ。

そのとき書斎のドアが開き、綿毛のような白髪頭をした小柄な老人がはいってきた。ケイドは老人をちらりと見ると、椅子の背もたれに頭をあずけて目を閉じた。

「ハービーは薪《まき》を足しておいてくれたかな、ビークス。それから新しいスコッチを一本持ってきてもらえないか。このボトルはもう空だから捨ててくれ」

「わかりました、だんな様。そうそう、お客さんが来てますよ」ビークスはそれだけ言い残し、音もなく部屋を出ていった。

ケイドは眉根を寄せた。ビークスはなんと言ったんだ？　客が来たとかどうとか言っていたような気がするが。もし愚かにもここを訪ねてきた人間がいるのなら、即座に帰ってもらうまでだ。ケイドはウイスキーのボトルに手を伸ばしかけたが、中身がはいっていないことを思いだして小声で悪態をついた。

ドアのほうからかすかな衣擦《きぬず》れの音が聞こえてきた。ふりかえると、全体が淡い色に包まれた女性がそこにいた。とまどったような顔で入口のところに佇《たたず》んでいる。暖炉の炎の弱い光を受け、きれいな顔の輪郭とほっそりした体形が浮かびあがった。月光のような淡い金色の髪をし、銀色の輝きを帯びた青い瞳は霧に包まれた湖を思わせる。唇は咲いたばかりの赤いバラのようだ。肌は白く透きとおり、頬も唇と同じばら色に染まっている。

ケイドは一瞬、酒を飲みすぎたせいで幻を見ているのだろうかと思った。女性はこの世のものとは思えないほど美しく、生身の人間ではなく妖精《ようせい》のようだった。だがそのとき女性が二、三歩足を前に踏みだし、シンプルな茶色のハーフブーツのつま先から雪の塊が滑り落ちたのを見て、彼女が生きた人間であることがわかった。

ケイドはグラスを強く握りしめた。「何者だ」


メグ・アンバリーはウールのマントの前を合わせ、その場から逃げだしたい気持ちと闘った。自分が招かれざる客であることはわかっていた。

「だんな様は誰にも会わないよ」ここに着いたとき、玄関ドアを開けた年配の使用人にそう言われたのだ。「さあ、帰った」

だが雪が激しく降り積もり、ほとんど視界がきかない状況で、どうして帰ることなどできただろう。さっきここから半マイルも離れていないところで、四輪馬車があやうく道路から横滑りしそうになった。どこか避難できる場所がないかと探していたところ、幸か不幸か、この屋敷《マナーハウス》にたどりついた。

なんとか建物の中にはいることはできたので、あとはここの主人から滞在の許可をもらうだけだ。ところが運の悪いことに、彼はこの猛吹雪と同じくらい厄介で手ごわい相手らしい。だがメグは十九年の人生の中で、これよりもっと大変な状況を切り抜けてきた。今回も逃げずにこの人にぶつかってみよう。顔がちゃんと見えれば、話もしやすいのだけれど。

部屋のほとんどが闇《やみ》に包まれていることに、メグはとまどいを覚えた。厚い雪雲のせいで午後の太陽は完全に隠れている。暖炉で燃えている火もメグを照らすばかりで、男性のいる場所には当たっていない。かろうじて見て取れることといえば、彼が背が高く、がっしりした体形をしているということぐらいだ。それと足もとには履きこんだ上質そうなブーツが見える。きっとそれを履いている脚も、形がよくてすらりとしているにちがいない。

ひとつ深呼吸をすると、土臭いような革のにおいや薪が燃えるにおい、甘くきりりとしたコロンの香りが鼻をくすぐった。そしてそこにはもうひとつ、別のにおいも交じっていた――アルコールだ。

「それで？」ケイドは耳障りな低い声で言った。

メグはぎくりとした。紳士なら立ちあがって女性に挨拶《あいさつ》するのが筋だろう。でもどれほど立派な肩書きを持っているかは知らないが、いまのこの人はとても紳士には見えない。

「名前ぐらいあるだろう。それともきみは口がきけないのか」

メグはあごを上げた。「名前ならあるし、口もきけるわ。ちゃんと話せるのよ」

「そうか。だったらこちらの質問に答えてくれ。名前は？」

メグは顔をしかめ、手袋をはめた手を握りあわせた。「メグ……その……ミス・マーガレット・アンバリー」

「なるほど、メグ……その……ミス・マーガレット・アンバリー、いったいなんの用でここに押しかけてきたんだ」

その失礼な物言いにメグは体をこわばらせたが、怒りをこらえて言った。「雪をしのげる場所を探しているの。この悪路じゃとても旅を続けることはできないから、わたしと……あの……いとこを泊めてもらえないかと思って」

「いとこ？　どこにも姿が見えないが」

「その……彼女は……恥ずかしがりやなの。居間で待ってるわ」

本当のことを言うと、〝彼女〟の正体はいとこではなくメイドだった。だが旅をしているうちに、身の安全と上流階級の作法を守るため、身分の高い女性の付き添いがいるふりをしたほうがいいと考えるようになった。そうすることにしてやはり正解だったと、メグはふと思った。

暖炉で薪がはじけて小さな音をたてた。「ここは個人の屋敷だ」ケイドはそっけなく言った。「避難所ではない」

相手がそれ以上なにも言おうとしないのを見て、メグは話が打ちきられたことを悟った。少なくとも彼は、もうこれ以上なにも話すことはないと思っているらしい。メグは愕然《がくぜん》とした。「まさかこの天気の中、わたしたちを追い返すつもりじゃないでしょう？」

「ここから五マイルばかり離れたところに宿屋がある。そこに行ってみるといいだろう。それにしても、ビークスのやつはまだスコッチを持ってこないのか」

メグは胃がぎゅっと縮むのを感じ、不安に駆られて言った。「お願い、閣下、考えなおしてちょうだい。吹雪はどんどんひどくなる一方だわ。あなたに少しでも良心があるなら、わたしたちを追いだしたりできないはずよ！」

「良心というものに過度な期待をかけないほうがいい。特に楽しみの邪魔をされたとき、人は良心などあっさりと捨ててしまう」

メグはよく見えない相手の顔にじっと目を凝らし、せめて暗いところから出てきてくれたらいいのにと思った。「ひと晩だけでも泊めてもらえないかしら。メイ――いえ、いとこもわたしも、絶対にあなたの邪魔はしないと約束するわ」

「きみたちはとっくにぼくの邪魔をしている」

「でも――」

「話は終わりだ。さあ、いますぐここを出ていき、ぼくをひとりにしてくれないか」

あまりに冷たいその言葉に、メグの体が凍りついた。「この雪の中を出ていけというの？　わたしたちに死ねと言っているのも同じだわ」

ケイドはふんと鼻を鳴らした。「この程度の雪で凍死するとは思えないが。どれくらい積もってるんだい？　一インチ、それとも二インチかな」

「いいえ、閣下。軽く半フィートは積もってるし、こうしているあいだにもどんどん降っているのよ」

「半フィートだと！　そんなばかな。さっき外を見たときは、白いものがちらほら舞っているだけだった」

メグはあきれ顔になった。「あなたが最後に外を見たのは、ずいぶん前のことなのね」

ケイドはなにかをぶつぶつつぶやきながら身を前に乗りだし、椅子からゆっくりと立ちあがった。暖炉の炎がその姿を照らしたとき、メグははっとし、胸に手を強く押し当てた。心臓が早鐘のように打ちはじめた。

なんて背が高くて男らしい体をしているのだろう。身長はゆうに六フィートを超え、たくましい肩に厚い胸をしている。腕や脚には筋肉しかないようだ。それでも全体にげっそりとした印象は否めず、白いリネンのシャツと淡黄褐色のズボンがぶかぶかに見える。もしかすると最近、体重が急激に落ちたのではないだろうか。

肌は浅黒いが血色が悪く、あざやかな深緑色の目はうつろな光を宿していた。短い栗色《くりいろ》の髪は乱れ、秀でた額にゆるやかなウェーブがひと筋かかっている。意志の強さを感じさせる雄々しい顔だ。こけた頬にすっと通った鼻筋、がっしりしたあごの線。野性味と色気を感じさせる顔立ちに、唇が愛嬌《あいきょう》を添えている。

メグは彼の端正な容姿に思わず息を呑《の》み、呼吸が乱れるのを感じた。そして胸の鼓動をなだめているとき、ふとあるものが目にはいった。それは同情と困惑を同時に覚えさせるものだった。

タイを締めていないシャツの胸もとが開き、見落としようのない傷がそこからのぞいていた。首をぐるりと取り囲んだ不気味なひものような傷痕《きずあと》だ。端の部分はほとんど治っているようだが、全体にまだうっすらと赤みが残っている。

ケイドはしばらくメグの顔を見ていたが、やがて目をそらし、後ろを向いて部屋を横切った。足をひきずるようなぎこちないその歩きかたを見て、メグはまたもやぎょっとした。

ケイドは部屋の奥で立ち止まり、窓に顔を近づけると、霜で曇った窓ガラスをこすった。それでもよく見えなかったらしく、小声で悪態をついて錠をはずし、窓を勢いよく押しあげた。身を切るように冷たい風が一気に部屋に吹きこみ、窓の両脇《りょうわき》にかかった暗緑色のベルベットのカーテンをはためかせた。ケイドは窓から外に身を乗りだし、激しく降りしきる雪を顔や肩に受けた。

この人、どこかおかしいんじゃないかしら？　メグはマントの前を深く合わせた。彼はまるきり寒さを感じていないようだ。寒風を受けて薄いシャツの生地が震え、髪がぼさぼさに乱れている。ケイドは吹雪にもかまわず、一分近くそのままの姿勢を保っていた。そしてふいに一歩後ろに下がって上体を起こした。栗色の巻き毛に雪のかけらが光っている。

「きみの言ったとおりだ」苦々しい口調で言った。「何インチも積もっている。個人的にはこれくらいの雪なら旅を続けられると思うが、女性であれば怖気《おじけ》づくのも無理はない」

「まともな人間なら誰だって怖気づくに決まってるわ！」メグは思わず言い返した。そのとき強い風が部屋に吹きこみ、わずかに残っている暖気を奪おうとした。メグは震えながら小走りに窓に近づき、ケイドを押しのけるようにして窓を下ろして錠をかけた。顔を上げると、彼の口もとに笑みが浮かんでいるのが見えた。

「寒いのか」

メグはうなずいた。「あなただって寒いでしょう」

「ビークスがウイスキーを持ってきてくれれば、またすぐに温まる。いいだろう、きみたちがここに泊まることを認めよう」ケイドはしぶしぶ承諾した。

「ええ、助かるわ」メグはすぐ近くに立っている彼の存在をふいに強く意識し、小さな声で言った。髪の毛についた雪が溶けるのが見えるほどの近さだ。なぜか手を伸ばして雪をはらいたい衝動に駆られたが、それをこらえた。彼の髪に触れるところを想像しただけで、胸がどきどきしてきた。

ケイドは目をそらして不機嫌そうな声を出すと、椅子のところに戻った。「ビークスに頼んで部屋を用意してもらうといい。ただし、今夜は泊まってもいいが、吹雪がおさまったらすぐに出ていってくれ」

メグは身震いしたが、それが寒さのせいなのかどうか、自分でもよくわからなかった。

「あ――ありがとう、閣下。ご親切に感謝するわ」

ケイドはまたもや低くうなるような声を出したが、そこにはどこかあざけるような響きが交じっていた。椅子に腰を下ろし、低いスツールに脚を乗せると、背もたれに頭をあずけて目を閉じた。

話はこれで終わりということらしい。メグはきびすを返してドアに向かいかけたが、ふと足を止めてふりかえった。「閣下？」

返事はない。

「ごめんなさい、閣下。まだ自己紹介がすんでなかったでしょう。あなたはわたしの名前を知ってるけど、わたしはあなたの名前を知らないわ」

ケイドはしばらくしてまぶたを半分開けると、かまをかけるような目でちらりとメグを見た。「バイロン。ケイド・バイロンだ」

「お目にかかれて光栄です、バイロン卿《きょう》」

「バイロン卿じゃない。あのろくでなしの詩人と一緒にしないでくれ。バイロンというのは名字で、ぼくはケイド卿だ。さて、ほかに訊《き》きたいことは？」

「いいえ、いまのところは特にないわ……バイロン、ケイド・バイロン」メグは最初に名乗ったときにケイドにされたのとそっくり同じに、彼の名前をくり返してみせた。

ケイドはメグがやり返してきたことに気づいてグリーンの瞳をわずかに輝かせたが、口もとに笑みを浮かべることはなく、ふたたび目を閉じて椅子にもたれかかった。メグは部屋を出ていった。

2

　翌朝ケイドは、廊下から聞こえる女性の明るい話し声で目を覚ました。男所帯のこの屋敷で女性の声がするのは、週に二日、掃除と洗濯をしにふたりのメイドがやってくるときだけだ。だが彼女たちは基本的におとなしく、特にケイドの寝室の近くでは声をひそめている。それにしても、この吹雪の中をやってきたとは驚きだ。掃除や床磨きぐらい、別の日にしたところでどうということもないだろうに。

　ケイドはベッドの上で起きあがり、こめかみに走った鋭い痛みに思わずうめき声をあげた。昨夜の深酒のせいだ。痛みがいったん引くと、ガウンを羽織ってベッドを出た。裸足《はだし》のまま部屋を横切り、勢いよくドアを開けた。

　そして一瞬言葉に詰まった。そこにいたのはメイドではなく、昨日突然やってきたメグ・アンバリーと、名前は知らないがそのいとこという人物だった。いとことやらは茶色の目を大きく見開き、ケイドの頭のてっぺんから足の先まで視線を走らせると、口に手を当ててくすくす笑いはじめた。一方のメグ・アンバリーは、じっとケイドを見ている。頰をうっすらと赤く染めているが、目をそらすそぶりはない。

「おはようございます、閣下」メグはにっこり笑った。「お邪魔してしまったかしら」

ああ、そのとおりだ。ケイドは胸のうちで答えた。彼女と初めて会ったときから、こちらの生活はかき乱されている。知りあってまだ二十四時間もたっていないのに、すっかり調子が狂っている。

だが、そう思いながらもケイドは、メグの洗いたての肌のみずみずしさや、青い瞳の優美さに見とれずにはいられなかった。淡い金色の髪は後ろできれいにひとつにまとめてある。ほっそりした体を包んでいるウールのデイドレスは真っ黒だが、それでも彼女の美しさは損なわれていない。

かすかな花のような香りがケイドの鼻をくすぐった。メグに身を寄せ、その香りをもっと味わいたい衝動に駆られた。彼女の首筋に顔をうずめ、その肌にくちづけるところを想像する。きっと見た目のとおり、柔らかでみずみずしい感触がするにちがいない。下半身がかっと熱くなり、ケイドは自分がガウンの下になにも着ていないことをふと思いだした。

だめだ、なにを考えているのか。素性も知らず、こちらから招待したわけでもない若い娘を前に夢想にふけるとは。自分はいったいどうしたというのだろう。カリダが亡くなってまだ間もないというのに、ほかの女性のことを考えてしまうなど言語道断だ。燃えあがりそうになった欲望の炎が消え、ケイドは険しい顔をしてメグをじろりと見た――さあ、いますぐ目の前から去ってくれ！

「騒がしくしてしまってごめんなさい。そうそう、紹介させていただくわね。こちらがいとこのミス・エイミー・ジョーンズよ」

ケイドはエイミーをちらりと見てうなずいた。「ミス・ジョーンズ」

エイミーは笑いながら軽くお辞儀をしたが、なにも言わずもじもじしていた。

「これからふたりで朝食を食べに行くところなの」メグが陽気な声で言った。「でも朝食室の場所がよくわからなくて」

「ダイニングルームなら一階の奥にある。ここには朝食室はない」

「そう、じゃあダイニングルームに行かなくちゃ」メグはそこでいったん言葉を切り、ケイドのぼさぼさの髪と伸びはじめたひげに目を留めた。

ケイドはさらに顔をしかめてメグをにらんだ。

「閣下も身支度を整えて、ご一緒にいかが？」

「いや、結構だ」

メグは眉を上げ、ケイドのぶっきらぼうな返事になんと言おうか迷っているような顔をすると、軽く肩をすくめた。「わかったわ。じゃあおやすみなさい」

エイミーが目をきょろきょろさせ、またもや忍び笑いをした。ケイドはそれを無視し、メグの顔に視線を据えたまま言った。「食事を楽しんでくれ。それから、無事な旅を祈っている」

「無事な旅ですって？　まあ、やっぱり知らないのね」

「なんのことだ？」

「まだ雪が降っていることよ。外は一面、雪しか見えないわ。御者の話によると、道路はまったく通行できないらしいの。申し訳ないけれど、もう少しここに置いていただけないかしら」

ケイドはくるりと後ろを向き、窓際に行ってカーテンを開けた。「くそ、ちくしょう！」たしかに彼女の言ったとおり、外は一面真っ白で、雪が激しく降っている。

ケイドはメグが自分のいまの汚い言葉に愕然としているだろうと思いながら、ドアのところに戻った。もしかすると、ショックで倒れそうになっているかもしれない。上流階級のレディの中には、そういうおおげさな反応をする女性が少なからずいる。だがメグは、ケイドの悪態をまったく気にしていないようだった。それどころか、口もとにかすかな笑みさえ浮かんでいるように見える。

「どう、朝食を食べる気になった？」メグは無邪気な顔で言った。

口を開けばなにを言ってしまうか自分でもわからず、ケイドはのどの奥で低くうなった。

メグは優雅にお辞儀をし、エイミーにも同じことをするよう手ぶりで促した。エイミーもひざを曲げてお辞儀をしたが、上品さという点ではメグに遠くおよばなかった。「ではまたのちほど、閣下」メグが言った。「昼食のときにでもお会いしましょう」

「失礼する、ミス・アンバリー」

ケイドは部屋の中に戻り、ドアを静かに閉めた。ふたりの足音が遠ざかったのを確認してからガウンを脱ぎ、すっかり冷えきったシーツのあいだにもぐりこんだ。枕《まくら》をこぶしで叩《たた》き、招いてもいない客がやってきたことと、いまいましい吹雪が続いていることに小声で文句を言いながら、仰向《あおむ》けになって目を閉じた。そしてしばらくして眠りに落ちた。


「ほかになにか用はありますか？　なにもなかったら、いったん部屋に下がってもいいでしょうか。少しひとりで休みたいので」エイミーが言った。

居間の暖炉の前のアームチェアに座っていたメグは、刺繡《ししゅう》をしていた手を止めて顔を上げた。「ええ、もちろんよ、エイミー。どうぞ好きにして。でもさっき言ったことを、くれぐれも忘れないでちょうだいね」

エイミーは一瞬、とまどったように眉間《みけん》にしわを寄せた。「ああ、なるべく閣下に会わないようにして、ばったり出くわしても話をしちゃいけない、ということですね。あれからまったく見かけないし、きっとだいじょうぶでしょう」

「ええ、たしかに全然姿を見ないわね」メグは言った。昼食を一緒にとろうと誘ったのに、彼は結局、ダイニングルームに現われなかった。「とにかく、あなたはわたしのいとこということになってるの。下手に口を開いたら、すぐに嘘《うそ》だと見抜かれてしまうわ」

「はい、わたしには訛《なま》りがありますし。お嬢様みたいな育ちの人とはまるで話しかたがちがいますもんね。ああいう貴族のだんな様なら、すぐに気がつくでしょう」

「そのとおりよ」メグは口もとがゆるみそうになるのをこらえた。

エイミーが部屋を出ていくと、メグはふたたび刺繍を始めた。そしてケイドのことを考えた。昨日の午後ここにやってきてからというもの、しょっちゅう彼のことを考えている。白髪頭でしわだらけのビークスからさっき聞いたところによると、ケイド卿はとっくに目を覚まし、いまはまた書斎に閉じこもっているらしい。きっと食事とお酒を持ちこみ、邪魔をしないようにと使用人に強く言いわたしているのだろう。

ケイド卿から温かく歓迎されているとはとても言えないが、それでもこちらは笑顔を忘れず、明るくふるまうことにしよう。メグはステッチを刺しながら心に決めた。弱々しい午後の太陽の光を受け、藍色《あいいろ》の刺繍糸がかすかに輝いている。人付き合いを嫌って部屋に引きこもるのはケイド卿の自由だ。なんといってもここは彼の屋敷で、自分たちは突然押しかけてきた迷惑な客にすぎない。

でも正直に言うと、もう少し親切にしてくれてもいいのにと思う。ここに避難させてもらう以外に、こちらに選択肢はなかったのだ。天気を変えることは誰にもできない――たとえおそろしくハンサムで、聖人をも激怒させるような気質をした貴族の願いであっても。あとどれくらい吹雪が続き、ここに滞在することになるのかはわからないが、とにかくケイド卿とできるだけうまくやっていくしかない。

海軍大将だった父と母と一緒に、港町から港町へと渡り歩きながら育ったので、メグは思ってもみなかった状況に置かれることにも、知らない土地を転々とすることにも慣れていた。しばらく時間がたてば、人間は新しい環境やそこに住む人びとになじめるものだ。そうした生活は大変だと言う人もいるだろうが、両親の愛に守られて幸せだったメグは、まったく苦にならなかった。

だが五年前、すべてが変わった。母が十数年ぶりに身ごもり、驚きと大きな喜びを家族にもたらした。みながこれは奇跡だ、神の御恵みだと口をそろえて言った。ところが妊娠中はなにごともなく順調だったのに、お産は悪夢そのものだった。母が亡くなってから数時間後、生まれたばかりの男の赤ん坊も息を引き取った。

悲しみに打ちのめされたメグは、父のそばから離れようとしなかった。まだ十代なかばの子ども、しかも娘をひとりで育てなければならなくなった男親が、我が子を親戚《しんせき》にあずけたとしても、誰も責めはしないだろう。だが父は、メグをけっして手放すまいと固く心に誓った。大切な家族を亡くして悲嘆に暮れる自分たち父娘《おやこ》が、それまで以上にお互いを必要としていることを彼はわかっていた。そこでアンバリー艦長は、愛する海を捨てて船を降り、娘といつも一緒にいられるように海軍本部で職に就いた。

けれどその父も天に召され、自分はいま、一度も会ったことのない大叔母のところに向かっている。メグはステッチを刺しながらため息をつき、大叔母はどういう人だろうか、スコットランドの彼女の屋敷はどれくらい人里離れたところにあるのだろうかと考えた。吹雪にさえあわなければ、いまごろはもう向こうに着いていたはずだ。でも道路が通行できるようになるまでは、ここにとどまらなければならない――この屋敷のかんしゃく持ちの主人とも、どうにかうまくやっていくしかない。

メグはまたもやケイド・バイロンのことを考えた。針を動かす手が遅くなり、やがて完全に止まった。今朝、廊下で彼と会ったときと同じように肌がぞくりとした。あのときケイド卿は、薄いシルクのガウンだけをまとっていた。起きぬけでありながら、あんなに魅力的な男性がほかにいるだろうか。たくましさと色気にあふれたその姿に、メグは思わず息が止まりそうになった。ベッドから出たばかりであることは一目瞭然《りょうぜん》なのに、うっとりするような姿だった。もしかすると寝起きだからこそ、いっそう魅力的だったのかもしれない。栗色の髪がぼさぼさに乱れ、あごの線に沿ってうっすらとひげが生えていた。不機嫌でぐったりしているときでさえあれほど素敵なら、元気なときの彼はどれほどハンサムだったのか、想像もつかない。

メグははっとし、ケイド卿はどうして脚が不自由になり、首に異様な形状の傷を負ったのだろうかと考えた。まだ尋ねてはいないが、使用人に探りを入れたところでなにも聞きだすことはできないだろう。昨夜、空の酒瓶がそばに置いてあったことを考えると、かなりの痛みを感じていたにちがいない。軍人に囲まれて育ったメグは、痛みや苦しみをまぎらすためにお酒を飲んでいた人たちを何人も知っていた。

けれども、そんなことはこちらには関係のないことだ。所詮は赤の他人なのだから、ケイド卿がどういう人物でどんな事情を抱えているのかなど、あれこれ考えてもしかたがない。自分がここにいるのはほんの短いあいだで、ケイド・バイロンは北へ向かう旅の途中でたまたま出会った相手にすぎない。

だがメグが驚いたことに、雪の勢いはなかなか衰えず、完全に降りやんだのはケイドの屋敷にやってきてから三日目の朝だった。ようやく雲が切れて朝日が顔をのぞかせたものの、外をちらりと見ただけで、まだ当分出発できそうにないことがわかった。ケイドもそのことに気づいているらしく、寝室のドアを腹立ちまぎれに閉める音が屋敷じゅうに響いた。それからも彼が姿を見せることはなく、メグは朝も昼も夜もひとりで食事をした。

四日目の朝、あまりの退屈さにとうとう我慢できなくなった。最初のうちはできるだけ楽しく過ごそうと努めていたが、刺繍はもう見るのもいやになっている。何冊か見つけた本もすべて読んでしまった――しかも二回も！　この屋敷に、ほかにも本があることはわかっている。問題は、それらがケイド・バイロンの聖なる砦《とりで》の書斎にあるということだ。そこへ立ちいることなど、許されるはずがない。

それでも、本を選ぶあいだぐらい、ケイド卿に辛抱してもらっても罰は当たらないだろう。おそろしい顔でにらまれ、怒鳴りつけられるに決まっているが、あの人にいまさらどう思われようとかまわない。

そう覚悟を決めはしたものの、メグは廊下を書斎に向かって進みながら、不安で胃のあたりがざわざわした。屋敷にやってきた最初の日に、ビークスに案内されて通った廊下だ。閉まったドアの前で立ち止まり、軽くノックをするなり取っ手をまわした。相手に返事をする暇を与えずに中にはいってしまえば、こちらの勝ちだ。メグはあごを上げ、部屋に足を踏みいれた。

窓からまぶしい陽射《ひざ》しがさんさんと降りそそいでいる。ここに到着した日にはわからなかったが、壁は優しいクリーム色をし、家具は深みのある色合いのサクラ材でできている。暗かったあの吹雪の午後とは打って変わって、部屋は隅々まで明るく、奥のほうまでよく見える。あのときも本があることには気づいていたけれど、これほどたくさんあるとは知らなかった。しなやかな革で装丁された数えきれないほどの本が、床から天井まで壁を埋め尽くしている。形も厚さも色もさまざまで、まるでモザイクのようだ。メグは歩く速度をゆるめて部屋の中をぐるりと見まわし、床に敷かれたトルコじゅうたんのふかふかした感触と、赤々と燃えている暖炉の温《ぬく》もりをつかのま味わった。

ケイドは椅子に腰かけ、革装丁の分厚い本をひざに置いていた。顔を上げて眉をひそめ、半月の形をした銀の眼鏡越しにじろりとメグを見た。

なるほど、本を読むときは眼鏡を使うのね。メグは心の中でつぶやいた。でも眼鏡をかけていても、息を呑むほど端正な容姿は少しも損なわれていない。むしろ、さらに魅力が増しているようにさえ見える。レンズの上から春の若葉のようなグリーンの瞳がのぞき、乱れた巻き毛がひと筋、額にかかっている。

鼓動が乱れ、息が浅くなってきた。メグはなんとか平静を取り戻そうとしながら、一番近くにある本棚に歩み寄った。「わたしのことは気にしないで」軽い口調で言った。「どうぞ読書を続けてちょうだい。わたしはここにいないものと思って」

ケイドは読みかけのページを手で押さえた。「そう言われても、現にきみはここに、いる。しかも、ぼくの許可なくはいってきた。いったいなんのつもりだ」

「本をお借りしたいの。雪で外に出られないから、暇つぶしできるものが欲しくて。ほかの部屋も探してみたけれど、あまり見つからなかったわ。ここならたくさんあるでしょう。一分か二分で出ていくから」

ケイドはけげんそうにふんと鼻を鳴らし、しばらくメグを見ていたが、やがて下を向いて読書に戻った。メグも目をそらし、ずらりと並んだ本の背表紙に視線を走らせた。だが間近にいるケイドの存在を意識して気持ちが落ち着かず、なにも考えずに一冊の本に手を伸ばした。本棚から抜きだし、適当にページを開いた。

食肉解体処理は、家畜が肥える晩夏に行なうのが最適である……

メグはぞっとし、あわてて本を閉じてもとあった場所に戻した。次に選んだ本は、最初のものよりは多少ましな内容だった。作物の輪作について書かれた本だ。

「右側の本棚から選んだほうがいい」ケイドが面倒くさそうな口調で言った。「そこにあるのは農業関係の本ばかりだ」

メグは本を棚に戻した。「先に教えてくれればよかったのに」

「きみはこの部屋にいないものと思うんじゃなかったかな」

メグはケイドが微笑《ほほえ》むのではないかと思って見ていた。口もとにこそ笑みは浮かばなかったものの、瞳がどこか愉快そうに輝いているように思えた。メグは軽くケイドをにらむと、言われたとおり向かって右側の本棚の前に移動した。

そこには見覚えのある作家の本がたくさん並んでいた。ざっと見ただけでも、シェリダンやポープ、リチャードソン、ボルテールなどの本がある。ボルテールの『カンディード』を手に取り、適当なページを開いてみたところ、それがフランス語の原著であることがわかった。メグは二、三行走り読みして微笑んだ。

「気に入るのがありそうかな」ケイドが言った。

メグはケイドを見た。「ええ。ありがとう、閣下」

ケイドは無造作に肩をすくめた。「どういたしまして」

メグは本棚に視線を戻し、詩集を一冊選んだ。だが本をぱらぱらめくりながらも、頭の中はすぐ近くにいるケイドのことでいっぱいだった。たったいまのやりとりは、とても友好的なものだった。これまでで一番まともな会話だったような気がする。もしかすると、かたくなだった彼もだんだん心を開き、メグがこの屋敷にいることを受けいれる気になってきたのではないだろうか。

ケイドは親指でページをめくりながら言った。「きみがさっさと本を選んでくれれば、こちらはそれだけ早くひとりになれる」

そういうことだったのね！　メグはしばらくのあいだ、じっとケイドの顔を見ていた。

「あなたって本当に嫌味な人だわ、閣下」

だがケイドはその言葉に怒ったふうでもなく、顔を上げてメグの目を見た。「そのとおり。ぼくは嫌味な人間だ。さあ、好きなだけ本を持って早く居間に戻ってくれ」

メグは詩集を胸に抱きしめた。「わたしが日中は居間で過ごしていることを、どうしてあなたが知ってるの？」

ケイドはあきらかに動揺した様子で顔をしかめた。「ただの勘だ。そもそも、この屋敷の中でほかに時間をつぶす場所などないだろう」

メグにはそれがただの勘などではないことがわかっていた。ケイド卿が自分のことを使用人に訊いているのかと思うと、口もとが自然にゆるんだ。「ううん、ほかにもあるわ。たとえば寝室とか。最高に素敵な部屋ですもの」

ケイドはこばかにしたような表情を浮かべた。「お気に召して光栄だ」

「ええ、とても気に入ってるわ。羽毛のマットレスは雲みたいにふわふわだし、いつまでも寝ていたいほどよ。寝心地のいいベッドに横になるのは、閣下だってお好きでしょう？」メグは自分がなにを言ってしまったかに気づき、あわてて口をつぐんだ。こちらが彼の気を引こうとして、わざとそういうことを言ったと思われてなければいいのだけれど。でもよく考えてみると、自分に彼をどきりとさせようという気がまったくなかったと言いきれるだろうか。

だがケイドは、メグの思わせぶりな言葉を軽く聞き流した。「とにかく、部屋を気に入ったと聞いて安心した」

メグは気を取りなおしてつぶやいた。「ええ。閣下のお屋敷は本当に素晴らしいわ」

「ああ、場所については申しぶんがない」

メグは少し間を置いてから言った。「それに料理人の腕も見事ですもの。彼の料理を食べないなんて、もったいないわね」

「どういう意味かよくわからないな」

「この数日、閣下は食事の時間に一度もダイニングルームに姿を見せなかったわ。まあもちろん、まったく食べてないわけじゃないでしょうけど」

ケイドは片頬で笑った。「たまには食べているさ」

「もっと回数を増やしたほうがいいわ。もう少し太らないと」

ケイドは目を丸くした。「なんだって？」

「もっとたくさん食べたほうがいいと言ったの。その骨格にしてはやせすぎだわ」

「まいったな、まるで母と話しているみたいだ」

「だったら、お母様の言うことを聞くべきよ。いいお母様なのね」

「ああ。ぼくの意思を尊重してくれるいい母だ。さあ、早く本を選んで出ていってくれ。約束の二分はとっくに過ぎたぞ」

メグは言葉に詰まり、後ろを向いて真剣に本を物色しはじめた。そして詩集を二冊、長編小説と風刺小説をそれぞれ一冊ずつ選んだ。「じゃあこれで失礼するわ」

ケイドはなにも言わず本を読んでいた。

「どうもありがとう」

ケイドはかすかにうなずいたが、顔を上げることはしなかった。

「夕食のときにお会いしましょう。もし閣下がその気になったらの話だけれど」

ケイドは無言のままページをめくった。メグは沈黙に耐えられなくなり、小さなため息をついて部屋を出ていった。

ケイドはドアが閉まる音が聞こえるまで、そのままの姿勢を崩さなかった。メグが出ていったことがわかると顔を上げ、彼女が居間に歩いて戻るところを思い浮かべた。ミス・アンバリーが日中どうして過ごしているかなら、よく知っている。ビークスと従僕のハービーが、逐一《ちくいち》報告してくれる。

彼女は夕食を一緒にとろうと言ってきた。こちらにそんな気はさらさらないのに、なんと愚かな娘だろう。

あいにくだが、今夜も料理とスコッチのボトルをトレーに載せてこの書斎に運ばせるつもりだ。ミス・アンバリーもいつもどおり、ダイニングルームでひとり寂しく食べればいい。

ケイドの心がなぜか揺れた。彼女がひとりで食事をしていることを、自分が気にすることはないだろう。ミス・アンバリーは招いてもいないのにここに押しかけてきたのだから、なにもこちらが相手をしてやる必要はない。

それでも夕食に付き合ってやるくらい、どうということもないのではないか。

ケイドはばかげたことを考えるなと自分を叱り、ふたたび文字を目で追いはじめた。だがそれから十五分ほど、読書に集中することができなかった。

3

その日の夕方六時半、メグはクルミ材でできた細長いダイニングテーブルのいつもの席に着いた。白いリネンのナプキンをひざに広げ、ハービーが最初の料理を持ってきてくれるのを待った。「じゃがいものスープです」ハービーが口もとをゆがめて微笑み、厨房《ちゅうぼう》に戻っていった。

メグはダイニングルームの中をぼんやりと見まわし、天井蛇腹《コーニス》の卵鏃《らんぞく》装飾（卵型と鏃型のパターンを交互に配した文様）やクリーム色と金色のフロック壁紙、上品な茶色のベルベットのカーテンなどをながめた。この屋敷の謎《なぞ》めいた主人にふさわしく、男性的で洗練された雰囲気の内装だ。

ひざの上で両手を握りあわせ、ため息を呑みこんだ。ここにやってきてから毎晩そうなのだから、そろそろひとりで食事をすることに慣れてもいいころだろう。もう一度エイミーに一緒に食べようと声をかけてもよかったが、かしこまった食事は落ち着かないという彼女を強引に誘うのは気が引けた。

ケイドから借りた本を一冊持ってきて、読みながら食べようかという考えがメグの頭をよぎった。でもそれは作法に反することだ。いくら自分と召使いにしかわからないといっても、娘がそんな品のないことをしていると知ったら、レディだった母はがっかりするだろう。

まもなく足音が聞こえた。次の料理が運ばれてきたのだと思い、メグはお腹《なか》が鳴るのを感じた。だが両開きのドアのほうを見て、目を丸くした。ゆっくりとした足取りで部屋にはいってきたのは、召使いではなくケイド・バイロンだった。

「こんばんは、ミス・アンバリー。遅くなって申し訳ない」

晩餐《ばんさん》にふさわしい上品な装いをし、男の色気をただよわせているケイドの姿に、メグは思わず目を奪われた。純白のタイが首に結ばれ、白いシャツと淡黄褐色の縞柄《しまがら》のベストが厚い胸を包んでいる。紺色の燕尾服《えんびふく》ががっしりした肩を引きたて、長い脚に穿《は》いているのは、夜会用のひざ丈のズボン《ブリーチズ》ではなく長ズボンだ——それほど格式張らない田舎の夕食の席にはそのほうがふさわしい。ひげはきれいに剃《そ》られ、髪もきちんと整えられている。とはいえ、ひと筋のゆるやかな巻き毛が額にかかっているところはいつもと変わらず、ほれぼれするほど魅力的だ。

「閣下」メグはなんとか口を開き、小さな声で言った。「わたし……あの……あなたが今夜、ここで夕食をとるとは知らなかったわ。ハービーからもなにも聞いてなかったし」

「それはそうだろうな。ハービーには言っていない」ケイドは高慢そうに片方の眉を上げた。

そしてテーブルの上座に向かい、メグの右隣りの席に腰を下ろした。最初に会った日に比べると、あまり足をひきずらずに歩いていることにメグは気づいた。吹雪がやんだおかげできっと痛みが和らいだのだろう。体が楽になったので、誰かと話でもしてみようという気になったのかもしれない。

しばらくして、召使いがふた付きの大きな深皿にはいったスープとお玉《レードル》を、楕円形《だえんけい》の銀のトレーに載せて運んできた。「おや、これは閣下。今夜はお客様とここで召しあがるんですか」

「そうだ、ハービー。ぼくのぶんも用意してもらえるかな」

「かしこまりました」ハービーはケイドの前にスープを置き、フォークやナイフ、皿やグラスを取りに行った。

食器類がテーブルに並び、ワインが注がれると、ケイドは身を乗りだしてスープのふたを開けた。深皿から湯気が一気に立ちのぼる。「たっぷりふたりぶんありそうだ。ここの料理人は、いつも多すぎるぐらいの量を作る癖がある」

「よかったわ。それならあなたもお代わりができるわね」

ケイドは片方の眉を上げ、いっとき間を置いてからレードルを手に取った。「また余計なおせっかいを焼くつもりかい？　前にも言ったとおり、自分のことは自分で決めさせてもらいたい」

ケイドは小さな深皿にスープを注ぐと、ハービーに手渡してメグの前に置かせた。ハービーはケイドが自分のぶんのスープを注ぐのを見届け、ダイニングルームを出ていった。「わたしも自分のことは自分で決めるわ」メグは穏やかな口調で言った。そしておいしそうなにおいのするスープをスプーンですくい、口に運んだ。「ああ、ほっぺたが落ちそう！　閣下も冷める前に召しあがったら」

ケイドは言い返そうかどうしようか迷っているように、唇をぎゅっと結んだ。だが結局、スプーンを持ってメグに言われたとおりにした。「ところで、いとこはどうしたんだ。一緒に食事をしないのか」

メグのスプーンからスープがこぼれたが、幸いなことに、落ちた場所はドレスではなく器の中だった。「あの……彼女は……寝室で食事をしたいと言ったの。少し頭痛がするんですって」

「妙だな」

「どういうことかしら」

「彼女は一度もここできみと食事をしたことがないらしいじゃないか。そんなにしょっちゅう具合が悪くなるのかい？」

「そういうわけじゃないわ。ただエイミーは内気な性格で、ひとりでいるほうが好きなの」

「不思議だ。最初に会ったときは、とても内気な性分には見えなかったが」

「人は見かけによらないとよく言うでしょう」

「そうだな」ケイドはもう何口かスープを飲んでからスプーンを置いた。ナプキンで口をぬぐい、ワインのはいったグラスに手を伸ばした。「たしかに人は見かけによらないものだが、そろそろ嘘は終わりにしてくれないか。そんなことをしても無駄だ」

スプーンを持ったメグの手がまたしても震えた。「なんですって？」

「ミス・ジョーンズをいとこだと言い張るのはやめたほうがいい」ケイドは淡々と言った。「本当はそうじゃないことは、お互いによくわかっているだろう」

「いいえ、いとこよ！」メグはあわてふためいた。「どうしてそんなことを言うの？」

ケイドはすべてお見通しだと言いたげな目でメグを見た。「一番の理由は、彼女がこの二日間、厨房で使用人とおしゃべりを楽しんでいることだ。なんでもウィルトシャー州の出身で、およそレディの話しかたではないと、ビークスから聞いている」

メグは自分のうかつさを呪《のろ》いながら、ゆっくりとスプーンを置いた。「たしかにエイミーには少し訛りがあるわ」

「そして口も軽い」

メグはしばらく黙ったのち、がっくり肩を落とした。「エイミーがみんなのところに行かずにはいられないことぐらい、最初に気づくべきだったわ。あなたと口をきかないように注意はしたけれど、使用人のことまで釘《くぎ》をさす必要があるとは考えてもみなかった」

ケイドはにやりとした。「残念ながら、きみの企《たくら》みは失敗してしまったらしい」

「そうみたいね」メグはため息をついた。「嘘をついてごめんなさい、閣下。でも、あのときはそうするしかないと思ったの。エイミーはわたしのメイドよ」

「なるほど」ケイドはワインをすすった。

「今回、家族ぐるみで親しくしていた女性が付き添ってくれるはずだったんだけど、出発の日の朝に息子さんが急病になってしまったの。大叔母が差し向けてくれた迎えの馬車はもう到着していたし、ほかに一緒に長旅をしてくれる人も見つからなかったから、とりあえずエイミーだけを連れていくことにしたのよ。それで助けを求めてこの屋敷にたどりついたときには、あの……つまり……本当のことは伏せておいたほうがいいと思ったの」

「軽率なことをしたな」ケイドは厳しい口調で言った。「付き添ってくれる身内はいなかったのか。兄弟や叔父は？」

メグは首をふった。「いないわ。わたしはひとりっ子だし、両親は亡くなったの。大叔母が唯一の身寄りよ。わたしの面倒を見てくれることになったんだけど、迎えには来られなかったの。もう六十五歳で長旅は無理だから」

「誰か男を迎えによこしてもらうべきだったんじゃないか」

「ええ、そうしてもらったわ。御者のジョンが一緒よ。宿屋に泊まるときは、わたしとエイミーの世話をよく焼いてくれるの」

ケイドは眉を上げた。「ここではどうなんだ。ほとんど姿を見かけないが」

「どういう意味かしら」

ケイドはデカンターに手を伸ばし、メグのグラスに一インチばかりワインを注ぎたすと、自分のグラスにお代わりを注いだ。「つまり、きみはいま、正真正銘ぼくとふたりきりだということだ。それが上流階級の作法に反していることはさておき、安全上の問題があるとは思わないのかな」

メグは困惑顔をした。「安全上の問題？　この屋敷で危険なんか感じたことはないわ」

「そうだろうな。でももし、ぼくがとんでもない男だったらどうする？　きみの弱みにつけこむような男だったとしたら？　いいかい、ミス・アンバリー、ぼくがその気になりさえすれば、きみにどんなことでもできるんだぞ」

メグはきょとんとして吹きだした。「ベッドで寝ているわたしを殺すとか？　冗談はやめてちょうだい、閣下」

「殺すことは考えていなかったが、ベッドはおおいに関係がある」

メグは目を大きく見開いた。心臓がひとつ大きく打った。ケイドが寝室に忍びこんできたところを想像し、脈がますます乱れた。彼がわたしのベッドにいる。わたしにキスをし、体に触れ、まだ想像の世界でしか知らない罪深いことをする。メグは身震いし、ケイドに心の中を読まれなくてよかったと思った。

ケイドが声をあげて笑うと、その頰に初めてえくぼが浮かんだ。「不安がらせてしまったようだな。でも心配しないでくれ。いくらきみがきれいでも、そんなことをするつもりはない。ぼくはただ、きみに自分がどれだけ危ない橋を渡っているかをわかってもらいたかっただけだ。ここを発《た》つとき、男の使用人をひとり同行させよう」

「ありがとう、閣下。お気遣いに感謝するわ」

ケイドは無造作に肩をすくめ、ドアのほうを見た。「次の料理が来たようだ。ぼくのせいで食欲がなくなってしまったんじゃないか。やはりぼくがここにいては邪魔かな」

メグは胸の鼓動を静めようとしながらケイドの目を見た。「いいえ、邪魔だなんて。付き合ってくださって嬉《うれ》しいわ」

「ぼくのように嫌味な男でもいいのかい？」ケイドはからかうように言った。

メグの口もとがほころんだ。「ええ、かまわないわ」そして明るいグリーンの瞳に吸いこまれるように、ケイドの顔をじっと見た。次の瞬間、メグははっとして目をそらし、震える声で言った。「まあ、ローストチキンと玉ねぎのタルトよ。今夜の料理はいつにもましておいしそうだわ」

ケイドは黙ってうなずき、ナイフを持って料理を切り分けはじめた。

それからふたりはなごやかな雰囲気の中、料理を食べながら無難で楽しい話をした。

ケイドはメグが聡明《そうめい》そうな青い瞳をきらきら輝かせ、手ぶりを交えて夢中で話をするさまを微笑ましく思いながら見ていた。驚いたことに、いつもよりずっと食が進んだ。なにかを食べて心からおいしいと感じたのは、いったいいつ以来のことだろう。

ケイドはどうしてメグと一緒に夕食をとろうという気になったのか、自分でもよくわからなかった。本当ならいまごろは書斎にこもり、誰にも邪魔をされずに読書にふけっていたはずだった。退屈だったから？　いや、退屈などしていない。それとも孤独だったからか？それもちがう。ひとりでいることを寂しいと思ったことはない。なのに今夜はどういうわけか気持ちが安らぎ、この数カ月間、片時も頭から離れたことのなかった悲しみさえ忘れそうになっている。

やがてデザートと食後のお茶が終わった。ケイドは自分用にポートワインを注いだ。そしてメグに手を貸して席を立たせ、おやすみの挨拶をしようとした。

「今夜はもうお疲れかしら？」メグは優雅な動作で椅子から立ちあがった。

ケイドはけげんな顔をした。「いや、別に。どうしてだい？」

「一緒にゲームでもしないかと思って」

「ゲームだって？　申し訳ないが、最近はほとんどやっていない」

「でもチェスはするんでしょう。書斎にチェス盤があるのが見えたもの」

「ああ」ケイドは一瞬、言葉に詰まった。「だがもう時間も遅いし……」

「まだ八時半よ。いくらあなたでも、こんなに早く休んだりしないわよね」

ケイドが床に就くのはいつも深夜だった。疲れはててベッドにもぐりこめば、眠れずに悶々《もんもん》とすることもないからだ。もちろん酒の力を借りているが、浴びるほど飲めば、泥のように眠って夢を見ずにすむこともある。

ケイドはメグの期待に満ちた顔をしげしげと見た。誘いを受けようかという考えがちらりと頭をよぎったが、あわててそれをふりはらった。今夜はもう充分すぎるほどの時間を彼女と過ごした。「それはそうだが、これからやらなくてはならないことがあるんだ」

メグは椅子の背もたれに手をかけた。「どんなことなの？　帳簿をつけるのなら、わたしにお手伝いさせて。わたしは数字に強くて筆跡もきれいだとみんなに言われるわ」

帳簿だと！　ケイドは胸のうちで叫んだ。なかなか引きさがらない娘だ。「いや、そうじゃない」

「じゃあ調べものかしら」メグは湖のような色合いの瞳をいたずらっぽく光らせた。「だからいつも書斎に閉じこもってばかりいるのね。調べものをしているからでしょう」

ケイドの頬がゆるみ、もう少しで微笑みそうになった。「それもはずれだ」

「だったら、どんな用事なの？　せっかくこうして書斎から出てきたんだから、そんなに急いで戻ることはないじゃない」

だがケイドは、すぐにでもその場を立ち去るつもりだった。夕食を一緒にしただけで、あまり調子に乗られては困る。

「人と付き合う気になったのはいいことだわ。それに、ちょっとチェスをしようというだけのことよ。いくら急ぎの用があっても、少しぐらいの時間なら取れるでしょう」

「チェスをしていると、少しのつもりが数時間になることがある」

「でも今日はだいじょうぶよ。もっとも、あなたがわたしに負けることを心配しているのなら話は別だけど」

ケイドはまさかというように、にっこり笑った。「ミス・アンバリー、きみを侮辱するつもりはないが、ぼくはチェスの名手だ」

「だったらなにも渋ることはないわ。一時間だけ相手をしてちょうだい。もしわたしが負けたら、ここにいるあいだ、二度とあなたの邪魔はしないと約束するから」

ケイドはどうしようか迷った。

彼が口を開く前に、メグが指を一本立てて言った。「でも万が一こちらが勝ったら、もっとわたしをお客らしく扱うと約束してもらえるかしら」

「というと……？」

「そうね、食事を一緒にとっていただくわ。昼食も夕食もよ。朝寝の邪魔はしたくないから、朝食は別でいいわ」

「それはどうもご親切に」ケイドは無造作にテーブルに手をついた。「ほかには？」

「なにか気晴らしに付き合ってちょうだい。簡単なことでいいの。夕食のあと、カードゲームか言葉当てクイズができれば充分よ」

「カードゲームならいいが、言葉当てクイズはお断わりだ。韻捜《いんさが》しゲームもするつもりはない」

メグの愛らしい顔に笑みが広がった。「わかったわ。言葉当てクイズと韻捜しゲームはなしにしましょう。じゃあ、これで話は決まりね?」

ケイドは困惑した。どうやら、まんまと彼女の作戦にひっかかってしまったらしい。「いいだろう。それにしても、きみがそんなにぼくと仲良くしたがっているとは驚きだな」

メグは満面の笑みを浮かべた。「ほかに付き合う相手がいなければ、どんな人のことだって好ましく思えるものよ。たとえあなたであってもね、閣下」

ケイドは思わず吹きだした。メグの失礼な言葉に怒ってもいいところだが、おかしさのほうが勝《まさ》った。彼女を見ると、どこかほっとしたような顔をしている。言ってしまったあとで、少々言葉が過ぎたのではないかと心配していたらしい。

メグがまっすぐ手を差しだした。「交渉成立かしら?」

ケイドは予想もしていなかったメグの動作に、ますますおかしくなった。レディは普通、握手などしないものだ。ケイドはひと呼吸置き、メグの手を握った。

手が触れた瞬間、全身がぞくりとした。ほっそりして柔らかく、驚くほど女らしい手をしている。それにとても小さく、ケイドの手の半分もなさそうだ。気をつけないと、少し強く握っただけで繊細な指の骨が折れてしまうかもしれない。ケイドは自分の体の大きさと力の強さを意識し、そっと優しく握手をした。

ふと下を向くと、メグの目がうっとりしたようにうるんでいるのが見えた。ケイドは握った手に無意識のうちに力を入れ、指先で彼女のなめらかな肌をなでながら、その体をほんの少し手前に引き寄せた。メグは震えながらも、抵抗せずにケイドに身を寄せた。ドレスのスカートが、ズボンを穿いた彼の脚に軽く触れている。メグの愛らしいピンクの唇が開いた。思わずキスをしたくなる唇だ。ケイドはふっくらとしたイチゴのような色合いの唇を見つめた。くちづけたら、見た目どおりの甘い味わいがするだろうか。

メグの体がまたもや震え、まぶたが閉じた。

ケイドはふとわれに返って目をしばたき、小さく頭をふった。自分はいったいどうしたのだ。まさか彼女にキスをしようとしていたのか？　ああ、なんということだろう！

体が欲望で火照り、股間が硬くなった。こんなことは許されない。マーガレット・アンバリーはこの屋敷の滞在客で、自分が主人として安全を守らなければならない相手ではないか。たとえキスであっても、越えてはならない境界線を越えれば、彼女の信頼を裏切ることになる。そんなことをしたら、さっき彼女に警告したばかりのならず者とたいして変わらなくなってしまう。それに、自分には誓いを立てた女性がいる。若くして命を絶たれてしまったが、いまだにこの心に住みついている女性だ。

欲望の炎が消え、ケイドはメグの手を放した。そして背を向けてドアのほうに向かった。

「閣下。あの……まだお返事を聞いてないわ」

返事？　なんの返事だ？　ケイドはふと思いだした。彼女はチェスのことを言っているらしい。ミス・アンバリーはこの期におよんで、まだチェスなんかをしたがっているのか。といっても、彼女はこちらがみだらな空想をしていたことを知らないのだから、それも当然のことだろう。

ケイドは一瞬、断わろうかと考えた。今夜はチェスもほかのゲームもする気はないと、きっぱり言えばいい。だがさっき彼女は、なにかを約束すると言っていた。どんな内容だっただろう。たしか、もしもゲームに負けたら、ここにいるあいだ、二度とこちらの邪魔はしないと言っていたはずだ。単純明快で、まあまあ悪くない話ではないか。これはただの勘にすぎないが、ミス・アンバリーはいったん口にしたことをかならず守る人間にちがいない。

ケイドはゆっくりとふりかえった。「ああ、交渉成立だ。では案内してもらおうか」腕を伸ばしてどうぞというような仕草をし、メグを先に通した。

彼女を負かすことなど、赤子《あかご》の手をひねるようなものだ。ケイドは胸のうちでつぶやき、メグのあとについて書斎に向かった。いまから三十分後、彼女は白旗を掲げているだろう。そして自分はもう二度と、厄介な甘い誘惑にわれを忘れそうになることもない。

「チェックメイト」それから一時間半近くたったころ、メグが小さな声で言った。

ケイドの眉間に深いしわが寄った。「なんだって！　しかし――」

「ほら、そのルークよ。それを取ったら、次の三手はわたしのものも同然でしょう」

ケイドは顔をしかめてチェス盤をにらみ、くしゃくしゃの髪をさらにかきむしった。この二、三分のうちに何度も強く引っぱったせいで、タイもわずかに曲がっている。ほんの少し前まで、ケイドはウイスキーを片手に、それほど頭を働かせることもなく余裕たっぷりの態度で駒《こま》を動かしていた。

「残念だけど逃げ道はないわ。でも、さっきの手は見事だったわね」

ケイドは無言のまま、どこかに逃げ道はないかとチェス盤を凝視した。しばらくしてウイスキーのグラスを手に取り、中身を一気にあおった。グラスを置き、メグの目を見た。「きみの勝ちだ、ミス・アンバリー。実に素晴らしい腕前をしている」

ケイドに褒められ、メグは胸が温かくなった。「ありがとう、閣下」

ケイドは肩をすくめた。「事実を言ったまでだ。きみがこれほどチェスがうまいと知っていたら、こちらも最初からもっと真剣に勝負をしていたんだが」

「そうでしょうね」メグは穏やかな声で言った。

ケイドは低い声でぼそぼそとなにかをつぶやいたあと、さりげなく言った。「いまさら三回勝負にしようと言っても無理だろうね」

メグは笑いをこらえながらうなずいた。自分の負けを認めながらも、一方で悔しさを隠しきれないケイドの言葉に、いまにも吹きだしそうだった。

「わかった。ぼくはいったん口にしたことは守る男だ」ケイドはクリスタルのデカンターに手を伸ばし、ウイスキーのお代わりを注いだ。「毎晩ゲームに付き合うという約束どおり、明日も夕食後に勝負をしよう」

メグはにっこり笑った。「ええ、喜んで」

「言っておくが、次は今回ほど簡単にぼくを負かすことはできないぞ」

「楽しみにしているわ」

ケイドはため息をついた。「ところで、きみはいったいどこでチェスを覚えたんだ？」

メグはポーンを手に取り、美しい彫刻の施された黒と白の象牙《ぞうげ》の駒を片づけはじめた。

「父から教わったの。この数年は毎晩のようにゲームをしていたし、それ以前も上陸休暇のときはよくやっていたわ」

「上陸休暇？　父上は水兵だったのか」

メグはケイドをちらりと見た。「ええ、海軍の職業軍人よ」

ケイドは一瞬間を置いてから言った。「夕食のとき、きみは両親とも亡くしたと言っていた。父上は海で亡くなったのかい」

メグは黒いナイトをケイドの陣地に戻した。「いいえ。わたしも昔から心のどこかで、父はいつか自分の船と部下を率いて戦死するだろうと覚悟していたわ。でも父は特に大きな怪《け》我をすることもなく、ずっと元気だったの。トラファルガーの海戦もかすり傷を負ったぐらいで生きのびたのよ。なのに心臓発作みたいなありふれた原因で死ぬなんて、人生は皮肉なものね」

　ケイドは眉間にしわを寄せた。「いつ亡くなったんだ？」

　メグはごくりとのどを鳴らし、淡々と駒を動かした。「五カ月前よ。気づいていると思うけど、だからわたしはまだ喪服を着ているの」

「母上は？」

「去年の六月で四年がたったわ」メグは顔を上げ、弱々しく微笑んでみせた。「ここで取り乱して泣いたりしないから、安心してちょうだい。もうすっかり慣れたもの」駒をすべて定位置に戻すと、そのひとつひとつをますの真ん中にきれいに並べはじめた。

　ケイドはメグの手を握り、その動きを止めた。メグはまたどきりとし、彼の力強い手の感触に心ならずも安らぎを覚えた。

「大切な人がいなくなったことに慣れることなどない。きみの気持ちはよくわかるつもりだ。ぼくも大切な人たちを失った。とても大きな存在だった父を、きみとほとんど変わらない年のころに亡くしたこともある。ぼくの前では自分の気持ちをいつわらなくていい」

　メグはケイドの目を見た。「ありがとう、閣下」

　ケイドは自分がまだメグの手を握っていることに気づき、あわてて手をひっこめた。

「閣下」しばらくしてからメグは言った。

「なにかな」

「わたしの身の上話を聞いたんだから、今度はあなたのことを話してもらえないかしら。こんなことを質問するのは失礼だとわかっているけど、脚の怪我はどうしたの？」さすがに首の傷について訊くのは気が引けてできなかった――少なくとも、いまはまだ、その勇気がない。

ケイドはいっとき黙り、ウイスキーをひと口すすった。「ポルトガルでの戦争だ」

「あなたが軍人だとは知らなかったわ」

「いや、いまはもう軍人ではない。太ももを銃で撃たれて大腿骨《だいたいこつ》が折れ、それでお役御免となった」

「戦闘で負傷したのね」

「そうじゃない」

「でも――」

「ぼくは上級偵察兵だった。ウェルズリー卿率いるイギリス軍の偵察将校だったんだ」

「つまり、スパイだったってこと？」

ケイドはにやりとした。「軍隊ではあまり使われない言葉だが、まあそんなところだろうな」

「それでなにがあったの？」

「運悪くフランス兵と出くわした」ケイドの表情がふいに険しくなった。「さあ、そろそろ部屋に下がる時間じゃないか」

その語調からすると、今夜はもうそれ以上、怪我のことについて聞きだすのは無理のようだった。メグは椅子を後ろに引いて立ちあがろうとした。そのときケイドがデカンターに手を伸ばし、ウイスキーのお代わりを注いだ。

「今夜はもう充分召しあがったんじゃないかしら、閣下」メグは穏やかな声で言った。

ケイドはじろりとメグを見た。「そんなことはない」そしてゆっくりとグラスの中身を飲み干し、またお代わりを注ごうとした。

「わたしが口出しすることじゃないとわかっているけれど――」

ケイドはメグの言葉をさえぎった。「そのとおりだ。きみには関係ない」

「もし脚が痛むのなら、お酒以外にも方法が――」

「どうして脚のせいだと決めつけるんだ。ただ飲みたいだけかもしれないだろう」

「あの、わたしは……ただ――」

「よけいなおせっかいはやめて、早く自分の部屋に戻ってくれ。なにか言いたいことがあるなら、明日また聞こう」そう言うとケイドは顔をそむけた。もう話は終わりだと言わんばかりの態度だった。

メグはため息を呑みこみ、もし時計の針を巻き戻せるなら、ほんの数分前のなごやかな雰囲気だったときに戻りたいと思った。でも自分はケイド卿のことが知りたかった。そして思いきって尋ねたおかげで、少しだけ彼のことがわかった。ところがかえってそのせいで、もっといろいろ知りたくなっている。それでも、今夜のところはあきらめるしかなさそうだ。

メグは椅子から立った。

「わかったわ、閣下。おやすみなさい」

ケイドはうなり声ともうめき声ともつかない声で返事をし、ウイスキーをひと口すすった。

メグは出口に向かった。そして廊下に出る前にふりかえると、ケイドがウイスキーのグラスを左手に持ち替え、右手で傷を負った右の太ももをゆっくりと円を描くようにさすっているのが見えた。その瞬間、メグは気がついた。彼を一番苦しめているものは、脚の怪我ではない。

ケイドのもとに駆け寄って慰めたい衝動を覚えたが、拒まれるだけだとわかっていたので、そのまま黙って部屋を出ていった。

4

翌日、ケイドはメグとの昼食にどうしても気乗りがしなかった。だが約束を破るわけにはいかないと何度も自分に言い聞かせ、このところ滅多に使ったことのないのりのきいたタイを手に取った。

昨夜、明日はタイを用意しておいてくれと言ったとき、元従卒のノックスは嬉しそうな顔をした。ここでは仕事がほとんどなくて退屈していたらしい。ヨーロッパ大陸にいたころは、ふたりとも忙しい毎日を送っていた。けれどもそうした日々は過ぎ去り、ケイドは軍隊時代からあまりにも多くのものを失ってしまった。

リネンの細長いタイを結ぶのに失敗し、ケイドは自分に悪態をつきながら、新しいタイに手を伸ばした。あの面倒な滞在客さえいなければ、シャツとズボンだけでことは足りただろう。というより、ミス・アンバリーがいなければ、そもそも食事のために服を着替える必要もなかったのだ。だが約束は約束で、彼女は正々堂々と勝負に勝ったのだから、いまさらそれを反故《ほご》にすることはできない。

もちろん、食事や会話を楽しむことは最初から期待していない。

それでもいざダイニングルームに行ってみると、昼食は思いのほか楽しかった。時間がたつにつれ、ケイドは気持ちがくつろぐのを感じた。ミス・アンバリーは話がおもしろく、ときおり軽い冗談を言ってケイドを笑わせてくれた。昨夜の気まずい話題を慎重に避けてもいるようだった。ケイドも怪我のことに触れてメグの好奇心を刺激しないよう気をつけた。

夕食も同様に楽しかった。ケイドのタイが曲がっていることをのぞけば、すべてが完璧《かんぺき》だった。やがて食事が終わり、約束のゲームの時間がやってきた。

ハービーがデザートの皿を下げ、最後の飲みものを注いでダイニングルームを出ていくと、メグが口を開いた。「さて、閣下。今夜はなにをしましょうか。ピケット（二から六までを除いた三十二枚のカードを使って得点を競うゲーム）かスペキュレーション（それぞれに配られた三枚の中で誰が一番強いカードを持っているかを競うゲーム）はどうかしら？　ふたりだと人数が少なくてつまらないかもしれないけど、それなりに楽しめると思うわ」

ケイドはポートワインをひと口飲み、グラスの縁越しにメグの顔を一瞬ちらりと見てからテーブルに置いた。「いや、チェスだ。対戦の約束をしていただろう」

メグははっとした。「そうだったわね。チェスをしましょう」

「そんなに自信満々の顔をしないでくれ。今夜はぼくも本気を出すから、前回のように簡単にはいかないぞ」

メグは笑った。「ええ、わかってるわ。少しお酒でも飲んで、緊張をほぐしたほうがいいかしら」

「紅茶にしておくんだ、ミス・アンバリー。頭がしっかり働かないと困るだろう」

ところがその忠告が本当に必要なのは、当のケイドのほうだった。ケイドは勝つために全神経を集中し、駒を動かさなければならなかった。そしてゲーム開始からまもなく二時間がたとうというころ、ついにメグのキングを取れる位置にクイーンを置いた。「チェックメイト」ケイドはつぶやくように言ったが、その声には嬉しさがにじみでていた。

「まあ、本当だわ。おめでとう、閣下」

ケイドはうなずき、ゲームのあいだじゅう、ほとんど手をつけずに脇に置いてあったウイスキーのグラスに手を伸ばした。「でももう少しで負けるところだった。きみは頭が良くて対戦しがいのある相手だ」

「あなたもよ」メグはかすかに微笑み、昨夜と同じように駒を片づけはじめた。「今度はわたしが雪辱戦をお願いする番ね。この調子だと、いつまでたってもカードゲームはできそうにないわ」

「ぼくはチェスだけでいい」

「明日、昼食が終わってから勝負しましょうよ」

ケイドはいったん間を置いてから言った。「ぼくはたしか、夕食後にきみの相手をすると言ったはずだ。一日じゅういつでも付き合うとは約束していないと思うが」

メグは口ごもり、肩をすくめた。「わかったわ。じゃあ夕食のあとにしましょう」

メグが駒を並べ終えるのを見届け、ケイドは椅子にもたれかかった。メグはほっそりした手をひざの上で握りあわせ、暖炉の火をながめていた。

「いいだろう」ケイドは知らず知らずのうちに言っていた。「明日の昼食後にチェスをしよう。なんだったら、この部屋で食事をとってもいい。そうすれば時間を無駄にしないですむだろう」

メグはぱっと顔を上げ、瞳をきらきら輝かせた。「ええ、そうしましょう！　料理人になにか簡単なものを作ってくれるよう頼んでおくわ。チーズトーストは好き？」

そう言ってはしゃぐメグの姿は、若々しさと愛らしさにあふれていた。無邪気で屈託のない笑顔だ。ケイドはなぜかふと胸が苦しくなるのを感じたが、なんでもないと自分に言い聞かせた。「ああ」ぶっきらぼうに答えた。「きみの好きなものをなんでも用意させるといい。さあ、もう夜も更けた。そろそろ部屋に戻るんだ」

メグはマントルピースの上の時計に目をやった。「あら、もうこんな時間だわ。じゃあおやすみなさい、閣下」

ケイドは無言でうなずき、スコッチウイスキーのお代わりを注いだ。

それからの数日間、メグとケイドは一緒に食事をとり、雑談やゲームをした。チェスだけでなく、たまにはカードゲームをすることもあった。ふたりは好敵手であり、驚くほど気の合う話し相手でもあった。ケイドとのやりとりは楽しく、メグは毎日、彼と過ごす時間を心待ちにするようになった。どうやら向こうも、同じように感じてくれているらしかった。

今日はなにをしようかしら？　メグは鏡台の前に座り、昼食のために髪を整えながら思った。屋敷の中に閉じこめられているというのに、ちっとも苦痛じゃない。ケイド卿はたしかに気難しく頑固で、ときどきむっとさせられることもある。でもそれと同時に、彼は意外なほど優しく、裏表のない公平な一面を持っている。わたしのゲームの才能を惜しみなく褒め、わたしがなにかに関する意見や考えを言っても、けっして頭から否定することなく耳を傾けてくれるのだ。

世の多くの男性は、女はきれいでおとなしいに越したことはなく、せいぜい新しい帽子につける飾りや晩餐で出す料理のことについてしか、自分の考えを言ってはならないと思っている。だがケイド卿はそうではなく、たとえふたりの意見が食いちがうときでも、思っていることを自由に話すように促してくれる。

ふたりでいると、芸術や文学から歴史や哲学にいたるまで、話題が尽きることがない。ときには政治について話をすることもある。彼もわたしと同じで、ホイッグ党の政策を支持しているとわかったときは嬉しかった。ひとつだけ、はっきり言えることがある――彼と一緒にいると、退屈することがない。ケイド卿も同じように思ってくれているはずだ。昨夜の彼は、とても楽しそうだった。

わたしが父の部下の中でも特におどけ者だったふたりの水兵の話や、海軍大将の娘としての体験談をいくつか披露すると、ケイド卿は声をあげて笑っていた。彼の笑い声を思いだすと、いまでも頬がゆるみそうになる。

そのときのケイド卿の顔からは、いつものくたびれた暗い表情がすっかり消えていた。その瞬間、もうひとりの男性がそこにいた。明るくておおらかなケイド卿だ。戦争で傷を負う前の彼は、いったいどういう人だったのだろう。

そして彼に微笑みかけられ、わたしの胸の鼓動は乱れた。頬に浮かんだえくぼを見て、思わず息が止まりそうになった。指先でその素敵なえくぼをなぞりたいという衝動に駆られたが、そうするところを想像しただけで体が震えて内側から熱くなり、わたしはケイド卿の顔から目をそらした。しばらくして視線を戻すと、いつもの彼が戻っていた。少し前の屈託のない笑顔がまるで嘘だったように、気難しい顔をしたケイド卿だ。

もっとたくさん彼の笑顔を引きだしたいけれど、残された時間はもうあまり長くない。天気は日に日に穏やかになっている。激しい吹雪がやんで太陽が顔を出し、外ではシャベルを使ったり馬に除雪機をひかせたりして、道路の雪かきが始まっている。あと一日か二日もすれば、馬車が通れるようになるだろう。わたしは旅を再開し、自分の人生に戻るのだ。

時がたてば、それでよかったと思える日がきっとやってくる。

メグは身を乗りだして鏡をのぞきこみ、最後にもう一度髪をなでつけてレースの肩掛け《フィシュ》を整えた。顔色がさえないことに気づき、血色をよくしようと頬を軽く叩いた。そしてそこでふいに手を止めた。

わたしはなにを熱心にめかしこんでいるのだろう。まさかケイド・バイロンのために？いいえ、そんなことはない。メグはそう自分に言い聞かせた。わたしはただ、人前に出るときはいつもそうするように、身なりを整えているだけだ。彼に好意は感じているけれど、それ以上の感情は持っていない。ケイド・バイロンがたくましく魅力にあふれた男性であることはたしかだが、自分たちのあいだになにかが芽生えることはありえない。もしもそんなことになれば、みじめで不幸な結末を迎えることは目に見えている。ただでさえわたしはこの数年で、たくさんの悲しみを味わってきた。残り少ないケイド卿との時間を楽しみ、それから旅を続けよう。いったんここを離れてしまえば、いつしか彼のことも忘れてしまうだろう。向こうもわたしのことをすぐに忘れてしまうにちがいない。メグはため息をついて立ちあがり、ドアに向かった。

「散歩をしないか」昼食が終わるとケイドは言った。「ハービーによると、屋敷のまわりの歩道はきれいに除雪されているそうだ。きみも少し新鮮な空気を吸いたいんじゃないかと思って」

メグは驚いて顔を上げた。「ええ、でも脚が……そんなことをして本当に――」

「脚ならだいじょうぶだ。知ってのとおり、ぼくは歩けないわけじゃない」

「それはわかってるわ。わたしはただ、地面がところどころ滑りやすいんじゃないかと心配で――」メグは口をつぐみ、その場の空気をほぐすためににっこり笑ってみせた。「誘ってくださってありがとう。部屋に行ってマントを取ってくるから、そうしたらすぐに出かけましょう」

それから五分後、メグが階段を下りて一階に戻ってくると、ケイドが黒いウールの厚手の外套《がいとう》を着こみ、ビーバー帽をかぶって立っていた。手袋をした手に、洗練されたステッキを持っている。純金の握りはキツネをかたどったデザインだ。美しく輝くエメラルドの目が、持ち主の瞳の色合いを思わせる。

「行こうか」

メグはどきどきしながらうなずいた。「ええ」

陽射しはまぶしく、頭上には雲ひとつない青空が広がっていたが、空気は身を切るほど冷たかった。メグは震え、マントにくるまった。

「寒いだろう。屋敷に戻ろうか」

メグは首をふり、ボンネットのつばの下からケイドをちらりと見た。「だいじょうぶよ。ただ寒さに慣れていないだけなの。ずっと暖かい気候のところに住んでいたせいね」

「どういうことかな。冬でも暖かい場所なんて、この国にあっただろうか。海岸地帯でもさすがに冬は寒いと思うが」

「そうね。でもわたしは二カ月前までジブラルタルに住んでいたの。一年じゅう温暖な気候のところよ」

ケイドは一瞬黙り、首をかしげて驚いたような顔をした。「本当かい？ ぼくもジブラルタルにいたことがあるから、あの気候に慣れていたら寒さが苦手だというのはよくわかる」

「まあ、そうだったのね。いつごろの話なの？」

「去年だ。命令を待つあいだ、ほんの二週間ばかり滞在していた」

ケイドと自分がここから遠く離れた同じ場所に偶然居合わせていたのだと知り、メグの胸に不思議な感情がこみあげてきた。もしもそのころ彼と出会っていたら、どうなっていただろう。

「もしかすると向こうで会っていたかもしれないと思うと、なんとなく不思議な気分だな」

ケイドがメグの心のうちを読んだように言った。「だが、いくら同じ町にいたといっても、ぼくたちが出会う確率は低かっただろう」

メグは手袋をした手をふった。「ええ。でもイングランドの荒野で、しかも吹雪の日に出会う確率に比べれば、そちらのほうがずっと高かったと思うわ。運命というのはとても神秘的ね」

ケイドはしげしげとメグの顔を見た。「そうか、きみは運命とやらを信じているんだな。宿命とか予言といったつまらないものを信じているというわけか。きみにそういう夢見がちな一面があるとわかっても、別に驚きはしないけど」

「自分のことを特別に夢見がちだと思ったことはないけれど、そうしたことがすべてつまらないでたらめだとも思わないわ。世の中にはときどき、偶然のひと言では片づけられない出来事があるでしょう。大いなる意思とでも呼ぶべきものが、背後で働いているんじゃないかしら」

ケイドは立ち止まり、メグのほうに身を乗りだした。「なるほど。だとしたら、いったいどういう大いなる意思がきみをここに導いたのかな」

メグは口ごもり、唇を噛《か》みながら考えた。「はっきりしたことは言えないわ。でももしかすると、わたしはあなたを試すためにここに導かれたのかもしれない」

「ぼくをどう試すというんだ?」ケイドは低い声で言った。

「たとえば、あなたの日々の暮らしに新しいものを取りいれさせるとか」

「たしかにきみが来てから、ぼくの生活は変わった」

「それと、あなたの人嫌いを少しでも直すとか」

ケイドは眉根を寄せた。「ぼくは別に人嫌いというわけじゃない。ただ、ひとりでいるのが好きなだけだ」

「それから、たまに笑っても、顔にひびがはいったりはしないと教えることもね」メグはたしなめるように言い、優しく微笑んだ。

「ほう、きみはぼくに笑顔の作りかたを教えるため、ここにやってきたというんだな。ところできみ自身はどうなんだ、ミス・アンバリー。この二週間できみはなにを学んだんだろう」

メグはどきりとした。「わたしが、な、なにを学んだかですって?」

「そうだ。運命というものが本当にあるなら、きみもなにかを試されているんじゃないか」

「わからないわ」

「そうか」

そのとき強い風が吹き、ボンネットにたくしこんだメグの髪がひと房、肩にはらりと落ちた。ケイドが手を伸ばし、親指と人差し指でメグの髪をつまんだ。そしてそっと優しく耳にかけた。

そのあいだずっと、ケイドの指先が手袋越しにメグの頬に触れていた。彼の指が触れたあとが炎のように熱く燃えている。メグは急に息が苦しくなり、激しく打つ胸の鼓動に寒さも忘れた。身を震わせながら、自分がなにを求めているのかも理解できないまま、唇をかすかに開いた。

ケイドは体をこわばらせ、メグの顔に視線を走らせて唇に目を留めた。食べごろの熟れた桃のように柔らかそうだ。みずみずしさと愛らしさにあふれている。精いっぱい世慣れたふうにふるまっているものの、彼女がまだ汚れを知らないのは間違いない。

ケイドはメグの青く透きとおった瞳に見入った。頬が赤く染まっているのは、寒風のせいだけではないだろう。ステッキを軽く握ったまま、メグの両腕に手をかけた。だが彼女を押しのけたいのか抱き寄せたいのか、自分でもよくわからなかった。次の瞬間、頭から理性も分別も吹き飛び、上体をかがめてメグの唇を奪った。

メグははっとし、唇を重ねたまま吐息をもらした。そのかすれた声に、ケイドの全身に熱い血が駆けめぐり、こめかみがうずいて股間が硬くなった。彼女の唇は蜂蜜《はちみつ》のように甘く、シルクのようになめらかな感触がする。冷えきった彼女の唇が、こちらの唇を燃えあがらせている。ケイドは欲望のおもむくまま、メグの温かい口の中に舌を入れて動かしはじめた。

彼女が鼻を鳴らすような声を出して小刻みに震えている。男女がこういうキスをすることをまったく知らなかったようだ。それでも抵抗するそぶりはなく、むしろもっと愛撫《あいぶ》を求めるようにこちらに身を任せている。ケイドはメグを強く抱きしめると、顔を傾けて情熱的なキスをし、激しい悦《よろこ》びに溺《おぼ》れた。ぼんやりした頭で、彼女はいままでキスをしたことがないのだろうかと考えた。

まさか、これが初めてのキスなのか？

ケイドははっとわれに返り、自分たちがどこにいるのかを思いだした。あわてて唇を離し、ひとつ大きく息を吸った。熱いキスのあとでは、吸いこんだ空気がことさら冷たく感じられる。そして抱き寄せたときと同じくらい唐突に、メグの体を引き離した。両手を下ろして後ろに一歩下がり、自分がまだステッキを握っていることに気づいて驚いた。彼女が唇を赤く濡《ぬ》らし、うっとりしたような目でこちらを見つめている。激しいキスをしたばかりであることがひと目でわかる顔だ。

ちくしょう、なんということだ。ケイドはひそかに悪態をついた。誰にも見られなかったことがせめてもの救いだ。

メグの足もとがふらつき、夏の雷雨にあったように頭がじんじんした。だがここは除雪された歩道で、頬には冷たい風が吹きつけている。あたりは見わたすかぎりの雪景色だ。それでもケイド卿の情熱的なキスで体の奥に火がつき、まるで寒さを感じない。

たった一度、パーティのときに庭で若い将校とこっそり抱きあったことがあるだけで、キスを知っているつもりでいたなんて、わたしはなんとうぶだったのだろう。あのときのキスはとてもキスと呼べるようなものではなく、退屈でつまらないまねごとであったことが、いまようやくわかった。

どうしよう、息がうまくできない。彼に触れられた唇がうずき、甘く罪深い味が舌に残っている。メグの肌がぞくりとした。いけないことだとわかっているけれど、もう一度キスをしてほしい。だがケイドがこちらを拒絶するような冷たい目をしているのを見て、メグは彼にその気がないことを悟った。

　ケイドがふいに目をそらした。「寒くて凍えそうだろう。そろそろ屋敷に戻ろうか」そう言うとメグに腕を差しだすこともなく、くるりと後ろを向き、精いっぱいの急ぎ足で屋敷に向かって歩きだした。雪が固まった歩道にステッキが当たり、柔らかな音をたてている。

　メグは無言でケイドのあとに続いた。いったいどうしたというのだろう。わたしがなにか怒らせるようなことをしてしまったのだろうか。頭の中が混乱していたが、メグはなにも言わず黙っていた。というより、なにを言っていいのかわからなかった。

　ケイドは玄関の踏み段に続く小道の角を曲がりながら、さらに歩調を速めた。急いで屋敷に戻ろうとするあまり、脚のことをすっかり忘れていた。

　次の瞬間、歩道の凍った部分でステッキが滑り、前によろめいた。とっさに両腕をふってバランスを取ろうとしたが、そのときはもう遅かった。ケイドは倒れ、大きな体を硬い地面にしたたかに打ちつけた。

　メグは悲鳴をあげて駆け寄った。「ケイド卿！　閣下！　ああ、だいじょうぶ？」

　ケイドはうめき声をあげ、苦痛に顔をゆがめた。そしてメグが差しのべた手をふりはらった。「だいじょうぶだ」食いしばった歯のあいだから言うと、ゆっくりと上体を起こして地面に座った。

　メグは手を貸したかったが、拒まれることがわかっていたので、彼が必死に立ちあがろうとするのを後ろに下がって黙って見ていた。ようやく立ちあがると、ケイドは外套についた大きな雪の塊をぴしゃりと手ではらい、ふたたび歩きだした。ステッキにすがるようにして屋敷にたどりつき、玄関に足を踏みいれた。

メグも続いて玄関ホールにはいり、ケイドが外套を脱いで廊下の奥にある書斎に歩いていくのをはらはらしながら見守った。まもなくドアが勢いよく閉まる音が屋敷じゅうに響いた。

メグはため息をつき、階段を上がって寝室に向かった。今日の午後はもう彼と一緒に過ごすことはできそうにない。

5

その日の夜、ケイドはダイニングテーブルの席に着き、ウイスキーを飲み干した。そしてグラスをテーブルに置いた。メグの心配そうな顔をよそに、食事が始まるときにハービーに持ってこさせたクリスタルのデカンターを手に取り、お代わりを注いだ。

右隣りの席に座ったメグが、ナイフとフォークを使って肉料理を小さく切った。「この鹿《しか》肉《にく》は絶品よ、閣下。ぜひ食べるべきだわ」

メグの言うとおりだろうと思いはしたものの、ケイドはどうしても料理に手が伸びなかった。一皿目のスープはなんとか口に運ぼうとがんばったが、三口すすったところで胃がむかむかしてあきらめた。欲しいのは酒だけだ……なんでもいいから、太ももを切り裂くようなこの鋭い痛みを和らげてくれるものが欲しい。昼間の転倒のせいで怪我が悪化し、その代償をいま支払うはめになっている。

われながら、つくづく愚かなことをしてしまったものだ。まず、メグ・アンバリーにキスをした。それひとつだけでも取り返しのつかないあやまちだというのに、自分のしたことに動揺するあまり、屋敷に向かって急ぎながらほとんど足もとに注意を払っていなかった。歩いていると思った次の瞬間には地面に倒れ、ぎざぎざの刃物で突き刺されたような痛みが全身を貫いた。

しばらくして寝室に戻り、風呂に浸かった。筋肉痛は多少楽になったが、温かい湯も太もの激痛を和らげてはくれなかった。そしてノックスの手を借りてガウンを羽織ると、もう少しでベッドに倒れこみそうになった。だがなんとか自分を奮い立たせて服を着替え、一階に下りてきた。病人のようにふるまうのはごめんだった。特にメグの前では、弱々しい姿を見せたくなかった。

そしていま、ケイドはこうして夕食代わりのウイスキーをあおり、メグがフォークを口に運びながら、懸命に会話らしきものをしようとするのを黙って見ていた。ここで席を立ったほうがお互いのためであることはわかっている。今夜の自分は、誰にとっても一緒に食事をして楽しい相手ではない。ましてや女性なら、なおさらのことだろう。

キスも転倒も彼女のせいではない。どちらも自分の落ち度だ。それでも彼女とのあいだに距離を置いたほうがいいことが、今日あらためてよくわかった。このところ、自分とメグ――いや、ミス・アンバリー――はあまりに長い時間を一緒に過ごすようになっている。だがそれももう終わりにしなければならない。道路の除雪はほぼ完了し、彼女はもうじきこの地を去るだろう。こちらも自分の人生に戻らなければならない。このまま別れるのがお互いにとって一番いいことなのだ。ケイドはウイスキーを飲み干し、叩きつけるようにグラスをテーブルに置いた。

メグはその音にぎくりとし、フォークを持った手を空中で止めてケイドの顔を見た。

「こんなに機嫌の悪い男と一緒にいるのは、きみもうんざりなんじゃないか」ケイドは冷たい口調で言った。「今夜はこのへんで失礼させていただこう」

「でも、閣下、あの……せめてもう少し召しあがったほうがいいわ。食事にほとんど手をつけていないでしょう」

「それはぼくの勝手だ。食べたいと思ったら食べるさ」ケイドはつっけんどんに言った。メグが傷ついたような目をしたのを見て罪悪感を覚えたが、それを無理やりふりはらった。

「わかってるわ。わたしはただ、あなたの体が――」

「心配は無用だ」ケイドはナプキンをテーブルに放《ほう》って立ちあがった。鋭い痛みが右脚に走った。苦悶の声をあげそうになるのをこらえ、両手の関節が白くなるほど強く椅子の肘かけをつかんだ。ステッキを握りしめ、足をひきずりながら出口に向かったが、メグがこちらを見ていることがわかっていたので、ふりかえることはしなかった。

廊下に出ると、歩く速度を落として階段へと向かった。すべすべしたマホガニーの親柱に手をかけ、はるか遠くに思える階段の上を見上げた。一瞬、今夜は書斎で寝ようかという考えが頭をよぎった。だが経験上、読書用の椅子では熟睡できないことがわかっていた。とはいえ、このひどい痛みを考えれば、たとえ自分のベッドであってもとても眠れそうになどない。

アヘンチンキを飲むこともできるが、あまり気が進まない。感覚を麻痺《まひ》させるためなら酒のほうがましだ。でも今夜はもう浴びるほど酒を飲んだ。これ以上飲んでも、痛みをまぎらす効果は期待できそうにない。強い薬の力でも借りなければ、一睡もできないまま苦痛に満ちた長い夜を過ごすことになるだろう。それでもなんとか薬を飲まずに我慢しよう。

ところがようやく階段をのぼりきったとき、ケイドの肌はじっとりと汗ばみ、大量に飲んだウイスキーのせいで胃がむかむかしていた。寝室にたどりつくやいなや、しびんをつかんで胃の中のものを吐きだした。

まもなくノックスがやってきて、小刻みに震えるケイドの服を脱がせ、風呂にはいるのを手伝ってくれた。ケイドは汗ばんだ顔と体を洗い、歯を磨いて口の中に残ったいやな味を消すと、裸のままベッドに横たわった。

脚の痛みは相変わらず容赦なかった。

一時間後、とうとうケイドは起きあがってアヘンチンキを探した。そして最大投与量を飲み、足をひきずりながらベッドに戻って柔らかなシーツのあいだにもぐりこんだ。ため息をひとつつくと、そのまま眠りに落ちた。

ケイドは枕の上で寝返りを打った。見えないクモの巣にかかった獲物のように、悪夢にからめとられていく……。

こぶしが目の前に現われた次の瞬間、頭蓋骨《ずがいこつ》に割れるような痛みが走ったが、ケイドには殴られたという感覚がほとんどなかった。この数時間というもの、数えきれないほど殴打を受けている。いや、それとももう数日になるのだろうか。さっぱりわからない。絶え間なく殴られつづけているせいで、時間はおろか、苦痛以外の感覚はもはやなくなっている。

硬い木の椅子にロープで後ろ手に縛りつけられ、ケイドはぐったりしていた。長時間ずっと同じ姿勢を取らされているため、両脚はしびれてなかば麻痺している。だがそのおかげで、銃で撃たれた右の太ももの痛みをあまり感じなくてすむのはありがたい。

逃げようとしているところを撃たれたのだが、フランス軍の兵士はケイドをふたたび捕らえると、この納屋に連れてきた。このあたりの土地の持ち主だったポルトガル人の農夫は、すでに虫けらのように殺されていた。少なくとも必要な情報を聞きだすまでは、ケイドを失血死させるわけにはいかないので、兵士たちは軍医を呼んで太ももから銃弾をえぐりださせた。

ケイドは激痛のあまり失神したが、やがてバケツで冷たい水を顔にかけられて意識を取り戻した。そして自分が右脚に包帯が巻かれた状態で、椅子に縛りつけられていることに気づいた。鼻の奥で金属のような血のにおいがする。目は腫《は》れあがり、視界がほとんどきかない。切れた頰からひと筋の血がゆっくりと流れている。

「連絡員の名前を言え！」敵のひとりがフランス語で怒鳴った。「お前の仲間は何人いるんだ。ウェルズリーは北へ向かおうとしているのか、それとも南か！」

ケイドは片目を開け、唇についた血をなめた。「お前がなんと言っているのかさっぱりわからないな。さっき言っただろう。こっちはフランス語がしゃべれない《ジュ・ヌ・パルル・パ・フランセ》」

ケイドはまたもや顔面に一撃を浴びた。相手は彼がフランス語はおろか、スペイン語とポルトガル語とイタリア語にも堪能《たんのう》であることをよく知っているのだ。ケイドの首が後ろにがくりと倒れ、頭蓋骨が砕け散りそうに痛んだ。

男たちが声をひそめてなにかを話していたかと思うと、そのうちのひとりがケイドの背後に立った。

「連絡員は誰だ。仲間の名前を言え。ウェルズリーはどこに向かうのか。答えろ、このイギリス野郎《アングレ》！　吐かないとひどい目にあうぞ！」

「ひどい目にならもうあってるよ」ケイドはぼそぼそとつぶやいた。「ここは臭くてたまらない。これは家畜のにおいか、それともお前のにおいか」

殴られると思って身構えたが、こぶしは飛んでこなかった。

敵がフランス語で罵《ののし》りの言葉を吐いた。「もういい。やれ」

背後に立った男がすばやく両手を動かし、ケイドの首になにかを巻いてきつく締めあげた。ケイドの体が反射的に跳ねあがった。全身がひきつり、肺が空気を求めてあえいでいる。首に巻きつけられたものが肉に食いこみ、その部分の皮膚が焼けるように痛い。足をばたつかせて身をよじり、必死に抵抗した。両手を縛るロープをほどこうともがいたが、まぶたの裏に黒い斑点《はんてん》がちらちら躍りだした。ケイドは死を覚悟した。

ふいに首に巻かれたものが解かれ、肺に空気が一気に流れこんできた。ケイドは激しく咳《せ》きこみ、苦しさに身もだえした。生温かい液体が脚にはねかかり、みるみるうちにいくつもの真っ赤な斑点となってズボンの生地に広がった。視界がぼんやりしていても、それが血であることはすぐにわかる。自分の血だ。ちくしょう、いまの男はワイヤーを使ったのか。

頭がぼんやりし、まだ呼吸も整わないうちに、こぶしが飛んできた。「さあ、これで話す気になっただろう！」

「いや、それはどうかな」品のいい声がし、新たな人物が納屋にはいってきた。姿は見えないが、男が乱れのない足取りでわらを踏みしめながら、こちらに近づいてくる気配が感じられる。

「そんなことをしても時間の無駄だ」男は流暢《りゅうちょう》なフランス語で続けた。「お前たちのやりかたでは彼の口を割らせることはできない。そのままだと死んでしまうぞ。そうなったらすべてが台無しだ」

「ムッシュー・ル・レナール」それまで尋問の指揮を執っていた兵士がはっとし、敬意を込めた声で言った。「今夜ここにお見えになるとは知りませんでした」

「来てよかった。お前たちがこんな失態を演じているとはな」

「問題ありません。もうじき白状するでしょう」

「いや。バイロンのような男は、そう簡単に口を割ったりしない。その気にさせるには別の方法が必要だ」正体不明の男はケイドに近づき、腰をかがめて耳もとでささやいた。「そうだろう、バイロン」ケイドをあざ笑うようなその言葉は、訛りのない完璧な発音の英語だった。ロンドンの社交界のパーティで聞いたとしても、まったく違和感がないだろう。そもそもどうしてこの〝ル・レナール〟という男は、こちらの本名を知っているのだろうか。ウェルズリーの命令を受け、ここポルトガルで偵察任務にあたる際に使っていたのは、本名ではなく偽名なのだ。

ケイドは背筋が凍りついた。

「プレゼントを持ってきてくれ」ル・レナールはフランス語に切り替えて部下に命じた。

足をひきずるような音がしたかと思うと、激しく泣きじゃくる声が聞こえてきた。頬を平手で打つ音に続き、女性の悲鳴がした。

がっしりした手がケイドの髪をつかみ、顔を正面に向けさせた。「わたしが誰を連れてきたか見るがいい。村に住むきみのかわいい友だちだ。それとも友だち以上の関係だったかな。

そういえば、結婚式がどうこうという話を聞いたような気がしないでもないが」

まさか！　ケイドは必死に目を凝らし、ふたりの兵士に両脇を抱えられている若い女性をじっと見た。カリダだ！　顔に殴られたようなあざができ、まっすぐな褐色の髪はぼさぼさに乱れて肩に落ちている。ドレスのボディスは引き裂かれ、袖《そで》の片方はもぎとられていた。ケイドと目が合うと、女性の美しい茶色の瞳に涙があふれて頬を伝った。

「彼女を放せ！」ケイドは叫んだ――というより叫ぼうとした。だがそれは耳障りなかすれ声にしかならなかった。

「それはできない相談だ。さあ、言ってごらん」ル・レナールはポルトガル語に切り替え、猫なで声で言った。「さっき話したことを覚えているだろう？」

「ああ、聖母様《マードレ・デ・デイオス》」女性は泣きながら言った。「ケイド、この人たちになにをされたの？　パパとママが殺されたわ！　男の人たちが突然うちにやってきて、家族みんなを無理やり連れだしたのよ！　この人が言うには、そ、その、あなたが……自分たちの知りたいことを話せば……こ、これ以上のことはしないって。お願い、乱暴をやめさせて」

「そうだ、ケイド卿」ル・レナールが貴族のような美しい英語で言った。「話してくれれば、きみたちをかならず自由にしよう」

ケイドにはそれが嘘であるとわかっていた。秘密を白状したとたん、殺されるのは目に見えている。カリダも同じだ。だがたとえこんな状況でも、彼女を助ける方法がきっとなにかあるはずだ。

「わかった。な……名前を教える」ケイドはあえぎながら言い、必死で頭を働かせてもっともらしい作り話を考えようとした。「彼女を放したら教えよう」

「だめだ。名前が先だ」

ケイドはためらったが、それ以上時間を稼ぐことはできそうにないと観念した。「ロドリゲスだ。パブロ・ロドリゲス」

ル・レナールはしばらく黙っていた。「やれやれ。きみには失望した。その名前なら、もう何カ月も前からわかっている」そこでひとつため息をついた。「どうやら今夜は時間がかかりそうだ。わたしの部下にも暇つぶしが必要だろう。さあ、誰が一番乗りかな」

ケイドはロープで縛られた体をよじった。「やめろ！　やめてくれ！」

カリダの悲鳴があたりに響いた。兵士のひとりが彼女に襲いかかり、土間にひきずっていってスカートを乱暴にまくりあげた。

ル・レナールはケイドの髪をさらに強く引っぱってまっすぐ前を向かせると、今度は指先で腫れたまぶたをこじあけた。「よく見るんだ。こんなに楽しい光景を見逃すのはもったいない」

「やめろ！　ああ、カリダ！」ケイドは絶叫した。

6

　メグは一冊の本を脇に抱え、暗い書斎を静かに出た。燭台《しょくだい》を高く掲げて廊下を階段に向かった。屋敷はひっそりと静まりかえっている。もう夜も更けていたが、どうしても寝つけず、少し前にベッドを出てネグリジェの上にガウンを羽織り、なにか読むものを探しに一階に下りてきたのだった。

　最悪の雰囲気だった夕食のときから、メグはずっとケイドのことが心配でしかたがなかった。本人に訊いてもきっと否定しただろうが、かなりの痛みに耐えていることはすぐにわかった。大きな体が見るからにこわばり、唇も紫色になっていた。それに次から次へとグラスを重ね、ウイスキーを浴びるように飲んでいたことを考えても、相当つらかったのだろう。食事もまともにとっていないのに、よくあの状態でダイニングルームを出て、階段を上がって寝室に戻れたものだ。

　ケイドが出ていったあと、メグは暗い気持ちでぼんやりと料理をつついた。やがてもう食事をする気分ではないと思いなおして席を立ち、少し早いが召使いにおやすみの挨拶をした。

寝室に戻ると、エイミーの手を借りて服を脱ぎ、それから安眠を誘う温めたミルクを持ってきてもらった。だが横になってもなかなか眠れず、ケイドのことばかり考えていた。彼が転んだこと。そして、キスをしたこと。

いまでも彼のうっとりする唇の感触や、その胸に抱かれた悦びをまざまざと思いだす。でもキスが終わったとたん、ケイド卿はこちらにくるりと背中を向けて歩き去った。その態度を見て、彼の本心がよくわかった。わたしがここを出ていけば、ケイド卿はほっと胸をなでおろすだろう。わたしもようやく旅を再開できることを喜ぶべきなのだ。なのにいま、あの人のことが心配で眠れぬまま、こうして夜の闇に包まれた廊下を歩いている。

ケイドの寝室の前に差しかかり、メグの足取りが遅くなった。知らず知らずのうちに、シーツに包まれて安らかに眠っているケイドの寝顔を思い浮かべていた。そんな自分を叱《しか》って部屋に急ごうとしたが、突然くぐもったような叫び声が聞こえてきた。

立ち止まってさっとふりかえると、ろうそくの炎の影が壁に揺れた。いまのはケイド卿の声だ。そのときまたもやかすれた叫び声がしたかと思うと、続いてうめき声が聞こえた。メグはとっさにケイドの寝室に駆け寄ってドアノブをまわした。

部屋の中は暗く、唯一の明かりは暖炉で赤々と燃えている炎だけだった。暗闇の中にうっすらと大きなベッドが見える。メグはドアを閉めて部屋の奥に進んだ。ケイドがまるで見えない敵と戦っているようにもがいている姿が目にはいった。

どうやら彼は目を覚ました状態で痛みにもだえているのではなく、悪夢にうなされているらしい。しきりに寝返りを打ってうめき声をあげ、ひどく苦しそうだ。しわがれた叫び声がする。「やめろ！　頼む、やめてくれ！」

メグはためらうことなくケイドのもとに駆け寄った。「閣下」優しく声をかけた。「ケイド卿、起きてちょうだい。あなたは悪夢を見ているのよ。ねえ、わたしの声が聞こえる？」

だがケイドはメグの声に反応せず、すっかり悪夢にとらわれて、苦痛に顔をゆがめたまま寝返りを打った。

「ケイド卿」メグはさっきより大きな声を出した。「あなたは夢を見ているの。起きてちょうだい。ただの怖い夢なのよ。ケイド卿、起きて！　さあ、早く！」

それでもケイドは目を覚まさなかった。なにかをぶつぶつつぶやきながら、あせったようにもがいている。本と燭台をナイトテーブルに置いたとき、アヘンチンキのびんとスプーンがメグの目に飛びこんできた。それを見て、ケイドが薬を飲んだのだとわかった。だからこれほど深い眠りに落ちているのだ。

ケイドがうめき、顔をしかめてなにかを懇願するように唇を動かした。メグは薄闇の中で目を凝らし、彫刻のようなあごの線と、扇形に広がった黒いまつ毛をしげしげとながめた。苦悶の表情を浮かべていても、彼が端正な顔立ちをしていることに変わりはない。シーツにくるまれた長い手足と男らしい体の線が、ふとメグの目をとらえた。

見てはいけないわ。メグは自分を叱った。だが、そのときにはもう心臓が早鐘のように打っていた。がっしりした胸に黒っぽい巻き毛が生えている。上半身になにも着けていないとしたら、下半身は……。

こんな無作法なことはやめて、いますぐこの部屋を出ていかなければ。でも助けを必要としているケイド卿を見捨て、どうして立ち去ることができるだろうか。麻薬を使っているとしたら、どんな危険なことをするかわからない。それにいま部屋に戻っても、どうせ彼のことが心配で一睡もできないに決まっている。

メグは上体をかがめ、ケイドの肩に手をかけた。そしてその体が燃えるように熱いことに気づいてぎょっとした。それでも、どうやら熱があるというわけではなさそうだ。きっと彼はもともと体温が高いのだろう。メグはケイドを起こそうと、肩を強く揺すった。

ケイドはうめくようになにかをつぶやいたが、やはり目を覚まさなかった。

「ケイド卿。わたしの声が聞こえる？」

ケイドはますます苦しそうにシーツの上でもがいた。「やめろ！」

メグは彼をなだめようと、まずは筋肉質の肩を、次に腕と胸を優しくなでた。その肌の感触にネグリジェの下で乳首が硬くなり、体がぞくぞくした。やがてケイドは落ち着きを取り戻し、呼吸が少しずつ安定してうめき声もおさまった。

メグはほっとし、ケイドの体をゆっくりとなでつづけた。手を動かしながら、彼の首の付け根にくっきりと刻まれている傷痕に目をやった。好奇心を抑えられず、その傷に手を触れ、指先でそっとなぞった。

次の瞬間、いきなり強い力で手首をつかまれ、手のひらをケイドの胸に押し当てられた。メグは悲鳴をあげて後ずさろうとしたが、鉄の手錠でもかけられたように身動きができなかった。

ふいにケイドが目を開けてメグの顔を見た。薄明かりの中でも、彼のグリーンの瞳の色が濃くなっていることがわかる。

「閣下」メグはささやいた。「起こしてごめんなさい。でもあなたは夢を見ていたの」

ケイドは眉をひそめた。「夢を見ていた?」メグの言葉をくり返したが、ろれつがまわっていなかった。

「そうよ。ひどい悪夢だったみたい。でももう目が覚めたのなら、これで……これでわたしは失礼するわね」

ケイドはメグの顔を見つめたが、まだ意識が完全に戻っていないのか、その目はどこか焦点が合っていなかった。

「閣下?　起きているんでしょう?」

メグはまたもやケイドの手をふりはらおうとした。だが、ケイドはメグの手首をさらに強くつかんで放そうとしなかった。

「ケイド卿、起きて！　ほら、メグ――メグ・アンバリーよ。悪夢を見ていたようだけど、もうだいじょうぶだから」

本当にだいじょうぶだろうか、とメグは思った。ケイド卿は混乱したような目をしている。アヘンチンキがまだ効いていて、意識はあるものの、ここがどこで自分がなにをしているのか、よくわかっていないらしい。

もう一度体をさすれば落ち着くかと思い、メグはベッドに身を乗りだして空いたほうの手でケイドの肩をなでた。ケイドの体から力が抜けるのがわかったが、それでも手を離そうとはしなかった。メグの顔をなめまわすように見たかと思うと、やがてぎらぎらした視線を首から下に落とした。

メグは恥ずかしさのあまり乳首がとがり、頬が紅潮して息づかいが荒くなった。だがそこにはもうひとつ、困惑とは別の感情が交じっていた。そのときガウンの前がはだけていることに気づき、メグはまたもや赤くなった。ウェストに結んだひもがほどけ、薄手の白いリネンのネグリジェが下からのぞいている。

メグはあわててガウンの前を合わせようとしたが、ケイドが先に手を伸ばし、迷うことなく乳房に触れた。親指で乳首をさすられ、メグは身震いした。

「いい気持ちだ」ケイドはつぶやき、手のひらで乳房を包んでゆっくりと愛撫を始めた。

メグははっと息を呑んで体をこわばらせた。まぶたがだんだん閉じていく。もしいま自由になれたとしても、わたしはここを動けないだろう。言葉にできない快感にとらわれ、体じゅうが熱く燃えている。

ケイドがネグリジェのボタンをはずしはじめたが、メグは頭がぼうっとし、その手を止めようとはしなかった。ケイドはネグリジェを肩から脱がせ、むきだしの乳房に触れた。メグの胃がぎゅっと縮んだ。彼の愛撫を受けながら甘い吐息をもらし、天上にいるような悦びにまぶたを閉じた。

突然ぐいと手を引かれてケイドの胸に抱き寄せられ、メグはぱっちり目を開けた。ケイドが彼女の髪に手を差しいれ、首筋に結んであるリボンをほどいた。まっすぐな長い髪がはらりと落ち、亜麻色のカーテンのようにふたりの顔にかかった。ケイドはメグの首を支えると、上体を起こして唇を重ねた。メグの頭からすべてが吹き飛び、もうなにも考えられなくなった。

震える唇を舌でなぞられ、全身がかっと火照ってのどの奥から小さな声がもれた。口をうっすらと開いた瞬間、彼が舌を差しこんできた。温かな舌で口の中を愛撫され、メグはぞくぞくした。ケイドが甘く情熱的なキスを返すよう、彼女を促している。メグはケイドにしがみつき、官能的な激しいキスに溺れた。彼の手があちこちの肌をなでている。

正体のよくわからない欲求が体の奥に芽生え、脈が激しく打ちはじめた。脚のあいだがうずき、メグはしきりに身をよじった。

ふいにケイドが彼女を仰向けにし、その上におおいかぶさった。首筋にじっくりとキスをしてから、唇を少しずつ下に動かしていった。キスをしながら手を動かし、ネグリジェの前を開いて胸を交互にもんだ。メグの唇からあえぎ声がもれた。

乳房を口に含まれ、メグの背中が弓なりにそった。ケイドは舌と歯を使って丁寧に愛撫をすると、反対側の乳房に移った。

メグは片手を伸ばし、ケイドのなめらかな髪に差しこんだ。情熱の波に呑みこまれ、すすり泣くような声を出しながら夢中で彼の頬をなでた。ケイドが彼女の体じゅうに両手をはわせている。片方の手がネグリジェのすそをめくり、ふくらはぎからひざ、太ももをなでている。

ケイドはいったん乳房から口を離し、メグの首筋に顔をうずめてつぶやいた。「ああ、最高の気分だ。なんて素晴らしい感触だろう」

メグはうっとりとして微笑んだ。

ネグリジェの下にはいったケイドの手がさらに上に進み、メグの脚のあいだをそっとさすった。メグの全身に電流のような衝撃が走り、心臓が胸から飛びだすのではないかと思うほど激しく打ちはじめた。

ケイドが胸もとの肌にキスの雨を降らせながら言った。「きみが欲しい。ぼくの愛《いと》しい人。ああ、カリダ」

〝カリダ！〟

メグはぱっちりと目を開けて凍りついた。鼓動がまたもや速くなったが、今度は欲望ではなく、突き刺すような胸の痛みからだった。

わたしはいったいなにをしているの？　欲望の炎が急速に消え、メグは目に涙をためてケイドを押しのけようとした。「やめて！」

だがケイドはメグの頰にくちづけながら、敏感な部分の肌に手をはわせつづけた。

怒りでいっぱいの心とは裏腹に、メグの体が反応した。それでももう一度、ケイドの胸を精いっぱい押した。「やめてったら！」絶望感がメグに力を与えたのか、ケイドは彼女の上から転げ落ちた。

「どうしたんだ」ケイドはとっさに片方のひじをついて体を支えると、あきらかに困惑した顔で首をふって目をしばたいた。

メグは胸を突かれる思いがした。彼はこの期におよんでもまだ完全に目が覚めていないのだ。アヘンチンキの影響で意識が混濁し、自分がなにをしているのかもわかっていないらしい。屈辱のあまり、胃がむかむかした。メグは体を震わせ、こぶしを唇に押し当てて涙をぐっとこらえた。

ベッドから飛び下りて出口に急ぎ、ドアノブをまわそうとしたが、手が滑ってうまくいかなかった。涙で頰を濡らしながらもう一度試したところ、今度はちゃんとドアが開いた。メグはすばやく廊下に出ると、乱暴にドアを閉めて自分の寝室に走っていった。

ケイドは朝の光に顔をしかめてうめき声をあげ、もう少し眠ろうと目を閉じて寝返りを打った。だがそのはずみで脚がずきりとし、完全に目が覚めてしまった。痛みはじきにおさまったが、ケイドは温かいシーツに横たわったまま、また新しい一日が否応なくやってきたのだとぼんやり思った。

伸びはじめたひげでざらざらしたあごをこすると、あくびをして仰向けになり、柔らかな羽毛枕に頭を乗せた。

それにしても、とんでもない夜だった。ケイドは腕で顔をおおった。全部は思いだせないが、ひどく官能的で生々しい夢を見た。薬の影響であることは間違いない。アヘンチンキはたしかに痛みをまぎらしてはくれるが、困った副作用をともなうことも多い。いまでもまだ頭がぼうっとし、力のはいらない体はどこか自分のものでないように感じられる。

いまさら驚きはしないが、昨夜もやはり悪夢にうなされた。誰にも話せない、心の奥にしまいこんだ記憶。時間がたてば、やがてその記憶も薄れていくのかもしれないが、自分には忘れる資格などない。自分のせいでカリダとその家族は死んだのだ。付近でフランス兵が目撃されたという噂《うわさ》があるにもかかわらず、愚かな自分はたかをくくり、敵の目をかいくぐった気になっていた。

カリダが待っているのはわかっていたし、ほかに連絡を取る方法もなかった。もし会いに行かなければ、カリダは捨てられたと思いこんでいただろう。現地の女性と付き合い、いとも簡単に捨てる外国人の兵士は掃いて捨てるほどいる。それになにより、カリダに会いたくてたまらなかった。

自分のそうした思いあがりのせいで、彼女は命を落とした。

ケイドは首に手をやり、フランス兵につけられた細長い線のような傷痕を確かめようとした。そして指が傷に触れたとき、ふと奇妙な感覚にとらわれた。誰かにこの傷をなぞられたような気がする――女性の指の感触が残っている。だがそんなことがあるわけがない。いままでこの傷痕にさわった女性はひとりもいない。

イギリスに戻ってから、一度だけ女性と付き合った。軍隊時代の友人に、少し気晴らしをしたほうがいいと言われて抱いた、ロンドンの商売女だ。自分がまだ男であることを証明したかったし、名前も知らない女の胸で、苦しみをいっとき忘れられるのではないかとも思った。でも結局、なんの満足も覚えなかった。別れたあと、自分が汚れたようなむなしい気分になり、熱い風呂にはいって体をごしごしこすった。

商売女にカリダの代わりはできないのだ。というより、カリダの代わりになる女性がこの世にいるとは思えない。だがいくら罪悪感が消えないといっても、いつまでも禁欲を守っていられる自信もない。自分にはまだ欲望があるし、体が女の肌を求めてうずくこともしばしばだ。

そのときケイドの脳裏に、ふとある映像が浮かんだ。ピンクの先端をした柔らかな乳房をこの手が愛撫している。ふっくらとした唇にくちづける――キスをせがむように震えながらも、エロティックな幻想にはどこか似つかわしくない無垢《むく》な唇だ。それに長い髪の毛も覚えている。月光のように淡い色をしたなめらかな髪が垂れ、こちらの顔にかかっていた。華奢《きゃしゃ》な手がこの胸をなで、キスは花の蜜のように甘かった。ケイドは欲望が湧《わ》きあがるのを感じて目を閉じた。股間が硬くなり、その部分のシーツが盛りあがった。

まったく、なんという夢を見てしまったのか。ケイドは心の中でつぶやき、薬のせいで見たにちがいない官能的な夢をぼんやりと思い返していた。ふいに相手の女性の正体がわかった。

メ、メグ・ア、アンバ、バ、リ、リーだ。

そう、メグが耳もとで甘いため息をつき、キスや愛撫を受けながら身もだえし、手足をからませてきた。現実には起こりえないことなのに、どうしてこんなに生々しい感触が残っているのだろう。悪夢にうなされているとき、彼女に名前を呼ばれた。それからそっと優しく肩や胸をなでられた。それで欲望に火がつき、彼女が欲しくてたまらずにその体を抱き寄せた。

だが記憶はそこでぷっつりととぎれ、夢の結末がどうしても思いだせない。まるで最後のピースが見つからないパズルのようだ。ケイドは胸騒ぎを覚えた。

気を取りなおしてシーツをめくり、両足をゆっくりと床に下ろした。昨日の転倒で臀部《でんぶ》に紫色の大きなあざができたが、太ももの傷に比べたらたいしたことはない。体勢を整えて立ちあがろうとしたとき、ナイトテーブルの上に本と溶けたろうそくの跡があることに気づいた。

こんなものに覚えはない。

背中を冷たいものが走り、いやな予感がふくらんだ。

ケイドはあごを手でこすりながら、本とろうそくの跡をながめた。そのとき、見慣れないものがもうひとつあることに気づいた。青い色をした細長いなにかが、シーツのあいだに落ちている。ケイドは一瞬凍りついた。そして震える手を伸ばし、それをつまみあげた。

へアリボンだ！　顔の前に持ってくると、女らしい花の香りがかすかに鼻をくすぐった。

い、い、い、メグ！

ケイドは昨夜の夢が夢ではなかったことを悟った。

7

「まだ道路がところどころ危険なのはわかってるけど、出発しようと思うの」メグは玄関ホールで御者のジョンに言った。

大柄な体格の御者が渋い顔をした。「あと一日か二日待ったほうがいいですよ。途中でまた動けなくなってしまったら大変だ」

メグは不安になったが、気持ちを奮い立たせて言った。「そのときはそのときよ。この屋敷のご主人にずいぶん長いあいだお世話になっているし、そろそろ出ていかなくちゃ。三十分以内に出発するわ。馬車を用意してもらえるかしら。荷物はもうまとめてあるから、いつでも取りに来てちょうだい」

メグが荷物をまとめたのは、夜が明けてすぐのことだった。東の空が白みはじめると同時に、起きあがって荷造りを始めた。その数時間前、ケイドの部屋を逃げるようにあとにして自分の寝室に戻ったが、とても眠ることなどできなかった。頭の中は混乱していたものの、たったひとつだけ、はっきりしていることがあった――すぐにここを出ていかなければならない。

メグはジョンの目をまっすぐ見据え、父が反抗的な水兵に向かってしていたのと同じように、特権階級に属する人間らしく威厳のある表情をしてみせた。

ジョンは咳払《せきばら》いをした。「わかりましたよ。すぐに馬を用意します」

「馬がどうしたって？」階段の上から男性の低い声がした。

ケイドだ。

メグの心臓がどきりとした。あの人が起きる前に出発したいと思っていたのに、それもかなわなかった。彼はきっと、昨夜わたしが自分のベッドにいたことも覚えていないだろう。メグは屈辱に身を縮め、ケイドに背中を向けているおかげで顔を見られずにすんだことに感謝した。気持ちを落ち着かせるため、ひとつ深呼吸をして後ろをふりかえると、ケイドが階段を下りてくるのが目にはいった。

疲れた顔をしているが、それでもうっとりするほど魅力的だ。ゆるやかにカールした栗色の髪が額にかかり、ひげを剃ったばかりの顔は少し青ざめている。メグはケイドの頬の感触を思いだした。情熱的なくちづけと愛撫を受けているとき、伸びはじめたひげでちくちくする頬がわたしの素肌に触れていた。メグはケイドを見上げ、顔が赤らみそうになるのをこらえた。

ケイドは階段を下りたところで足を止めた。「どうしてこんな早朝から御者と馬の話をしてるんだ」

メグは肩をそびやかした。「ここを発《た》つからよ。道路の状態はまあまあだし、ただでさえ大幅に予定が遅れているもの」

ケイドはあごをこわばらせた。「ちょっと待ってくれ。話がしたい」

メグはうつむき、履き古した黒い革のハーフブーツのつま先を見つめた。「まだなにか話しあうことがあるとは思えないわ」

ケイドはメグに歩み寄り、声をひそめて言った。「そうかな。昨夜ぼくの部屋に来たことについても、話しあう必要はないというのかい?」

メグはぱっと視線を上げてケイドの目を見た。さっきはなんとか抑えたのに、顔が真っ赤になるのがわかった。彼が昨夜のことを覚えているのだと思うと、胃がねじれるような感覚に襲われた。

「話が終わっても、きみがどうしても出ていきたいと言うなら、そのときは引き留めはしない。でもまずは話をさせてくれないか」

メグが言葉を失っているうちに、ケイドが御者に向かって言った。「まだ馬の用意はしなくていい。ミス・アンバリーからあらためて呼ばれるまで、しばらく待っててくれ」

ジョンはうなずき、大またで歩き去った。

ジョンがいなくなるやいなや、メグはケイドに向きなおった。「わたしの使用人に指図する権利はあなたにはないわ」

「彼はきみの大叔母上の使用人じゃなかったかな。とにかく居間に行こう。頼む」

断わりの言葉がメグののどまで出かかったが、ケイドとはやはり一度、話をしておかなければならないだろうと思いなおした。それにしても、まさか彼が昨夜のことを覚えていたなんて。いっそこのまま消えてしまいたい気分だ。

それからしばらくして、メグは居間のソファに腰を下ろした。ケイドが背後でドアを閉めた。メグは黒いカシミアのドレスをなでつけると、ひざの上でこぶしを握った。心臓が早鐘のように打っている。足をひきずるようにして分厚いトルコじゅうたんの上を歩く、くぐもった音が聞こえ、ケイドが近づいてくる気配がした。

だがケイドは椅子には座らず、暖炉の前に行くと、腰をかがめて新しい薪を一本、火にくべた。木がはじけて火花が散り、れんがの火床の中で赤やオレンジの炎が貪欲《どんよく》な舌のようにめらめらと薪をなめる。メグはケイドが口を開くのを待ったが、彼は無言のまま、マントルピースに腕をもたせかけて炎をながめていた。

「わたしがいなくなればほっとするでしょう」沈黙を破ったのはメグだった。「わたしに早く出ていってほしいと、最初からずっと言っていたものね」

ケイドはふりかえった。「きみがどうこうという問題では……」

メグはなにを言ってるのというように眉を上げた。

「とにかく、相手がきみだから一緒にいたくないというわけじゃないんだ。ぼくは孤独を愛している。きみもよく知ってのとおり、客が訪ねてくるのは好きではない。でもそれは、きみにかぎったことじゃない」ケイドはぼさぼさの髪を指ですくと、ベストのポケットに手を入れた。そして青いリボンをゆっくりと取りだした。

メグははっと息を呑んだ。

ケイドは部屋を横切ってシルクのリボンを差しだし、静かな声で言った。「きみに謝らなければならないようだ」

メグは首をふって床に視線を落とした。「その必要はないわ」

「これがぼくのベッドに落ちていたことを考えれば、そういうわけにはいかない」

ケイドはこぶしを握ったメグの手の上にリボンを置いた。メグは胃がぎゅっと縮むのを感じた。のろのろとした動作で二本の指にリボンを巻きつけ、親指でそのシルクの生地をなでた。

ケイドはメグの向かいのアームチェアに腰を下ろした。「こんなことを訊いて申し訳ないが、ぼくたちが昨夜、どこまで進んだのか教えてくれないか。記憶があやふやで、断片的なことしか思いだせないんだ」

メグはリボンを強く握りしめた。彼はどんな答えを求めているのだろうか。いくらなんでも、ひとつひとつ順を追って詳しく説明してほしいわけではないだろう。

「ぼくはきみの純潔を奪ってしまったんだろうか」ケイドは穏やかな口調ながら、単刀直入に尋ねた。

メグはかっと肌を火照らせ、ケイドの目を見据えた。「まさか！」

「まさか？」ケイドは疑わしそうにメグの言葉をくり返した。「ということは、きみは無垢のままなのかい？」

「そうよ！」メグは語気を強めた。男女の営みのことについてよく知っているわけではないし、キスや愛撫だけでも夢見心地になったが、その先にまだ自分が開けたことのない未知の扉があることはわかっている。昨夜の記憶がよみがえり、メグの体がぞくりとした。「ええ。わたしはまだ純潔よ」少なくとも、彼が知りたがっている意味では純潔だ。

ケイドの肩から力が抜けるのが傍目《はため》にもわかった。「よかった」ケイドはそうつぶやいた。

メグは唇を結び、リボンをくしゃくしゃに丸めた。彼がほっとするのは当然のことだと自分に言い聞かせながら、丸めたリボンをぎゅっと握りしめた。わかってはいるが、なにもそこまであからさまに喜ばなくてもいいだろう。

「じゃあ、話がそれだけなら……」

ケイドはふたたび渋面を作った。「これで終わりにできるわけがないだろう。きみの純潔を奪わなかったからといって、それですむ問題じゃない。きみがぼくのベッドにいたのは事実――」そこで少し口をつぐんだ。「そもそも、ひとりで寝ていたはずのぼくのベッドに、どうしてきみがいたんだい？」

メグはまたもや赤くなった。「あなたが夢を見ていたから」

「夢を見ていた？」

「悪夢にうなされていたのよ。一階に本を取りに行った帰りに、あなたの寝室の前を通りかかったの。そのとき叫び声が聞こえたわ。てっきり脚が痛くてたまらないんだと思って、部屋に駆けこんだの。それから……その……あなたを……」

ケイドの目がきらりと光ったが、それがなにを意味するのか、メグにはよくわからなかった。「それで？」

「起こそうとしたけれど、あなたはいつものあなたじゃなかったわ」

「そうだろうな。昨夜はアヘンチンキを飲んだんだ」

「ええ、すぐにそうだとわかったわ。あなたはしきりに寝返りを打って、とても苦しそうだった。それで……その、どうしてかわからないけれど、気がついたらそういうことになっていたの」

「なるほど」ケイドは真顔に戻った。「きみに怪我はなかっただろうか」

「ええ、心配しないでちょうだい、閣下。昨夜は……その、昨夜のことはあなたの責任じゃないわ。あなたは意識がもうろうとしていたんだし、そもそもわたしが寝室にはいっていったのがいけなかったのよ。なにか役に立てることがあればと思って――」

「ああ、わかっている。でもだからといって、なにごともなかったような顔などできない」

「どういう意味なの？」

ケイドは手で髪をすいた。「つまり、紳士なら即刻きみに申し出るべきことがあるという意味だ」

「わ、わ、わたしに申し出るべきこと？」メグはケイドの言葉をくり返したが、最後のほうは声が消えいりそうになった。「結婚ということなの？」

「そのとおりだ。ぼくはこういう体であるにもかかわらず、きみをベッドにひきずりこんだ。きみはぼくに結婚を求める権利がある」

メグはリボンを指に巻きつけた。「そうかしら」

「ああ。だが幸いなことに、きみはまだ無垢のままだ。それにぼくたちのどちらも結婚を望んではいない。だったらわざわざお互いにしたくもない結婚をして、一生みじめに暮らす必要もないだろう」

メグはうつむいてブーツを見た。「ええ、そうね」

「それでも、言葉で謝るだけではとうてい償えるものじゃない」

メグはひえびえとした気持ちになった。「そんなことはないわ。実害はなかったんだから、今回のことは水に流して忘れましょう」

「しかし――」

「わたしに負い目を感じる必要はないのよ」メグはきっぱりと言った。

そして立ちあがって暖炉の前に行った。ゆっくりと手のひらを広げてリボンを見つめ、暖炉に放った。青いリボンが火に呑まれて丸まり、赤く燃えあがったのちに灰になった。メグはケイドに向きなおった。「話がこれで終わりなら、御者とメイドを呼びに行くわ」

ケイドは椅子から立った。「まだ出ていかなくても――」

「いいえ、もう出発しなくちゃ。泊めてくださってありがとう。これまでの人生の中でも……とても印象深い二週間だったわ」

ケイドはなんと言っていいか迷っているように、ステッキで床を打った。「メグ――」

「さようなら、閣下」

メグが部屋を出る前に、ドアをノックする音がした。ビークスが顔をのぞかせた。「お邪魔してすみません。ルドゲイトのだんなが訪ねてきました」

ケイドは顔をしかめ、いらだちにあごをこわばらせた。郷士《スクワイア》のルドゲイトだと？　こんなときになにをしに来たんだ。いったいぜんたい、彼が自分になんの用があるというのだろう。

「都合が悪いと伝えてくれ。帰ってもらうんだ」

ビークスは足をもぞもぞさせた。「そう言ったんですが、あのかたはああいうかたなもんで」

「もう一度断わってくれ」ケイドはメグにちらりと目をやった。「彼女を見られるわけには――」

「やあ、バイロン。ひどい雪だったけど、ご無事でしたかな?」ドアのほうから声がした。小柄で腹が突きだし、白髪交じりの頭をした男性が現われ、部屋にはいったところで足を止めた。そしてキツネを見つけた猟犬のような目をメグに向けた。「おやまあ、こちらはどなたです?」にっこり笑ってケイドを見た。紺と黄色の縞柄のベストについた真鍮《しんちゅう》のボタンが光っている。「まるでミロのビーナスのようですな。わたしの知らないあいだにこんな美女とこっそり付き合っていたとは、まったく隅に置けないお人だ。さあ、紹介してください」

ケイドは不機嫌な声を出しそうになるのを我慢し、とんだ場面に現われたこの老いぼれを、いっそ銃で撃ってしまいたいと思った。だが近所に住む人物を殺したりすれば、騒動になるのは目に見えている。ケイドはひそかに悪態をついた。どうしてよりによって今日、この詮《せん》索《さく》好きな男がここを訪ねてくる気になったのだろう。

「ルドゲイト」ケイドは一歩前に進み、メグをかばうようにその前に立った。「あなたが訪ねてくるとは思わなかった」

「この道路の状態を考えるとそうでしょうな。それにしても、大変な天気だった。あのようなひどい吹雪は子どものころ以来です――いや、いったい何十年前の話をしているのかと、訊かないでいただけるとありがたい」ルドゲイトはくすくす笑い、お腹に手を当てた。「小作人がシャベルで一生懸命、雪をかいてくれたんですよ。屋敷に閉じこめられ、ほとほとうんざりしていたもんでね。ずっと外に出られないと、頭がおかしくなってしまう」そこで言葉を切り、ふたたび探るような目でケイドとメグを見た。「でもそちらは、一緒に暇をつぶすお相手がいたようでなによりだ。さて、早く紹介してもらえますか。それとも勝手に自己紹介してもよろしいかな？」

ケイドは怒鳴りつけたい気持ちをぐっとこらえた。ルドゲイトの首根っこをつかんで屋敷の外にひきずりだせたら、どんなにいいだろう。だがそんなことをしても、なんの解決にもならないことはわかっている。ここまで来たらもう手遅れだ。古いことわざにあるとおり、さいは投げられた。

ケイドはメグの横に立ってその手を取り、注意を促すように一瞬強く握った。「ルドゲイト郷士、こちらはミス・マーガレット・アンバリー。わたしの婚約者だ」

「婚約者ですと！」ルドゲイトが大声を出したおかげで、幸いなことにメグの驚きの声がかき消された。

ケイドは絶句しているメグのウェストに腕をまわし、その体を抱き寄せて頬にくちづけた。「笑顔で話を合わせるんだ」そう耳もとでささやいた。

メグの体がこわばり、緊張しているのがありありと伝わってきた。ケイドは彼女が話を合わせるのを拒むのではないかと不安になった。ふたりはしばらく目を見つめあっていたが、やがてメグがかすかにうなずいた。ケイドは背筋をまっすぐ伸ばしてルドゲイトに向きなおった。

「そのとおりだ」万が一メグの気が変わった場合に備え、ウェストを抱いたまま言った。「ミス・アンバリーとわたしは結婚する。このことを知っているのは、このあたりではあなただけだ。祝福してもらえるとありがたい」

「それは素晴らしい。おめでとう。なんと嬉しい話でしょう!」ルドゲイトは声高らかに笑った。

そして部屋の奥に進み、ケイドの手を握って力強く上下にふると、メグにお辞儀をした。「お会いできて光栄です。おふたりの結婚に心からお祝い申しあげます」

メグは微笑み、ケイドに抱かれたまま優雅にお辞儀を返した。「ありがとうございます。こちらこそ、お目にかかれて光栄に存じます」

「お姿だけでなく、言葉遣いも美しい。いい女性と出会いましたね。まったく非の打ちどころがないかただ。でも気を悪くしないでほしいんですが、わたしは少々驚いています。あなたが結婚相手を探しているとは、全然知りませんでしたからね。なにせ戦争でひどい怪我を負ったわけだし、わたしのような田舎の人間が知るかぎりでは、社交界にも顔を出していなかったでしょう」

ルドゲイトは白いものの交じった眉をひそめた。「そういえば、おふたりはいつ知りあったんです？　もちろん吹雪の前でしょう？　嵐《あらし》のまっただなか、突然ミス・アンバリーがここにやってくるわけがありませんものな！」そう言って笑い、ぜい肉のついた腹を震わせた。

ケイドはルドゲイトがはからずも真実を言い当てたことに動転し、じっとその顔を見た。どう答えたものかと思案していると、メグが先に口を開いた。

「実はわたしがここにやってきたのは、吹雪の最初の日なんです。道路が通れなくなって怖い思いをしていたんですが、ケイド卿が温かく迎えてくれました。そもそもの出会いについては、ケイド卿からお話ししていただきましょう」

メグはなにかもっともらしい話を考えてというように、上目遣いにケイドを見た。ケイドは諜報《ちょうほう》活動をしているときに、嘘をつくこつを学んでいた。一番いいのは、事実をできるだけたくさん織りまぜることだ。

「最初に彼女と会ったのは、ジブラルタルだった。わたしが初めてイベリア半島に足を踏みいれたときのことだ。ある将校が開いた舞踏会で紹介された。一度ダンスを踊っただけで、彼女こそ運命の人だとわかったよ」

ケイドとメグは目を見あわせた。メグはかすかに息を呑み、うっとりした表情を浮かべた。ケイドの作り話に驚くほど説得力を与える表情だった。

「会って二週間もしないうちに結婚を申しこんだ。でもわたしが敵地に行く可能性もあったから、そのことはまだ自分たちの胸にしまっておくことにしたんだ。しばらく手紙をやりとりしていたが、ある日……わたしは負傷し、イギリスへ帰ることになった。それからすぐに、不幸にもメグの父親が亡くなってね。ようやく状況が落ち着いたので、彼女がここにやってきたというわけだ」

ケイドは慰めるようにメグの腕をさすった。「メグはまだ喪中だから、婚約を発表するのは服喪期間が明けてからにしようと思っている。それまでこのことは黙っていてもらえないだろうか」

「ええ、もちろんですとも」ルドゲイトは鳩《はと》のように首を上下させた。「いずれ婚約が発表されれば、おふたりの恋物語を聞いてご婦人がたは夢見心地になるでしょう」

「そうかもしれないな」

ケイドはルドゲイトの顔をしげしげとながめたが、彼の言葉をまったく信じてはいなかった。この男は誰かに会ったとたん、今日のことを洗いざらい話してしまうだろう。それでもすぐに約束を破るのは気が引け、さすがに一日か二日ぐらいは黙っているのではないか。そうすれば短いながらも、これからどうすればいいかを考える時間ができる。

だがルドゲイトはケイドの説明に完全には納得しなかったらしく、狡猾《こうかつ》そうな目でメグを見た。「ミス・アンバリー、父上が亡くなったのなら――そのことについては心からお悔やみ申しあげます――母上と一緒にここにいらしたんでしょうな」

メグは緊張した。「いいえ、あの……母も亡くなったので、ここには……その……」口をつぐみ、ケイドの顔を見上げた。

「いとこと一緒に来たんだ」ケイドがさらりと言った。

ルドゲイトはケイドとメグを交互に見た。「いとこのかたですか。どこにいらっしゃるんです？　ぜひご紹介いただきたい」

メグは唇を結び、ふいに挑むように目を光らせた。「体調が悪くてベッドで休んでいます。たちの悪い鼻風邪を引いてしまいましたの。起こしてもいいんですが、いまはとても人前に出られるような状態ではありません。しもやけもひどいですし、今朝から咳も出はじめました。もしかすると肺炎を起こすのではないかと心配しています。感染しやすい病気ですから、あなたもあまりここに長居なさらないほうがいいかもしれません。移ったら大変ですわ」

ルドゲイトは小さなグレーの目を不安そうに見開いた。「ああ、それはお気の毒に。どうぞお大事に。ご本人に早い快復を祈っておりますとお伝えください。わざわざ起こしていただかなくても結構です。病気のご婦人はベッドで休むにかぎりますから」

メグは神妙な顔でうなずいた。「ええ、ありがとうございます。そう伝えておきますわ」

「はい、どうぞよろしく」ルドゲイトはもうドアに向かいはじめていた。「おふたりのご結婚に重ねてお祝いを申しあげます。申し訳ありませんが、そろそろ帰らなければ。今日の午後、秘書と約束をしていたのを思いだしました。書簡に返事を書くことになっていましてね。

ではこれで失礼します」

出口へと急ぐあまり、途中で足がもつれて転びそうになった。

玄関ドアが開閉する音が聞こえると、ケイドは吹きだした。それからしばらくして、目の端ににじんだ涙をぬぐった。「前に会ったときにペストの話でもしておけばよかったな。そうすればあの男がここを訪ねてくることもなかっただろう。近いうちにぼくが肺結核になったとでも言ってやろうか。そうすればもう近寄ってこないはずだ」

メグはケイドの腕をほどいて暖炉の前に行き、胸の前で腕組みした。「感じの悪い人だったわね。あなたが毛嫌いするのもわかるわ。あの人なら、スペインの異端審問でも活躍できたんじゃないかしら」

ケイドはまじめな口調で言った。「ああ、彼は温和そうに見えるが、動物的な勘を持っている。相手の弱点を攻めるこつを心得ているんだ」

「そうみたいね」メグは何歩か前に進み、ケイドの目をまっすぐ見た。「ところで閣下、今度はわたしからあなたに質問があるの」

「なんのことだろう」

「とぼけないでちょうだい。あの人にわたしたちが婚約しているなどと嘘をついて、いったいどういうつもりなの？」

「嘘じゃないさ、ミス・アンバリー」ケイドは覚悟を決めた口調で言った。「とにかく、いまはそういうことにしておいたほうがいい。ちゃんと説明するから座ってくれ」

「なんの説明かしら」

「この窮地を脱する方法についての説明だ」

8

「あなたと一緒にロンドンに行き、婚約しているふりをしろというの？」数分後、メグはソファに座ったまま言った。「ばかげているわ」

ケイドも椅子に座り、ステッキについたキツネの握りを親指でなでていた。「ばかげてなどいない。この状況を考えると、それしか方法はない。きみはぼくの家族のところに滞在し、社交界に出入りする。妹が今年デビューすることになっているから、付き添いとして一緒に舞踏会やパーティに行くといい。そこで結婚相手を探すんだ。いい相手が見つかったら、ぼくとの婚約を破棄すると言ってくれ。ぼくはがっかりしながらも、男らしく身を引いてきみをそいつに譲ろう。そうすればなんの問題もない」

「なんの問題もないですって？　そんな計画、正気の沙汰《さた》じゃないわ。第一、その必要もないもの。やめましょう」メグはかぶりをふった。「わたしは予定どおり大叔母のところに行くわ。あなたはほとぼりが冷めてから、ルドゲイト郷士に婚約が解消されたと言うのよ。ほかに誰もこのことを知ってる人はいないんだから、それで話は終わりだわ」

「残念ながら、それで終わりということにはならない。ルドゲイトが口を開いたとたん、きみがここにいたという話は、山火事のようにあっというまに広まるだろう。あの男のことだから、せいぜい二、三日しか黙っていられないだろうな」

「でも、あの人は約束――」

「婚約については黙っていると約束しただけだ。きみがぼくの屋敷にいたことを内緒にするとは言っていない。きみが自分の口ではっきり告げたとおり、ぼくたちはもう二週間ここで一緒に過ごしている」ケイドはため息をつき、ステッキの握りをゆっくりとまわした。「ルドゲイトのようなおしゃべりな男にとって、今回のことは格好の話のたねだ。良心がとがめようとどがめまいと、こんなにおもしろい話を自分の胸におさめておくことなどできるわけがない。口をつぐんでいたら、ストレスで死んでしまうかもしれない――あるいは風船のように体がはじけるかもしれないな」

いつものメグなら、そこで声をあげて笑うか、少なくともにやりとしていたはずだった。だがいまは、とてもそんな気分にはなれなかった。

「あの人がひとりかふたりに話したところで、話がそんなに広まるとは思えないわ」

「ひとりかふたり？　いや、あいつの手にかかったら、この州はもちろん、隣りの州の人びとにまで知れわたるはずだ。噂はどんどん広がり、ロンドンまで届くだろう。もしかすると、いずれスコットランドにいるきみの大叔母上の耳にもはいるかもしれない」

「そんなことがあるはずないわ」

ケイドは身を乗りだし、澄んだグリーンの瞳でメグの目をまっすぐ見た。「解決策はこれしかない。もしも今日ひとりでここを発ったら、きみの評判はずたずたになり、どこへ行っても不快な噂がつきまとうだろう」

「でもいとこがいるもの。ルドゲイト郷士は、わたしがひとりでここにいたとは言わないはずよ」

「エイミーがメイドじゃなくて本当にきみのいとこだったら、たしかにその話が多少の救いになったかもしれない。よく考えるんだ、メグ。エイミーがきみのいとこじゃないということはすぐにわかる。人びとは、ぼくたちがほかにもなにか嘘をついているんじゃないかと疑いだすだろう。ぼくと付き添いのいないきみが、ひとつ屋根の下でなにをしていたのかと勘繰りはじめる。そしてきみにとって不名誉で残酷な結論を出す。そうなったら、きみは終わりだ」

メグは指先が冷たくなるのを感じ、ケイドの言うとおりかもしれないと思った。どうしてこんなことになってしまったのだろう。二十四時間もたたないうちに、人生が一変してしまった。

ケイドと屋敷の外の歩道で初めてのキスをしたのは、本当に昨日の午後のことだったのだろうか。唇が触れた瞬間、わたしはすっかり寒さを忘れ、彼のことしか考えられなくなった。

悪夢にうなされているケイドを起こそうと寝室にはいったのは、つい昨夜のことなのだ。そしてベッドで抱きしめられ、体じゅうを愛撫された。いまでもあのときの悦びを思いだすと、肌が火照ると同時にぞくりとする。

今日ここを発つからと、玄関ホールで御者に馬車を用意するよう命じてから、まだ一時間もたっていない。わたしは混乱し、一刻も早くここを去ることしか頭になかった。

ケイド・バイロンから遠く離れれば、月日が過ぎるとともに、彼のことも自分の愚かな行動のことも忘れられるだろうと思っていた。なのにいま、それもできなくなってしまった。

これからどうしたらいいのだろう。ケイドの言うことには耳を貸さず、この先なにが起きても立ち向かう覚悟を決め、スコットランドに行くべきだろうか。それともケイドの突拍子もない申し出を受け、結婚相手にふさわしい男性が見つかるまで、にせの婚約者を演じたほうがいいのだろうか。

でも、そういう男性が見つからなかったときはどうなるのだろう。

とはいえ、今回のことがスキャンダルになろうがなるまいが、スコットランドに行ったところで、人里離れた村で年配の大叔母と暮らすわたしに結婚相手が見つかるとはかぎらない。万が一向こうでも噂になったら、わたしの名誉は地に落ち、まっとうな男性は結婚しようなどと思わないにちがいない。そのときは大叔母からも見捨てられてしまうかもしれないのだ。

そうしたことを考えたら、ケイドの提案もそれほど悪いものではないのかもしれない。それに彼の言うとおり、ロンドンの社交界なら、いい結婚相手が見つかる可能性はスコットランドよりずっと高いはずだ。

でもそれで、わたしの誇りや自尊心は傷つかないのだろうか。心はどうなるのだろう。ケイドの気持ちははっきりしている。彼はさっき、お互いにしたくもない結婚をして一生みじめに暮らす必要はない、と言った。それに彼は昨夜、肌を触れあわせながら、わたしを別の女性だと思いこんでいた。それだけでも、ケイドがわたしにまったく関心がないことがよくわかる。

そもそも、わたしだって彼に特別な感情を抱いているわけじゃない。彼のことを愛してなんかいない。メグは自分にそう言い聞かせると、物思いにふけるのをやめ、目の前の問題に集中しようとした。ケイドの申し出を受けるのか、それともスコットランドに向かうのか。

メグの内心の葛藤《かっとう》に気づいたように、ケイドが手を伸ばして彼女の手を取った。冷えきった肌にケイドの手の温もりを感じ、メグは胸がどきりとした。そしてそんな自分をいまいましく思った。

「メグ、ぼくの言うとおりにしてくれないか。昨夜のことは謝っても謝りきれるものではない。それにルドゲイトのこともある。きみの評判――それに将来――が台無しになるとわかっていながら、きみがここを出ていくのを黙って見ているのは、ぼくの良心が許さない。さっきも言ったとおり、きみとぼくが結婚することはありえないが、それをうまく利用してこの窮地を脱することはできる。いつわりの婚約をしても、誰も傷つくことはない。しかもきみは評判を守りつつ、幸せな結婚をすることができるんだ」

メグはうつむき、幾何学模様に織られた青と黄褐色のウールのじゅうたんを見つめた。

「わたしにいい結婚相手が見つかると、どうして言いきれるの?」

「見つかるに決まってるだろう。おおげさでもなんでもなく、きみは目を瞠《みは》るほど美しい女性だ。ぼくという婚約者がいるとわかっていても、熱をあげる男はたくさんいるだろう。ロンドンじゅうの男が列をなし、きみに求愛するにちがいない」

〝ロンドンじゅうの男性がそうしても、あなただけはちがうのね〟

「でもあなたのご家族はどうするの。嘘をつかれていたとわかったら、どんな気分になるかしら」

「嘘だと知られることはない。このことはきみとぼくだけの秘密だ」

メグは顔を上げ、かすかに挑戦的な表情を浮かべた。「わたしがあなたとの婚約を解消したいと言ったら、ご家族はどう思うかしらね。あなたの心を踏みにじったわたしを、さぞかし恨むことでしょう」

「みんなには、たしかにあまり気分はよくないが、別に傷ついてはいないし、きみの意思を尊重したいと言うさ。ぼくの家族のことは、まったく心配しなくていい」ケイドはメグの手をぎゅっと握った。「じゃあこれで話は決まりかな?」

「閣下、本気なの？　わたしが取り決めを破り、あなたを無理やり祭壇に立たせるかもしれないとは思わないの？」

ケイドは目を丸くし、それからにっこり笑った。「いや、思わない。きみについてひとつだけわかっていることがあるとすれば、それはきみが裏表のないまっすぐな人間だということだ」

裏表のないまっすぐな人間が聞いてあきれるわ。メグは自嘲《じちょう》気味に思った。これから人生で最悪の嘘をつこうとしているというのに。

メグはごくりとつばを飲んでケイドの手を放し、ひざの上でこぶしを握った。「わかったわ、ケイド卿。あなたの婚約者になりましょう」

三日後、メグはケイドの向かいの席に座り、驚くほど快適な四頭立ての馬車に揺られていた。馬車は道路を南に走り、ロンドンへ向かっている。茶色いベルベットのクッションにもたれかかり、メグは気品のある落ち着いた内装を見まわした。これまで乗ったことのあるどんな乗り物も、この馬車の豪華さの前にはかすんでしまう。大叔母が差し向けてくれた馬車――それと御者――は、事情を説明する手紙とともに、スコットランドに送り返した。

その前日、メグは一時間近くを費やして大叔母への手紙を書いた。ケイドからもらったクリーム色の羊皮紙を何枚も無駄にし、スコットランドに行けなくなったことをどう説明したら納得してもらえるだろうと頭をひねりながら、ペンを走らせた。

未婚の女性としての評判を守るため、ケイドとはジブラルタルで会ったことにしようと、ふたりで話しあって決めている。ただの知り合いにはそう説明するつもりだが、相手が身内ではそういうわけにもいかない。もっと真実に近い台本が必要だ。

そこでメグは、手紙にこう書くことにした。ひどい吹雪で馬車が立ち往生して避難場所を探していたら、たまたまそこにケイドの屋敷があった。そこで二週間、一緒に過ごすうちに、ふたりは恋に落ちてお互いになくてはならない相手になった。雪がやんだら別れるのだと思うと耐えられず、ケイドが結婚を申しこみ、メグもそれを喜んで承諾した。ロンドンの社交シーズンを楽しみたいので、日取りはまだ決めていないが、今年じゅうには結婚するつもりだ。

メグはその話を頭の中で何度もくり返し、どこかおかしな点がないか探した。いざ文字にしてからも、何度も読み返して確認した。そして、ロンドンに着いたらまた手紙を送ると書いてペンを置いた。大叔母をだますことに良心の呵責《かしゃく》を覚えつつ、手紙を蠟《ろう》で封印して御者に託した。

そしていま、メグは窓の外に流れる荒涼とした冬の景色をぼんやり見ながら、ロンドンのことを考えて不安で胸がいっぱいになっていた。これまでロンドンに行ったことは二回しかなく、しかも父の海軍の仕事で、ほんの短い期間、滞在しただけだ。まだ子どもだったメグは目を丸くし、通りを行きかう大勢の人びとや、昼も夜も完全に静まることのない街をながめた。目にするもの、出会う人すべてが新鮮で、忘れることのできない楽しい思い出だ。

でも今回の旅はあのときとはちがう。メグにはケイドしか頼れる人がいない。これからたくさんの人に会うことになるのだろうが、その中で知っている相手はケイドだけだ。それに彼の家族は、メグのことをどう思うだろう。ケイドは家族全員が彼女を温かく迎えてくれるはずだと思いこんでいるが、はたして本当にそうだろうか。

メグはたしかに良家の子女ではあるものの、ケイドやその一族がいるロンドン社交界には足を踏みいれたことがない。それから、持参金があまり多くないという問題もある。名家の多く――特に社交界に君臨する名家――は、そうしたことを大切な事柄だと思っている。ケイドの家族は今回の結婚に難色を示すかもしれない。最悪の場合、彼女自身を認めてくれないことも考えられる。

メグはごくりとのどを鳴らし、向かいに座るケイドを見て小さく咳払いした。「閣下、ご家族のことを教えてもらえるかしら。わたしたちは婚約しているんだし、ある程度のことは知っておかなくちゃ」

ケイドは眉根を寄せ、本から目を上げた。半月の形をした銀の眼鏡越しに見つめられ、メグはいつものように肌がぞくりとした。

「なんだって？」

「ご家族のことよ」メグはざわつく肌を静めようとした。「わたしはあなたのご家族のところにお世話になるんでしょう。お母様や妹さんと一緒に住むことになるのかしら」

「ああ、それとほかのきょうだいも一緒だ」ケイドは読みかけのページを指で押さえた。「妹はマロリーという。きみは今年デビューする彼女と一緒に、社交シーズンを楽しむんだ」

「年はいくつなの？」

「十八歳になったばかりだ」ケイドはそこで言葉を切り、片方の眉を上げた。「そういえば、きみはいくつなんだ？　それくらいはこちらも覚えておかなければ」

「十九歳よ。七月で二十歳になるわ」

「七月の何日だい？」

「六日よ。あなたはいくつなの、閣下？　誕生日は？」

「一月二十八日に三十歳になったばかりだ」ケイドは座席の上でかすかに身じろぎした。「きみとマロリーは年もほとんど同じだし、きっとつがいの馬のように気が合うはずだ。もしきみが買い物が好きなら、すぐに四六時中、一緒にいるようになるだろう」

「買い物は別に嫌いじゃないわ。それにしても、あなたに馬にたとえられたと知ったら、マロリーは気を悪くするんじゃないかしらね。わたしのことはこの際、置いておくとして」

ケイドはにやりとした。「助かるよ、ミス・アンバリー。悪気はなかった。それとマロリーなら、あまり嬉しくないものにたとえられることに慣れている。兄が四人もいれば、そうなるのも無理はないかもしれないな」

　メグは口をあんぐり開けた。「四人も！」

「そうだ。とはいっても、ジャックとドレークは家を出て独立したらしいから、いま妹が毎日顔を合わせている兄弟はエドワードひとりだけだ。もっとも、兄は公爵だから家に残るのは当然のことだが」

「公爵ですって！」メグは息が止まりそうになった。

　ケイドはうなずいた。「ああ、クライボーン公爵だ。前に言わなかったかな」

「ええ」メグはとぎれとぎれに言った。「聞いてないわ」

　ケイドはくすくす笑った。「そんなに驚かないでくれ。エドワードは別に噛みついたりしない。公爵風を吹かすのも、機嫌を損ねたときだけだ。きみが想像しているような、お高くとまった人間じゃない」

　ケイドの兄が公爵だったなんて！　メグは心の中で叫んだ。どうしよう！

「ということは、あなたは五人きょうだいなのね」ようやく普通に息ができるようになると言った。

「いや、八人きょうだいだ」

「八人！」

「ああ。マロリーの下に双子のレオとローレンスがいる。でもいまはイートン校に通っているから、きみとは学校が休みのときしか会えないだろう」

「一番下は？」

ケイドは優しい笑みを浮かべた。「エズメというかわいい九歳の妹だ。この数年あまり顔を合わせていないが、ぼくに手紙を書いてくれる。それと、絵も送ってくれるんだ。目にはいった犬や猫や馬を片っぱしから描き、せっせと送ってくる。公爵家の領地にも動物がいるし、ぼくの手もとにはとんでもない枚数の絵があるよ」

「そう……素敵な人たちね。あなたのご家族は」

「本当はあ然としているんじゃないか。でも心配しなくていい。みんななんのためらいもなく、きみを受けいれてくれるだろう。いつも騒々しい一家だが、気がついたときにはきみもその仲間に引きこまれているさ」

もしケイドの言うとおりだとしたら、自分はそういう素晴らしい家族をだますのだ。メグは罪悪感に胸が締めつけられた。せめて精いっぱい心を尽くし、誠意を込めて向きあおう。

そのとき車輪がわだちにはまった。スプリングはよくきいていたが、それでも車体が大きく揺れた。メグもケイドもとっさにつり革につかまった。

馬車はすぐにわだちから抜け、なにごともなかったように走りだした。メグはつり革から手を離して座席にもたれかかった。ふとケイドを見ると、あごがこわばって顔が青ざめていた。目を閉じて座席の上でしきりに体を動かし、少しでも楽な姿勢を探しているようだ。つり革を握る手に力がはいり、関節が白く浮きでている。

「脚が痛むの？」メグは優しく尋ねた。

ケイドは目を開け、メグをじろりと見た。「少しうずくだけだ。心配しなくていい」

メグはゆうに一分ほど黙っていた。車輪が軽やかに回転する音だけが聞こえている。「脚を座席に伸ばしたら楽になるんじゃないかしら」

「この姿勢で問題ない」

「そう。でも、わたしの前で礼儀なんか気にしなくていいのよ。もうそんな間柄じゃないでしょう」

ケイドの目がかすかに光った。「ああ、その点についてはきみの言うとおりだな。でもぼくならだいじょうぶだ」

メグはひざの上で手を組み、ふたたび窓外《そうがい》に流れる景色をながめた。ケイドも読書に戻った。

そのまま五分がたち、やがて十分が過ぎた。ケイドは姿勢が定まらないらしく、一分おきに体を動かしている。

それからさらに五分が過ぎたとき、メグはとうとう口を開いた。「いいかげんにやせ我慢はやめて。座席に脚を伸ばしたらいいじゃないの」

「ミス・アンバリー、その必要は――」

「必要かどうかはどうでもいいから、早くそうしてちょうだい」

「ぼくに無理やりなにかをさせることができると思うのかい」

メグはしばらくのあいだケイドの顔を見ていたが、力では彼にかなわないのだと思いなおした。

「わかったわ、閣下。好きにしたらいいでしょう。でも次の休憩で宿屋に停まったとき、歩けなくなってても知らないわよ」

ケイドは感慨深げにメグを見た。「きみは本当にぼくの母と知り合いじゃないのかい？きみたちは素晴らしく気が合うだろうな」

「あなたみたいな息子があと五人もいるかと思うと、お母様に心から同情するわ」

ケイドは声をあげて笑い、本に目を落とした。

だがそれから一分もしないうちに、本を閉じて脇に置き、なにも言わずに脚を座席に伸ばした。うしろにもたれかかり、ほっとため息をついた。

「どうぞ」メグはブランケットを差しだした。「これを背中に当てるといいわ」

ケイドはそれを受け取り、メグに言われたとおり背中に当てようとしたが、なかなか位置が決まらなかった。

メグは馬車が揺れているのにもかかわらず、立ちあがってブランケットを取った。「少し前かがみになって」ブランケットを半分に折りたたみ、ケイドの背中と座席のあいだに置いた。

「これでどうかしら？」

ケイドは満足そうに言った。「とても快適だ。ありがとう。きみはいい看護婦になれる」

「あなたは絵に描いたような患者だわ、閣下」

「なんだか侮辱された気分だな」

メグは笑みを浮かべた。「そのとおりよ」

そのとき馬車が大きく揺れ、メグは反射的にケイドの座席の背に手をついた。それと同時にケイドが両手をメグのウェストにまわし、転ばないようその体を支えた。

ふたりの目が合った。扇のように広がるケイドのまつ毛がすぐそこに見え、ひげを剃るときに使ったかすかな石けんの香りがする。ケイドがメグの唇に視線を落とし、しげしげとながめた。

メグはウェストにかかったケイドの力強い手の感触に思わず息を呑み、うっとりすると同時に困惑を覚えた。昨夜、彼の腕に抱かれて激しいキスと情熱的な愛撫を受けた記憶がよみがえり、肌がぞくぞくした。

メグの脚が震え、体がふらついた。ケイドに支えられていなければ、床に倒れていたかもしれなかった。

「だいじょうぶかい？」ケイドが静かな声で訊いた。

メグは口を開いたが、言葉が出ずに、なんとかうなずいて返事をした。だがケイドはメグの体を放そうとせず、さらに近くに抱き寄せてまた唇を見つめた。

　メグは体勢が崩れ、ケイドの胸に手をついた。服の生地越しであっても、筋肉質のたくましい胸の感触が伝わってくる。このまま彼の望むとおり、唇を重ねたい。けれども、そんなことがどうしてできるだろう。昨夜、ケイドの口から出たのは、別の女性の名前だったのだ。

　メグはあわててケイドの手から逃れようとした。あやうくつまずきそうになりながら、後ずさりして自分の座席にどさりと座った。

「メグ、ぼくは――」

「少しは楽になったかしら。痛みはどう？」

　ケイドは眉根を寄せた。「だいじょうぶだ」

「よかったわ」メグは腕を横に伸ばし、それまでさわりもしなかった小さな旅行かばんから刺繍道具を取りだした。そして布をひざの上に置き、少しうつむいて針を目の前に持ってきた。もう話しかけないでと言わんばかりの態度だった。

　ケイドは長いあいだ、こちらを向いてくれというように、じっとメグを見つめていた。メグはそれを無視し、亜麻色のシルクの糸を選んで針に通した。手が震えないことを祈りながら、最初のひと針を刺した。

　ケイドはいらだちとあきらめの入り交じったため息をついた。やがて本を手に取り、座席にもたれかかって読みはじめた。

ふたりはそれからほとんど言葉を交わさなかった。馬車が最初の宿泊場所となる宿屋に向かうあいだ、長く重苦しい時間が流れた。

宿屋に到着すると、使用人用の馬車に乗っていたエイミーがてきぱきとメグの世話をし、温かい風呂と着替えを用意した。

メグは夕食用のドレスに身を包み、ケイドが頼んでおいた個室に向かった。彼の向かいの席に腰を下ろし、フォークを持った。

食事のあいだじゅう、ふたりはあたりさわりのない話をした。料理は素晴らしくおいしかったが、メグは食欲がなくてあまり食べられなかった。一方のケイドは、料理よりもお酒に手が伸びている。ステーキ・アンド・キドニーパイ（細切りにした牛肉と牛の腎臓をパイで包んだ料理）の載った皿を脇に押しやり、給仕に命じて下げさせた。それでもデザートのりんごのプディングは、ほとんど残さずに食べた。メグはデザートには手をつけず、チーズをひとかけらだけ食べた。そうこうしているうちに、寝室に下がる時間がやってきた。

それから一時間後、メグは慣れない部屋で厚い羽毛のマットレスに横たわり、なかなか寝つけずにいた。馬車の中でのあの出来事以来、ひとつの疑問がずっと頭から離れない。

〝カリダという人は誰なの〟

あれから謎のライバルのことばかり考えつづけ、頭も心もすっかり混乱している。いや、ライバルというのは正しい表現ではないだろう。表面上はともかく、ケイド・バイロンは自分の恋人でも婚約者でもないのだから。

東の空が白みはじめるころになっても一向に謎は解けず、メグは寝不足でぐったりしたままベッドから起きあがった。洗面をすませ、簡単な食事をとって服を着替えると、ケイドと一緒の馬車に乗りこんだ。

馬車が動きだしてまもなく、ケイドは眼鏡をかけて本を開き、ステッキを隅の取りやすい場所に置いた。今日は背中を伸ばしてまっすぐ座席に腰かけ、長い脚を無造作に床に投げだしている。顔色もいいところを見ると、ひと晩で体調が回復したのだろう。わたしはほとんど眠れなかったのに、彼はぐっすり眠れたというわけだ、とメグは珍しく不機嫌になった。

それからもしばらくケイドの顔をながめていたが、やがて目をそらした。旅行かばんに手を伸ばし、本を取りだして読みはじめた。車輪が回転する規則的な音と、ときおり強い風が車体に当たる音しか聞こえない。

物語も登場人物もいきいきして魅力的だったが、メグはどうしても本に集中できなかった。二、三行読んでは別のことを考え、さっき読んだばかりの箇所を読み返すありさまだった。

メグが悶々としていることにも気づかず、ケイドはすっかりくつろいだ様子で本を読んでいる。でもケイドがこちらの胸のうちを知るはずもない。あの夜のことは断片的にしか覚えていないと、彼ははっきりそう言ったのだ。

「カリダって誰なの？」その言葉が自分でも気がつかないうちに、メグの口をついて出た。

ケイドは本を強く握りしめ、さっと顔を上げた。「いまなんと言った？」

メグは口ごもった。「あの……カ……カリダという人は誰かと訊いたのよ」

「その名前をどこで聞いたんだ」ケイドは耳障りなかすれ声で尋ねた。

メグはケイドの険しい表情に思わず身震いした。瞳が冷たいグリーンのガラスのかけらのように見える。自分の傷ついた気持ちを慰めるために、よけいな詮索などしなければよかったと、後悔の念が湧きあがってきた。

「答えてくれ」静かだが、ぞっとするほど怖い声だった。

メグは跳びあがった。「あ——あなたから聞いたわ。あの夜……あなたが……悪夢にうなされていたとき」

ケイドの表情がわずかに和らいだが、目はうつろなままだった。「なるほど。ぼくはほかにもいろんなことを口走ってしまったんだろうな」

「いいえ、そんなことはないわ」メグはあわてて言った。「ほんの少しだけよ」

〝でもそのほんの少しの言葉で、わたしはあなたを苦しめているものの正体を知りたくてたまらなくなったわ〟心の中で言い添えた。

ケイドは本を閉じて腰の脇に置いた。次に眼鏡をはずしてつるを折りたたみ、上質な革で装丁された本の上に載せた。そして横を向き、窓の外をながめた。

一分がたち、やがて二分が過ぎた。メグは質問の答えが返ってくるとは思っていなかったが、ふいにケイドが前を向いた。

「カリダはポルトガルで知りあった女性だ」

「そう」

「ぼくの婚約者だった」

「まあ！」メグの心臓がひとつ大きく打った。カリダというのは、てっきりケイドの愛人だと思っていた。まさか愛している女性だったとは。

いまでもまだ彼女のことが忘れられないのだろうか。きっとそうにちがいない。だからこそ彼はこの前、自分たちが結婚することはありえないと言ったのだ。

「彼女はどうしたの。あなたは、婚約者だったと言ったわ。なにがあったの？」メグは静かな声で尋ねた。

ケイドはメグの目を見た。「彼女は死んだ。ぼくから情報を聞きだそうとしたフランス兵に、レイプされて拷問を受けたんだ。彼女の両親とふたりの弟も殺された。下の弟はたったの六歳だったよ。まだなにも知らない子どもを、あいつらは大人と同じように首を斬《き》って殺した」

メグははっと息を呑み、おそろしさのあまりこぶしで口をおおった。

ケイドは首に結んだタイと、その下にある傷痕に二本の指を当てた。「この傷はどうしたのかと不思議に思っていただろう。それからこれも」手を下ろして右脚に触れた。「カリダとその家族を虐殺した連中にやられた。彼女はぼくのせいで死んだ。ぼくのせいで、あんなむごい目にあったんだ。さて、ミス・アンバリー、まだほかに質問はあるかな」

メグは首をふった。全身で脈が激しく打っている。真実はわたしが思っているよりはるかに残酷なものだった。ケイドが夜、眠れないのも無理はない。苦痛をまぎらすため、お酒やアヘンチンキの力を借り、人付き合いを避けてひっそり暮らしたいと思うのも当然だ。もしわたしが同じ立場だったら、きっと彼と同じようにしていただろう。

たしかに軍人に囲まれてはいたが、父親の庇護《ひご》のもとに育ったわたしは、そうした残酷な現実から遠ざかった場所にいた。もちろん暴力というものが世の中にあることは知っていたし、おぞましい話を耳にしたこともあるけれど、ケイドの話を聞いて自分がどれだけ守られて大切にされてきたかがよくわかった。

でもケイドが愛したカリダという女性は、わたしのような幸運には恵まれていなかった。

メグは手をひざに下ろし、うるんだ目でケイドを見た。「お気の毒に」

ケイドはうなずき、ふたたび眼鏡をかけた。「この話は二度としたくない」

「ええ、ケイド卿。わかったわ」

ケイドは本を手に取り、ページをめくって読みはじめた。

メグはため息をつき、自分も本でも読めたらよかったのにと思った。だがこんな気持ちで、とても読書に集中できるわけがない。窓の外に目をやり、雪でおおわれた丘陵や道路の両脇に広がる裸の木々をながめた。今日という日と同じように、陰うつで寒々しい光景だ。

ケイドが名誉ある紳士として結婚するなどと言いださず、嘘の婚約を提案してくれてよかったと、メグはふいに思った。もちろんしかたなく結婚を申しこまれても、こちらも首を縦にはふらなかっただろう。でもわたしはいま、真実を知ってしまった。ケイドの心を求めても、どんな女性もけっして手に入れられないということもわかった。彼が戦争で傷を負ったのは肉体だけではない。心まで引き裂かれてしまったのだ。時間がたてば、傷ついた心もいつか癒える日が来るかもしれない。それでも、傷があまりに深すぎて、ケイドが二度と人を愛せなかったらどうなるのだろう。

でもそれは、わたしには関係のないことだ。自分たちはせいぜいよくて友人、悪ければ共犯者という関係にすぎない。芝居が終わったら、お互い自由の身になって別々の方向に歩き去る。

あの夜のことはそのうちに忘れられるだろう。どのみちケイドはほとんど覚えていないのだから、わたしもそうするよう努力すればいい。

ロンドンに行ったら、ケイドに惹《ひ》かれる気持ちを抑えて、別の人を見つけよう——心のすべてを捧《ささ》げてくれる男性を。自分を愛してくれないとわかっている相手を、わざわざ愛したいと思う女がいったいどこにいるだろうか。

9

「ケイド、お帰りなさい！」それから四日後、クライボーン邸の居間に足を踏みいれたケイドを甲高い声が出迎えた。

ケイドはオービュッソン織のじゅうたんにしっかりステッキをついて体を支え、胸に飛びこんできた妹を受けとめた。帰宅を熱烈に歓迎するハグとキスに応じていると、一瞬、足もとがふらついた。

「まあ、ごめんなさい！」マロリーが両手をケイドの腕に添えて体を離した。「脚のことを忘れていたわ。怪我はなかった？　わたしったら、なんてことをしてしまったのかしら」

ケイドは首をふってウィンクをした。「心配しなくていい。お前は羽根と同じぐらい軽いから、怪我なんかしないさ」

マロリーのあざやかなアクアマリンの瞳に安堵《あんど》の色が浮かんだ。「手紙を読んだけど、いつ着くんだろうと思ってたわ。お母様が料理人に今夜は特別な料理を頼んでるの。ケイドの好きなものばかりよ。魚屋が今朝、エビを持ってきたのを見たわ。楽しみね」

マロリーはそこで息を継ぎ、またすぐに話しはじめた。「旅はどうだった？　長くてうんざりしたでしょう。馬車の旅って、だいたい二日目には飽きるものよね。それからびっくりする報告があると手紙に書いてあったけど、いったいなんなの？　思わせぶりなことを書いてみんなをやきもきさせるなんて、とてもいけないことだわ。わたしはずっとあれこれ考えて——まあ！」

マロリーは口をつぐみ、ケイドの肩越しに両開きのドアのほうを見た。「ごめんなさい。お客様がいるとは知らなくて。どうして言ってくれなかったの」

「言おうとしたが、誰かがずっとしゃべりつづけていたもんでね」

マロリーがじろりとにらむと、ケイドは笑顔を浮かべた。そして後ろをふりかえり、入口のところに立っているメグに、こちらへ来るよう合図した。

地味なグレーの喪服を着ているにもかかわらず、メグの華やかな美しさは損なわれていなかった。頬はばら色に染まり、きれいな顔を縁取る淡い金色の髪を、首筋ですっきりひとつにまとめてある。メグはケイドに近づき、隣りに並んで顔を上げたが、その湖のように青い目には隠しきれない緊張の色が浮かんでいた。

ちゃんと演技できるかどうか心配でたまらないのだ、とケイドは思った。だがすべてはうまくいくに決まっている。メグの手を取り、安心させるようにぎゅっと握った。

「メグ、妹を紹介させてくれ。マロリー、こちらはミス・マーガレット・アン——」

「ケイド！」

三人がいっせいにふりかえると、気品あふれる貴婦人が桃色のシルクのスカートを揺らしながら部屋にはいってきた。「あなたが帰ってきたことを、たったいまクロフトから聞いたの。もっと早く聞いていたら、すぐにここに来たのに」そう言いながらケイドに歩み寄った。両腕を広げ、ケイドを抱きしめた。「ああ、帰ってきてくれて嬉しいわ」

「ぼくも会いたかったよ」ケイドは母のすべすべした頰にくちづけた。前回会ったときよりも茶色い髪に白いものが増えているようだ。でもそれ以外は、上品な卵形の顔も澄んだグリーンの瞳も、幼いころから覚えている母と変わらない。

「だったらエドワードが迎えに行ったとき、一緒にブラエボーンに帰ってくればよかったじゃないの。まったく、お父様に似て頑固なんだから。バイロン家の男たちの特徴ね」母は軽くとがめる口調で言った。

「世間でなんと噂されているんだっけ。たしか、バイロン家の男どもは放蕩《ほうとう》で常軌を逸したろくでなしだと言われてるんじゃなかったかな。だとしたら、ぼくがみんなの期待どおりにふるまわなくても不思議じゃないだろう」

ケイドが後ろに下がろうとすると、母がその頰を手のひらで包み、まじまじと顔を見た。

「よかった。まだ少しやせすぎだし、顔色も悪いけれど、この前帰ってきたときよりもずっと元気そうだわ」

母は手を下ろしてメグに視線を移した。「さあ、この美しいお嬢さんが――どなたかは知らないけど――バイロン一家に愛想を尽かす前に、紹介してもらえるかしら」

ケイドはメグの横に立った。「ああ、喜んで。母さん、マロリー、こちらはミス――」

「やけににぎやかだな」今度は男性の声が割りこんできた。「ドレークかジャックがやってきて、またひと騒動起こしているのかと思ってた。まさかお前だったとは」

ケイドは兄の顔を見た。「手紙を読んだだろう。マロリーがそう言ってたよ」

「たしかに読んだが、ぼくはどうしても信じられなかった。最後に会ったとき、お前はロケットでも撃ちこまれないかぎり、ノーサンバーランドを離れるつもりはないと言っていたじゃないか」エドワードは鋭い目をちらりとメグに向けた。「どうやら着弾したらしいな――おそろしく美しいロケットが」

ケイドはにっこり笑いながらエドワードに歩み寄ると、その体を抱いて背中をぽんと叩いた。

「それで、誰なんだ」体を離すとエドワードはケイドの耳もとでささやいた。興味津々の顔で、理知的な濃紺の瞳を輝かせている。

「すぐにわかる」ケイドは小声で答えた。

この家族の中で自分たちが〝婚約〟したことをなかなか信じない者がいるとしたら、それは兄のエドワードだ。イートン校とオックスフォード大学を首席で卒業し、社交界でも貴族院でも絶大な影響力を誇っている。ずっと前からわかっていることだが、兄の目をあざむくのは容易なことではない。

ケイドはメグのもとに引き返してその手を握った。傍目にはわからないだろうが、彼女は不安でたまらないらしく、かすかに震えている。

「最初からやりなおさせてくれ。メグ、妹のレディ・マロリー・バイロンと母のクライボーン公爵未亡人、それに兄のエドワードことクライボーン公爵だ。みんな、こちらはミス・マーガレット・アンバリー、ぼくの婚約者だよ！」

その場がしんと静まりかえった。メグはひとつ深呼吸をすると、礼儀正しくひざを曲げてお辞儀をした。ケイドの家族が呆然《ぼうぜん》とし、目を丸くしてこちらを見ているのが痛いほど感じられる。

メグは茶色い革のハーフブーツのつま先を見つめながら、勇気を奮い起こそうとした。本気でにせの婚約者を演じるつもりなら、いまが正念場だ。ケイドの家族の目をごまかすことができれば、社交界をだますこともむずかしくはないだろう。

メグは背筋を伸ばしてあごを上げ、にこやかながら自信にあふれた表情を懸命に作った。

「婚約者ですって？」公爵未亡人がメグとケイドを交互に見た。「いつのまにそんなことになったの？　いったいどこで出会ったのかしら。ノーサンバーランドじゃないわよね。そんな機会はなかったでしょうから」

背が高く堂々とした体軀《たいく》のエドワードが、胸の前で腕を組み、ふたりの返事を待っている。こちらを威圧するように褐色の眉を片方上げるのを見て、メグは不機嫌なときのケイドを思いだした。ケイドはたしか、兄は別に嚙みついたりしないとかなんとか言っていなかっただろうか。

ケイドはメグのウェストに腕をまわした。メグはほっとしてケイドのたくましい体にもたれかかった。

「メグとぼくは普通じゃない状況で出会ったんだ。メグの乗った馬車が、北へ向かう途中で吹雪に巻きこまれてしまってね。避難場所を探してぼくの屋敷にたどりついたはいいけれど、結局、しばらく一緒に雪に閉じこめられるはめになった。ようやく吹雪がおさまり、道路の状態がよくなったころには、ぼくはメグと別れたくないと思うようになっていた。彼女にすっかり心を奪われてしまったんだ。メグもぼくと同じ気持ちだと言ってくれたよ」

メグが顔を上げると、ケイドと目が合った。驚いたことに、彼の目は真剣そのものだった。もしケイドがにせの婚約者でなければ、いまの言葉をメグ自身も信じていたかもしれない。

「そうだろう？」ケイドはメグを抱き寄せた。

メグはケイドから目をそらすことができなかった。「ええ。気がついたら恋に落ちていたわ」小さな声で言った。

「ああ、なんてロマンティックなの！」マロリーがため息をつき、両手を胸に当てた。「それに、わたしにお姉様ができるなんて素敵だわ。みんなを驚かせる報告があると手紙に書いてあったけど、こんなに素晴らしいことだったなんて！」喜びを爆発させてメグとケイドのもとに駆け寄り、ふたりを交互に抱きしめた。

メグは心のこもったマロリーのハグを受けながら、罪悪感で胃が締めつけられるような気がした。ケイドの母が優しい笑みを浮かべて近づいてくるのを見て、ますます胃が痛くなった。

「娘の言うとおりよ」公爵未亡人はメグの頬に歓迎のキスをした。「予想もしていなかったことだけど、とても嬉しいわ。この数カ月、わたしはケイドのことが心配でたまらなかったの。でもこうして元気になり、笑顔が戻ってきたのを見て、どれだけほっとしたことか。それもこれも、みんなあなたのおかげね。それから、田舎に引きこもっていたケイドを連れだしてくれたことにもお礼を言わなくては。もう当分、家族のところには帰ってこないんじゃないかと心配していたのよ。ケイドをわたしたちのもとに連れ戻してくれて、本当にありがとう」

「ぼくがいたところはノーサンバーランドだよ、母さん。世界の果てにいたような言いかたはやめてくれ」

「あなたはまったく顔を見せないし、連絡もよこさないんですもの。世界の果てにいたのも同じでしょう」公爵未亡人は言い返し、きらりと目を光らせた。「エドワードがあなたのところから帰ってきてから……その、わたしは——あなたには心と体を癒し、現実を受けいれる時間が必要なんだとずっと自分に言い聞かせてきたわ。でもあなたに必要だったのは、この愛らしいお嬢さんの存在と愛情だったのね」

そして表情を和らげ、もう一度メグに微笑みかけた。「結婚式の準備をすると思うと、わくわくするわね。ご招待の手紙を出したいから、お父様とお母様のことを教えてもらえるかしら。おふたりとはたくさんお話ししたいことがあるわ」

メグはふいに悲しくなった。いつか自分が本当に結婚することになっても、父と母が式に出てくれることはない。

「そのことなんだが……」ケイドが口をはさんだ。「手紙を書く必要はない——」

「なにを言ってるの。書かなくちゃならないに決まってるでしょう。それとも、もうこちらに向かっていらっしゃるのかしら」

「いや、そうじゃない」

「だったら来ていただかなくては」公爵未亡人ははっとしたように口をつぐんだ。「まさか、お父様からまだお許しを得ていないなんて言わないでちょうだい。彼女の年齢を考えたら、ご両親の許可が必要なのはあきらかよ。マーガレット、あなたはいくつなの？　十九歳、それとも二十歳？」

「十九歳です、奥方様」

「思ったとおりだわ」公爵未亡人はうなずいた。「ご両親にきちんとご挨拶しなくてはならないけど、イギリス屈指の名家との縁組となれば、おふたりが反対なさることはまずないでしょう。あなたたちが出会った状況を考えればなおさらだわ。もちろん雪に閉じこめられるのはどうしようもないことだし、ケイドは紳士らしくふるまったと信じているけれど、もしそのことがおおやけになったら、社交界の人たちは疑いの目を向けるでしょうね。もっとも、マーガレットが身内のかたと一緒だったのなら話は別よ。もしかしてお母様と一緒だったの？」

「いや、同行していたのはメイドだ。でもそのことは問題にはならないだろう」

公爵未亡人は軽く咳払いをした。「そうね、わたしも社交界でそれなりの影響力を持っているから、だいじょうぶだと思うわ。それでもご両親と協力して話を進めるのが一番よ。とにかく一度ロンドンに来ていただいて、舞踏会を開きましょう」

「それは無理だ」

「どうして――」

「あの、奥方様」メグは穏やかだが、きっぱりとした口調で言った。「ケイド卿がおっしゃろうとしているのは、わたしの両親がもう亡くなっているということです。わたしに男の親族はいませんし、もともと今回お世話になるはずだった大叔母は、ケイド卿との結婚に喜んで賛成してくれると思います。それから父はイギリス海軍の大将で、母は子爵の娘でした。

家族の反対を押し切って父と結婚したので、相続権を放棄させられています。それ以来、母方の親戚との付き合いはないと聞きました」

メグはそこでひと息つき、両手を握り合わせた。「ですから、わたしたちの結婚に反対するかたがいるとしたら、奥方様を含めたケイド卿のご家族だけです。わたしの素性をお聞きになって、反対しないでいただけると嬉しいのですが」

長い沈黙があった。やがて公爵未亡人がメグに歩み寄り、その手を取った。

「反対するですって？　どうしてそんなひどいことができるかしら。ご両親はいつ亡くなったの？」

「父が亡くなったのは五カ月前です。母は数年前に天に召されました」

いまなお美しい公爵未亡人の顔に、悲しみの表情が横切った。「かわいそうに。その年でそんなにつらいことを経験したなんて。心からお悔やみを言うわ」

「ありがとうございます、奥方様」メグはまたもや罪悪感で胸が詰まった。

そして自分はなぜ、両親のことを公爵未亡人に詳しく話して聞かせたのだろう、と考えた。もしかすると、ケイドの家族が自分たちの結婚に反対するように仕向け、この芝居を終わらせたいと無意識のうちに思っていたのかもしれない。でもどうやら自分はケイドの未来の花嫁として、彼の家族に認められたらしい。

この場ですべてを打ち明けることもできる。いまならまだ遅くはない。だがどんなに勇気を出そうとしても、メグは言葉がのどにつかえて出てこなかった。いったん真実を話せば、自分の評判は傷つき、将来が台無しになってしまうのは目に見えている。

「その格好を見て、あなたが喪中であることに気がつくべきだったわ」公爵未亡人はメグの暗い表情の理由を、両親のことを思いだしたせいだと考えているようだった。「若い女性がわざわざ好きこのんでグレーの服を着るわけがないものね。あなたの心がけは立派だけど、もう少ししたら明るい色のドレスを着るといいわ。お父様もそのほうがお喜びになるでしょう」

「ええ、奥方様。父もきっとそうしなさいと言うと思います」

「よかったわ。それから、その堅苦しい呼びかたはやめてくれないかしら。わたしたちはもうすぐ親子になるのよ。わたしのことはアヴァと呼んでちょうだい。〝奥方様〟はもうなしよ」

「はい、奥方様。……いえ、アヴァ」

公爵未亡人は微笑んだ。

ケイドが口をはさんだ。「そのことだが、喪が明けたらメグをマロリーと一緒に社交界にデビューさせようと考えている。もっとも、メグは婚約しているから普通にデビューする娘とはちがうけど、一度ぐらい結婚する前に社交シーズンを楽しんでもらうのもいいかと思ってね」

「まあ、素敵な考えだわ！」マロリーが顔を輝かせた。「実を言うとわたし、デビューが少し不安だったの。一緒にパーティや舞踏会に行ける人がいたら心強いわ。お願い、うんと言って」

メグはマロリーを見た。ケイドの家族は、どうしてこんなにいい人ばかりなのだろう。だが兄のエドワードだけは、婚約の話を聞いてからひと言も口をきかず、ずっと黙りこんでいる。

メグはマロリーに向かってうなずいた。「ええ、わたしでよければ喜んで」

公爵未亡人が言った。「ごめんなさいね、マーガレット。すっかり話しこんでしまって、あなたが長旅で疲れていることを忘れていたわ。部屋に案内するわね。そろそろ準備ができたころでしょうから」

「ありがとうございます」

公爵未亡人はケイドに向きなおった。「あなたは昔の部屋を使いなさい」

「わかった」

昔の部屋ですって？　メグは内心で驚いた。ということは、ケイドもここに泊まるのだろうか。彼はてっきり自分の屋敷《タウンハウス》に住むものだとばかり思っていた。ケイドとひとつ屋根の下で寝泊まりすることを考えると、メグの肌がぞくりとした。彼の部屋と自分の部屋は、どれくらい離れているのだろう。

「さて、話が終わったのなら、ケイドにちょっと用がある」エドワードがとうとう口を開いた。

ケイドが兄の顔を見た。ふたりは無言で言葉を交わすように、互いの目を見ている。エドワードの視線の意味を考え、メグは不安で身震いした。そのときエドワードがケイドから目をそらし、こちらに近づいてきた。

「ミス・アンバリー……」メグの前で立ち止まって言った。「……メグと呼んでもいいかな。きみたちの婚約にぼくからもお祝いを言わせてくれ。バイロン家へようこそ」

メグは一瞬、エドワードの濃紺の瞳に皮肉な光がよぎったのを見たような気がした。だが一度まばたきをすると、その光はすぐに消えた。「ありがとうございます、閣下。温かいお言葉に感謝します」

エドワードが微笑んだ。口もとがやはりケイドに似ている、とメグは思った。エドワードはそれ以上なにも言わなかった。

マロリーがメグの腕に手をかけ、つい先日仮縫いしたばかりの宮殿への挨拶用のドレスについて話しながら、出口へと案内した。公爵未亡人は優しい目でふたりを見送り、それから居間を出ていった。

十分後、ケイドはエドワードの書斎で、暖炉の前に置かれた茶色い革のウィングチェアに腰を下ろした。ほっとため息をついて脚を伸ばし、男性的な落ち着いた雰囲気の部屋の中を見まわした。エドワードがイタリア製の上等なグラスふたつにブランデーを注ぐと、革やインクや紙のにおいに交じり、ぴりっとしたアルコールのにおいがした。

エドワードは部屋を横切り、ケイドにグラスを差しだした。ケイドはうなずいて、グラスを受け取った。ひと口飲んだだけで、それが最高級品であることがわかった。「フランス産か」

「そうだ」エドワードは椅子に腰かけながら言った。

ケイドは苦笑いし、禁制品の酒をどうやって手に入れたのかは訊かないでおこうと思った。兄は国の戦費調達におおいに貢献しているが、一方でその地位にふさわしい生活水準を保たなければならない貴族でもある。戦時下だろうとなんだろうと、安い酒を飲むわけにはいかない。

「さてと」エドワードはさりげない口調で切りだした。「ひと息ついたところで、どういうことか説明してもらおうか」

グラスの脚を握るケイドの手にぐっと力がはいった。まずい展開になってきた。エドワードに隠しごとはできないことに、もっと早く気づくべきだった。それでも兄はまだ、疑念を感じている段階だ。ケイドは自分自身にもメグにも、たとえどんなに成功する可能性が低くても、最後まで徹底的にしらを切ることを約束している。

「なんのことだろう」ケイドはあくびをし、けだるそうに手で口をおおった。「さっぱりわからないな」

「いや、わかっている、いるはずだ」エドワードは鋭い目でケイドを見据えた。「ぼくの目をごまかせるなどと思わないほうがいい。お前が披露したおとぎ話は、母さんやマロリーならだませるかもしれないが、ぼくには通用しない。ミス・アンバリーはたしかにきれいな娘だが、お前が彼女に夢中などという話を信じられるわけがないだろう。欲望はともかくとして、愛情は……」

ケイドはグラスをサイドテーブルに置いた。「ぼくが彼女を愛していないと、なぜ言いきれるんだい？　メグは素晴らしい女性だ。優しくて魅力的だし、一緒にいて楽しい。それに頭も切れる。チェスがおそろしく強くて、ぼくはもう何度も負けている」

エドワードはグラスの縁越しにケイドを見た。「なるほど。お前は彼女のことが気に入ってるらしいな。でもカリダはどうするんだ」

ケイドのあごがぴくりと動いた。目をそらし、暖炉の炎を見やった。「カリダがどうしたって？　彼女はもうこの世にいない」

「そうだな。家族の誰も、お前が真剣にカリダを愛し、結婚まで考えているとは夢にも思っていなかったが、ぼくにはわかっていた。彼女を失い、お前がどれだけ悲しんでいるかも知っている。それでもまだ、あの娘と出会って、たった二週間で恋に落ちたなどと言い張るつもりか」

ケイドはグラスを手に取り、ブランデーを飲んだ。「ああ、そのとおりだ」

「どうして彼女と結婚するんだ、ケイド。本当のことを話してくれ」

「さっき話したのが本当のことだ」

エドワードはいらだちをあらわにした。「いいかげんにしろ。こんな茶番はやめるんだ。子どものころから、ぼくに嘘をつこうとしてうまくいったためしはないだろう」

ケイドは顔を上げてエドワードの目を見た。「一応言っておくが、ぼくたちはもう子どもじゃない」

「ああ、でも兄弟であることに変わりはない。ぼくは兄としてお前に訊く。彼女の評判が傷つくようなことをしたのか？　悪天候のせいで、やむをえず屋敷に泊めたということ以外に」

ケイドはひそかにため息をつき、必死で兄をだまそうとしている自分にふと嫌気が差した。エドワードの言うとおりだ。これまで自分たち兄弟は、どんなにばかげたことでもつまらないことでも、すべてを打ち明けあってきた。メグを守るためにしらを切りとおすつもりだったが、この期におよんで芝居を続ければ、エドワードを怒らせてしまうかもしれない。兄を敵にまわしては大変なことになる。

「わかったよ」ケイドはこめかみをさすった。「兄さんの読みは当たっている。ぼくはメグをある意味できずものにした」

エドワードは顔をしかめた。「女性をある意味できずものにするとは、いったいどういうことだ」

「酒とアヘンチンキで意識がもうろうとし、自分でもよくわからないうちに彼女を誘惑した。でも純潔は奪っていない……それがある意味で、ということだ」

エドワードは片方の眉を上げた。「それでお前は責任を取り、ミス・アンバリーと結婚することにしたのか」

「その……それもある意味で、と言ったほうがいいだろうな」ケイドは椅子に座りなおした。「実を言うと、ぼくたちは婚約していない」

「婚約していない？」

ケイドはうなずいた。「ああ。つまり、社交界の面々の前ではそうふるまうつもりだが、メグとぼくの婚約はかりそめの契約なんだ。ぼくは彼女をロンドンの社交界にお披露目すると約束した。そうすればメグはたくさんの未婚の紳士と知りあえるだろう。いい相手が見つかったら、彼女はぼくとの婚約を破棄し、その男と結婚することになっている」

「結婚するだと……お前たち、気はたしかか」

「もちろんだ。完璧な計画だろう」

エドワードはあきれ顔でため息をついた。「ばかげた計画としか言えない。ミス・アンバリーにいい相手が見つからなかったらどうするつもりだ。もしかすると途中で彼女が考えを変え、お前を無理やり祭壇に立たせようとするかもしれないんだぞ。そうなったら秘密の契約のあるなしにかかわらず、お前は彼女と結婚する以外にない」

「皮肉なことに、それとまったく同じことをメグからも言われた。彼女はもともと今回の計画に反対していたんだ。でも本人にも言ったが、メグが結婚相手に不自由することはありえない。兄さんも彼女の美しさを見ただろう。ぼくという婚約者がいても、男はみんなおいしそうなネズミをつけ狙《ねら》う猫のように、メグを追いかけまわすはずだ」

「そうだろうな。別の男のものだと思えば、なおさら手に入れたくなるかもしれない」

「まさにそれが狙いなんだ！　それからもうひとつの点については、みんなをだましている状況でこんなことを言うのはおかしいかもしれないが、メグは正直で信頼できる人間だから心配はしていない。彼女が約束を破ることはないと断言できる」

「本気か」

「命を賭《か》けてもいい」

「しかし——」

ケイドは手でエドワードを制した。「聞いてくれ、エドワード。メグを窮地に追いこんだのはこのぼくだ。彼女をそこから助けだすのはぼくの責任だろう。特にふたりで屋敷にいるところをルドゲイトに見られてしまっては、放っておくわけにはいかなかった」

「ルドゲイト？　それは誰だ」

「詮索好きな太った老人で、不運なことにたまたま近所に住んでいる。いまごろはきっと、ぼくたちのことを国じゅうに触れまわっているだろう。メグの評判が傷つくことがわかっていながら、そしらぬ顔はできなかった。そこで彼に、ぼくたちは婚約していると嘘をついた。本来ならば、ぼくが責任を取って彼女と結婚すべきだとわかっている。でも……ほかに事態を解決する方法があるのなら、そんな理由で結婚することもないと思ってね。兄さんと母さんがついていれば、メグはきっとうまくやっていける。ぼくはあと数日ロンドンにとどまり、メグが新しい生活に慣れたのを見届けてから、ノーサンバーランドに戻るつもりだ」

　エドワードは眉を上げた。「戻るだと？　そんなわけにはいかないだろう」

「どうしてだ」

「お前とミス・アンバリーは、熱烈に愛しあっていることになってるのを忘れたのか。お前がロンドンに来て一週間もしないうちに、彼女を見捨てて出ていったと聞いたら、どんなに鈍感な人間でもおかしいと思うだろう」

「彼女を見捨てる？　それはあまりにひどい言い草——」

「社交界はそういう見かたをする。お前たちがふたりきりでノーサンバーランドの屋敷にいたと知ったらなおさらだ。お前がロンドンを出ていけば、彼女との婚約を解消するつもりだと噂されるだろう。そうなったらミス・アンバリーの評判は、どのみち傷つくことになる。

お前がそばにいたって、周囲の目をあざむくのはそう簡単なことじゃない。だが彼女をどこにでもエスコートし、一緒にダンスでも踊っていれば、そのうちみんながお前たちのことを心から愛しあったカップルだという目で見るようになる。いまノーサンバーランドに引き返すことは、彼女を狼《おおかみ》の群れに差しだすのも同じことだ」

ケイドは眉間にしわを寄せた。

エドワードは声を低くした。「このとんでもない計画を本気で実行するつもりなら、社交シーズンが終わるまでここにいたほうがいい。少なくとも彼女が将来の夫を見つけ、お前に別れを切りだすまではそうするべきだろう」

言われてみればもっともなことだった。ケイドはどういうわけか、メグを無事にロンドンに送り届けたら、それで責任を果たしたことになり、ノーサンバーランドに帰ってまたひとりで自由に暮らせると思っていた。でもメグがいい相手を見つけるまで、ひとりきりの静かな生活はおあずけだ。将来を台無しにはさせないとメグに約束したのだから、いまここで彼女を見捨てるわけにはいかない。

「わかった。メグがいい結婚相手を見つけるまで、ぼくもロンドンにとどまることにしよう」ケイドはエドワードにグラスを差しだした。「お代わりをもらえるかな」

「どうして彼はわたしのことをずっと変な目で見ているのかしら」その日の夜、夕食が終わったあと、メグは音楽室のソファに腰かけ、隣りに座るケイドにそっと耳打ちした。

「変な目だって？　それから彼というのは、三人のうちの誰のことだ？」

「公爵よ。なんだか……うまく言えないけど……すべてを知っているような目でわたしを見てる気がしてならないの」

ケイドは長いあいだ黙っていた。「たしかにエドワードはすべてを知っている」

「なんですって！」メグは思わず大声を出した。

みながぴたりと口をつぐみ、いっせいにメグのほうを見た。今夜は特別に勉強部屋から下りてくることを許され、黄色のドレスに身を包んで静かにスケッチをしていた幼いエズメまで、鉛筆を動かす手を止めて顔を上げた。

当のエドワードはというと、豪華な彫刻の施された白い大理石のマントルピースに無造作に腕をもたせかけている。自分が原因でメグが大声を出したことにまったく気づいていないらしく、のんきな顔でブランデーを飲んでいた。

「どうかしたの？」公爵未亡人が、ティースプーンを持った手をカップの上で止めたまま尋ねた。

メグは心臓の音が外に聞こえるのではないかとひやひやしながら、みなの顔を見まわした。

「い――いいえ……だ……だいじょうぶです」

ケイドがメグに身を寄せて手を握った。「ぼくのせいなんだ。ふたりきりのときにささやくべきことを、うっかりここで言ってしまった」

「マーガレットの反応からすると、結婚するまで口にしてはいけないことを言ってしまったようね」公爵未亡人は穏やかな口調で言った。

部屋の向こう側でエドワードが片方の眉を上げ、なにも言わずにブランデーを飲んだ。

ケイドは悪びれたふうもなくにっこり笑い、メグの手を取って甲にキスをした。くちづけられた部分の肌が燃えるように熱くなり、メグはますます平静を装うのが苦しくなった。エドワードが自分たちのことを知っていると聞いてから、ケイドに詳しいことを問いただしたくてたまらないが、いまはそのときではない。

「それにしても、まだ信じられないな」ジョン卿――みんなからはジャックと呼ばれている――が言った。バイロン家の三男で、ケイドよりふたつ年下だ。「まさかケイドが婚約したとはね。ぼくはてっきりエドワードが最初に結婚し、残りの兄弟はもうしばらく独身を謳歌《おうか》するものだと思ってた」

「つまらないことを言うんじゃない、ジャック。ぼくが結婚していようがいまいが、お前は好きなときに花嫁をもらえばいい」エドワードが言った。

「ぼくが結婚に興味がないことは、よくわかっているだろう。気を悪くしないでほしい、ミス・アンバリー。ぼくは結婚そのものを否定しているわけじゃなくて、自分にはその気がないと言っているだけだ。ケイドは素晴らしい相手にめぐりあったと思っている。幸運な男だよ」

「ありがとう、閣下」メグは言った。「それと、あなたは世の男性全般の気持ちを代弁しているだけだから、気を悪くなんかしてないわ。少なくとも、わたしの知っている将校はみんなそうだったもの。ダンスの相手なら喜んでするくせに、女性が結婚をほのめかしたとたん、ブラマンジェのように真っ白になるんですものね」

ジャックが声をあげて笑うと、口もとから白い歯がのぞき、頬にえくぼが浮かんだ。この笑顔を見た女性は、胸がどきりとするにちがいない、とメグは思った。バイロン家の男性がみなそうであるように、彼も目を瞠るほどハンサムだ。褐色の髪と宝石に似た色合いの瞳を持ち、美しいあごの線と完璧な形の唇をしている。

だがジャックの端正な容姿とユーモアのある人柄に、メグは特別な魅力を感じなかった。自分が人がどう思うかは知らないが、ケイドの寡黙で目立たない性格のほうが好きだった。自分が言われる立場でさえなければ、毒舌なところも嫌いではない。

もうひとりの弟のドレークについては、夕食のときからずっと一緒にいるのに、いまだにどういう人物なのかよくわからない。陽気にふるまい、周囲に気を配っているかと思えば、次の瞬間に笑顔が消えて無口になる。

メグは暖炉のそばに座っているドレークをちらりと見た。小さなノートを取りだし、褐色の眉をひそめながら、なにかを懸命に書きこんでいる。忘れないうちに早く書かなければとあせっているように、まったく休むことなく鉛筆を動かしていた。

「方程式を解いているんだ」メグがドレークを見ていることに気づき、ケイドが小声で言った。「ドレークは数学者だ。理論方程式とかなんとか言ってるが、ぼくにはさっぱり理解できない。学者仲間といつもむずかしい話ばかりしている」

「それに発明家でもあるのよ」マロリーがドレークの邪魔にならないよう、声をひそめて言った。

ジャックがいたずらっぽい表情を浮かべた。「そのとおり。ドレークの手が妙に緑がかった色をしているのに気づいただろう。電気伝導度を高める胴めっき浴とやらのせいらしい。とりあえず今回の実験が失敗しなくてほっとした。なにしろ、これまでに何度も爆発で吹き飛ばされそうになっている」

「おやめなさい」公爵未亡人がたしなめた。「あなたの弟はそこまで愚かではないはずよ。でももう一度、眉毛が焼けてなくなった顔でわたしを訪ねてきたら、そのときは黙っていないわ」

自分が話題の中心になっていることにふと気づいたように、ドレークが顔を上げ、鉛筆をノートの上で構えたまま言った。「なんだい？　爆薬の話かな。最近その分野で興味深い研究が進んでいる。火薬の派生物を使った、とてもわくわくする研究だ」

「火薬の話もやめてちょうだい」公爵未亡人がぴしゃりと言った。「マロリー、なにか演奏したら？」

マロリーはアクアマリンの瞳を輝かせたが、まじめな表情を崩さずに答えた。「はい、お母様」

「マーガレットはどう？　ピアノは弾くのかしら」

「あまりうまくありません、奥方様……いえ、アヴァ。母が教えてくれたんですが、なかなか上達しなくて」

「そう」

「でも歌なら歌えます。ときどき褒めてくれる人もいました。もしよろしければ、レディ・マロリーの伴奏に合わせて歌いましょうか」

公爵未亡人は微笑んだ。「素晴らしいわ！　ええ、ぜひ聴かせてちょうだい」

自分で言いだしたことなのでいまさらいやとも言えず、メグは立ちあがってピアノのほうに向かった。

「なにを弾きましょうか」マロリーが言い、曲の名前を三つほど挙げた。

メグは一番よく知っている曲を選び、マロリーが楽譜を譜面台に広げてピアノの前に座るのを待った。

不安でぎゅっと胃が縮み、指先が急に冷たくなった。人が集まる席で歌ったことなら何度もあるのに、どうしてわたしはこんなに緊張しているのだろう。それでもいままで歌ったときは、誰かに認めてもらいたいという気持ちはなかったし、途中で少々間違えたところでがっかりされる心配もなかった。

もちろん、バイロン家の人びとが高慢で意地悪だと言いたいわけではない。それどころか、みんなわたしを心から温かく迎えてくれた。彼らが身分の高い貴族であることを考えると、それは驚くべきことだ。でもだからこそ、わたしはこれほど緊張しているのかもしれない。ばかげたことだとわかっているが、わたしはケイドのにせの婚約者としてここにいるにもかかわらず、バイロン家の人たちに気に入られたいと思っている。短い期間ではあるけれど、この愛に満ちた家族の一員として過ごせたらどんなに幸せだろう。父が死んでから、わたしはとても孤独だった。ケイドと出会うまでは……。

メグとケイドの目が合った。メグはピアノの横に立ちながら、彼の深緑色の瞳に吸いこまれそうな錯覚を覚えていた。まもなくマロリーが慣れた手つきで前奏部分を弾きはじめた。

メグはひとつ大きく息を吸って口を開いた。最初のうちは声が震え、自分でも音程がわずかに安定していないのがわかった。そのときケイドが励ますように微笑むのが見え、全身からふっと力が抜けた。

そこから先は、軽やかな歌声が音楽室に流れた。メグは自信と歌う喜びにあふれ、ケイドの目を見つめたまま歌いつづけた。

やがて最後の楽節を迎え、ピアノの音と歌声がだんだん大きくなって見事なハーモニーを奏でた。曲が終わったあとも、部屋はしばらく余韻に包まれた。

一瞬の静けさが訪れたのち、拍手が湧きおこった。

「ブラボー！」ジャックが叫んだ。

「最高だ！」ドレークが言った。

エドワードまでもが、すっかり感心した様子で手を叩いている。公爵未亡人とマロリーと幼いエズメも、称賛の言葉を口にしながら拍手をした。

でもメグが一番褒めてほしいのはケイドだった。彼さえ認めてくれれば、ほかにはなにもいらないとさえ思った。

「素晴らしい」ケイドが言った。「お見事だ、メグ。カナリアよりも美しい歌声だった」

メグの胸に温かいものが広がり、体の奥が震えるような不思議な感情がこみあげてきた。

「申し訳ないが、そろそろ寝室に下がらせてもらう。長い一日だったから疲れてしまってね」ケイドは口に手を当ててあくびを噛み殺した。

メグは目をしばたたき、突然夢から覚めたような気分になった。

ばかね、ただの歌じゃないの。気にすることはないわ。自分にそう言い聞かせた。

「エズメも寝る時間よ」公爵未亡人が立ちあがった。「さあ、いらっしゃい。早くしないとあなたもわたしも家庭教師に叱られてしまうわ」

「お願い、お母様！　まだスケッチが終わってないの。あと十分だけ、ここにいてもいいでしょう？」

「いいえ、十分がそのうち二十分になるのは目に見えてるわ。いつも寝る時間をもうとっくに過ぎてるのよ。スケッチは部屋に持っていきなさい。ほら、みんなにおやすみの挨拶をして」

「はい、お母様」エズメは椅子から立ちあがってきょうだいのもとに駆け寄り、一人ひとりに抱きついてキスをした。みなエズメのことがかわいくてしかたがないらしく、満面の笑みでそれに応じている。

メグはエズメがほかのきょうだいよりも長く、ケイドと抱きあっていることに気づいた。細い腕をケイドの首にまわし、ふたりでなにやらささやきあっている。大好きな兄がいなくてずっと寂しかったのだろう。こうしてようやく帰ってきたので、嬉しくてたまらないようだ。

次にエズメはメグに向きなおった。「はい、これをあげる」そう言うとさっきまで描いていた一枚のスケッチを差しだした。

「まあ、わたしに……そう、ありがとう」メグは画用紙を受け取った。

そして絵に視線を落とし、思わず目を丸くした。子どもらしいいたずら書きのようなものを想像していたが、それは驚くほどうまく描かれたふたりの人物のスケッチだった。もちろんまだ構図はやや雑で、未熟さは否めない。それでもソファに隣りあって座るメグとケイドの特徴を、見事にとらえたスケッチだ。エズメはまだ九歳だが、そこいらにいる大人よりもはるかに絵がうまい。

「すごいわ……とても上手なのね」

「あなたとケイドよ」エズメは小さな手で黄色いウールのスカートを握りしめた。「気に入った？」

「もちろんよ。ひと目で気に入ったわ。ケイドとわたしにそっくりですもの。本当に素敵な絵ね」

エズメの卵形の顔が喜びで輝いた。「おやすみなさい、ミス・アンバリー。もうすぐお姉様になってくれるのね。嬉しいわ」

メグはエズメの期待を裏切るのだと思うと胸が詰まり、いまの自分に言える唯一の言葉を口にした。「おやすみなさい、エズメ」

エズメはもう一度にっこり笑うと、母のもとに駆け寄り、ふたりで部屋を出ていった。

ほかのみんなも寝室に下がることにした。メグが出口に向かおうとしたとき、誰かが軽く肩に触れた。顔を上げると、隣りにエドワード・バイロンが立っていた。

「よく似ている」エドワードはスケッチを身ぶりで示した。

「あの……ええ、エズメは素晴らしい才能の持ち主だわ」

メグはドアのそばで待っているケイドに目をやった。

「きみたちの秘密を他言するつもりはない」ふたりでドアに向かって歩きながら、エドワードがメグの耳もとでささやいた。「さっきケイドからきみの話を聞いた」

メグはさっとエドワードの顔を見た。「本当に？」

「ああ。ぼくは今回の計画に大賛成というわけではないが、しかたのないことだと理解している。でも気をつけたほうがいい」

メグの体がこわばった。「どういう意味かしら」

「自分の心を守るんだ、ミス・アンバリー。きみはいい人のようだから、傷ついてほしくない」

メグの緊張がふっと解けた。「心配してくださってありがとう、閣下。でもわたしのことならだいじょうぶよ」

「それならいい。じゃあおやすみ」

メグはケイドに歩み寄った。どうしたんだと尋ねるようなグリーンの瞳を見上げ、鼓動が乱れるのを感じた。そしてケイドと並んで別々の寝室に向かいながら、自分はまたしても公爵に嘘をついてしまったのだろうかと考えた。

10

「まあ、なんて素敵なんでしょう。それもいただくわ」一週間後、ロンドン屈指の仕立屋でクライボーン公爵未亡人が言った。「色はペールピンクがいいかしら。でも縞柄も捨てがたいわね」そこで言葉を切り、あごを指でとんとん叩いた。「こうなったら両方作ることにしましょう。そう、ピンクと白の縞柄を散歩用ドレスにして、ペールピンクをイブニングドレスにするの。マーガレットの金色の髪によく映えると思うわ」

「ええ、わたくしもそう思います、奥方様」マダム・マレルが言った。「それから先ほどのペールブルーの舞踏会用ドレスも、ミス・アンバリーの瞳を星のようにきらめかせることでしょう。ロンドンじゅうの若い女性がうらやましがる様子が、目に浮かぶようですわ」

ふたりの年長の女性が意味ありげな笑みを交わすかたわらで、メグはひとり無言で立っていた。この二十分というもの、完全に話の輪からはじきだされている。

メグは両手の指をからませ、驚くほど美しい生地の山を見つめた。さまざまな色と柄と織りをしたシルクやサテン、サーセネットやベルベットや綿モスリンの生地が所狭しと並んでいる。その隣りにはレースにリボン、ボタン、羽根など、おしゃれに敏感なレディがドレスの装飾に使うものがすべてそろっている。棚の上には最新のデザインのドレスを着た人形が、見本として並んでいた。水彩絵の具と鉛筆で描かれたデザイン画集もあるので、そこから好きなものを選ぶこともできる。

公爵未亡人はすでに、文字どおり何十枚ものドレスを注文していた。あまりに数が多いので、メグ自身も何枚頼んだのかわからなくなっているありさまだった。最初のうちは自分の好みや考えを言い、それとなく支払いのことを持ちだして頭を冷やしてもらおうともした。だが公爵未亡人もマダム・マレルも、そのうちメグを無視して勝手に話を進めだした。そしてメグは店の奥にある試着室に連れていかれ、助手に寸法を測られた。

ドレスそのものに不満があるわけではない。どれもみな素晴らしく、彼女の顔立ちや肌の色を引きたててくれそうなものばかりだ。メグが心配しているのは、その枚数だった。

これほどたくさんのドレスの代金を、どうやって支払えばいいのだろう。

「ああ、そうだわ」公爵未亡人が言うのが聞こえた。「乗馬用ドレスも何枚か必要ね。もう一度生地を見せてちょうだい」

メグは胃が痛くなり、両手をぎゅっと握りあわせた。父は充分な持参金を残してくれたが、この調子で使っていては、それが底をつくのも時間の問題だろう。このままでは持参金が足りず、いい結婚相手が見つからなくなるかもしれない。

メグはふりかえり、ソファに座っているケイドに目をやった。女性陣のおともで店にやってきて、マダム・モレルが用意してくれたワインを片手に本を読みながら、買い物が終わるのを待っている。マロリーも一緒に来ていたが、母の相談に乗ることもなく、仕立て直しを考えている自分の三枚のドレスとともにさっさと奥に消えていた。

「そうね、あなたの言うとおりだわ。十枚ばかり作ろうかしら……」公爵未亡人の声が聞こえた。

「ケイド」メグはケイドに駆け寄った。「やめさせてちょうだい」

ケイドは半月形の眼鏡越しにメグを見た。「なにを?」

「買い物よ。お母様はわたしのドレスを数えきれないほど注文しているわ」

ケイドは片方の眉を上げた。「それが気に入らないのかい?」

「当たり前でしょう」

ケイドはにやりとした。「おもしろいな。ぼくの知っている女性の中で、ドレスを新調することに文句を言ったのはおそらくきみが初めてだ」

メグはケイドの隣りに腰を下ろした。「それはわたしが支払いの心配をしなくちゃならない立場だからよ」メグはうつむき、蚊の鳴くような声で言った。「ケイド、わたしにはとても払えないわ。あなたからお母様に事情を話してもらえないかしら」

ケイドは目を丸くした。「そういうことなら、きみがおろおろするのも当然だ」メグの手をぽんと叩いた。「心配しなくていい。請求書はすべてぼくのところに届くことになっている。きみが支払う必要はない」

「あなたのところに届くですって！　そんなことはできない――」

「いいんだ。ぼくは次男だが、それなり以上の財産を持っている。きみのドレスの代金ぐらい、痛くもかゆくもない」

メグは袖の黒い縁飾りを親指でなでた。「お金の問題じゃないの。あなたにドレスを買ってもらうのは、とてもはしたないことだわ」

「どうしてかな。きみはぼくの婚約者じゃないか」

「ちがうでしょう」メグは声をひそめて言った。「とにかく、そんなことをしてもらうわけにはいかないわ」

ケイドがいつもの強情そうな顔になった。「ぼくのほうこそ、きみを社交界に出入りさせるのに、充分な数のドレスを持たせないわけにはいかない。少々気が早すぎるかもしれないが、ぼくからの結婚祝いだと思ってくれ」

「でもケイド――」

「でもメグ……」ケイドはからかうように言ったあと、まじめな口調になった。「この話はもう終わりだ。服選びは母に任せたらいい。きみに似合いそうなドレスを必要なだけ選んでくれるだろう。代金のことを心配するのはやめて、きみも少し買い物を楽しんだらどうだ。

気に入るものがあったら、遠慮せずに買ってくれ」
　メグは反論しようと口を開きかけてやめた。ケイドの言うとおりであることはわかってい
た。パーティや舞踏会への招待状が早くもちらほら届きはじめているが、出席するにはそれ
なりのドレスが必要だ。ケイドからはダイヤモンドの婚約指輪ももらった。それをつけてい
ると、欺瞞《ぎまん》の証《あかし》が薬指に光っているような気がしてならないが、にせの婚約者を演じるため
にはしかたがないと自分に言い聞かせている。とはいえ、いくらドレスというかたちであっ
ても、ケイドからお金を受け取ることにはどうしても抵抗がある。だが持参金にかぎりがあ
る以上、ほかにどんな選択肢があるというのだろう。
「わかったわ」メグはため息をついた。「ご厚意をありがたく受けることにしましょう。で
もひとつだけ、自分のお金で買いたいものがあるの」
「そうか。なんだろう」ケイドはのんびりした口調で言った。
「ウェディングドレスよ。それだけはあなたに買ってもらうわけにはいかないわ」
　ケイドの目が鋭い光を帯びた。「そのことについてはぼくも賛成だ。きみがほかの男に嫁
ぐときに着るドレスに、金を払う気はない」
　メグは困惑し、震える息を吸った。
「それから初夜のための衣装にも」ケイドは言った。
　メグは今度は息が止まりそうになった。顔を上げると、ケイドがこちらを見ていた。メグ

はめまいを覚えながら、彼の瞳に見入った。ケイドもじっと彼女の目を見つめ、かすかに唇を開いている。

そしていきなり身を乗りだし、メグにキスをした。ゆっくりと優しくくちづけられ、メグのまぶたが閉じて頭がぼんやりした。彼のにおいが鼻をくすぐり、さっきまで飲んでいたワインの甘く濃厚な味がする。だが次の瞬間、唇を重ねたときと同じくらい唐突にケイドが顔を離した。

メグは目を開けた。「ど――どうしてこんなことを?」

「これは……その……」ケイドは横を向き、部屋の向こう側に目をやった。「……芝居だ」メグの耳もとでささやいた。「ぼくたちはお互いに夢中ということになっている。みんなに仲のいいところを見せておくのもいいかと思ってね」

芝居ですって? ケイドの視線の先を追ったところ、その言葉の意味がわかった。公爵未亡人と仕立屋が微笑みながらこちらを見ていたかと思うと、ふっと目をそらした。メグは赤くなり、がっくり肩を落とした。いまのキスにはなんの意味もなかったのだ。ケイドは演技をしていただけだった。

「ええ、そうよね」メグは最初からわかっていたわという口ぶりで言った。

「明日のいまごろには、ぼくたちがマダム・マレルの店でキスをしていたという話がロンドンじゅうに広まっているだろう。マダムは口が軽いことで有名だ。社交界はぼくたちを心から愛しあったカップルだと思うにちがいない」

　メグはうなずいたが、急にケイドのそばにいるのが苦しくなった。「いけない、マロリーをずっと放《ほ》ったらかしにしていたわ。お買い物の相談に乗ってあげなくちゃ。じゃあこれで失礼するわね」

　ケイドは立ちあがり、ステッキをきつく握りしめてメグの後ろ姿を目で追った。彼女がほっそりした腰を包む暗い色合いのスカートを揺らしながら、試着室に続くカーテンの向こうへ消えていく。

　ケイドはソファに座って本を手に取り、読みかけのページを開いた。だがどんなに読書に集中しようとしても、内容が頭にはいってこなかった。唇にキスの余韻が残り、体が火照っている。

　自分はいったいなにを考えていたのだろう。とっさに適当な説明をしたものの、演技のためであれなんであれ、メグにキスをするつもりなど毛頭なかったのに。ソファの隣りに座り、支払いのことを心配しているメグは、とても愛らしくけなげだった。最初のうちはこちらもそんな彼女を微笑ましく思いながら見ていた。ところがそのとき、メグがウェディングドレスのことを口にした。

　その言葉を聞いたとたん、楽しい気分が一転し、怒りとともに感じてはいけない欲望が湧きあがってきた。そして気がつくと、ここがどこかということも後先のことも考えず、彼女に唇を重ねていた。

それにしても、われながらよくもっともらしい理由を考えついたものだと思う。だがそもそも、どうして彼女にキスをしてしまったのか――いや、魅力的な女性がすぐ手の届くところにいれば、衝動的にキスをするのも男ならままあることだ。たかがキスにたいした意味はない。もうこれ以上考えるのはよそう。彼女をベッドで腕に抱いた夜のことも、なるべく考えないようにしなくては。

これからは優しい婚約者を演じてメグを舞踏会やパーティにエスコートし、彼女が社交界に受けいれられるよう力を尽くそう。そしておおやけの場以外では、兄のようにふるまえばいい。

それですべてがうまくいくはずだ。とはいえ、こちらが妹に対するのと変わらない態度でメグに接するのを見たら、母やマロリーはおかしいと思うにちがいない。メグのことは……そう、友だちだと思って接すればいい。大変な秘密を分かちあう友人だ。

彼女に友情以上の気持ちは感じていないのだから、それならなにもむずかしいことはないだろう。そうに決まっている。

それから二週間後、三月の雲のない夜、メグはクライボーン公爵の豪華な四頭立て馬車を降りた。ケイドの腕に手をかけ、バークリー・スクエアにあるタウンハウスの玄関に続く踏み段をのぼった。これから生まれて初めて、ロンドン社交界の舞踏会に出席する。エドワードに公爵未亡人、それから興奮を隠しきれない顔をしたレディ・マロリーも一緒だった。一行が玄関ホールに足を踏みいれると、そろいの服を着た召使いが上着をあずかろうと急ぎ足で近づいてきた。

メグは召使いにマントを手渡し、ドレスをさっとなでてしわを伸ばした。白いチュールのオーバースカートのすそと丸くふくらんだ半袖の縁に、葉の模様の刺繍が施されている。その下に着ているのは、あざやかなブルーのシルクのドレスだった。ドレスより濃い色調の青いリボンがウェストの高い位置に結ばれ、そこからスカートが床まで軽やかに広がるデザインだ。ドレスに合わせたブルーのシルクの靴が足もとを優雅に飾っている。その靴もほんの数日前、グローブナー・スクエアにあるクライボーン邸に届いた膨大な数のドレスや服飾品のうちのひとつだった。

メグたち五人は準備を整え、広間へと続く立派な階段をのぼった。広間にはいったとたん、音と色の洪水に迎えられた。蜜蠟と香水と床の光沢剤のにおいが交じりあい、あたりにただよっている。

これほど多くの人たちが洗練された服に身を包み、ひとところにごったがえしている光景を見るのは、メグにとって初めてのことだった。屋敷が狭いからではなく、招待客があまりに多すぎるのだ。

「ひどい混雑ね」広間の奥に進みながら、公爵未亡人が言った。「レディ・レイボールドが、社交シーズンが本格的に始まる前にパーティを開いた理由がわかったわ。催しが少なければ、それだけたくさんの人が集まるものね」

「わたしのお披露目の舞踏会のとき、この半分の人でも来てくれるといいんだけど。もう来週だなんて信じられない」マロリーが言い、不安そうにメグの手を握った。「でもあなたが一緒だと思うと嬉しいわ」

メグはマロリーに微笑みかけた。「本当にわたしも一緒でいいの？　あなたにとって特別な日なのよ。わたしのことは気にしなくていいのに」

「なにを言ってるの！　お客様を出迎えるとき、わたしのひざが震える音が聞こえないよう、あなたがみんなの気をそらしてくれなくちゃ」

メグが声をあげて笑うとマロリーも笑った。公爵未亡人と男性陣は、そんなふたりを微笑みながら見ている。

「でも来週の舞踏会も、王妃へのご挨拶のときに比べたら、それほど大変じゃないかもしれないわね。なにしろドレスのすそはとんでもなく長いし、ダチョウの羽根が頭で揺れているんですもの。王妃の目の前で、つまずいて恥をかくんじゃないかと気が気ではなかったわ」

公爵未亡人が言った。「いいえ、あなたは立派にご挨拶できたわ。シャーロット王妃から、とても素晴らしいお嬢さんだとお褒めの言葉をいただいたのよ」

「ありがとう、お母様。それから、今夜ここに連れてきてくれたことにもお礼を言わなくちゃ」

公爵未亡人は微笑んだ。「あなたをひとりだけ家に置いていくなんて、そんなひどいことができるわけがないでしょう。本当は来週の舞踏会まで待ったほうがよかったのかもしれないけど、王妃へのご挨拶がすんだのなら、特に問題はないと思ったの。とにかく、来週から本格的な社交シーズンが始まるわ。あなたのデビューは大成功間違いなしよ」

「メグのデビューもね」マロリーが言った。

「ええ、もちろん」公爵未亡人は嬉しそうな顔をした。

「来週の舞踏会は、わたしたちふたりのためのものにしたいの」マロリーはメグの手をまた握りしめた。「ふたりとも、社交界に初めて正式に紹介されるんですものね」

メグは笑みを浮かべ、マロリーの優しさに心を打たれた。厳密に言えば、今度の舞踏会はマロリーのデビューのために開かれるものだ。にもかかわらず、この数日間、メグのところにもたくさんの人が訪ねてきている。

ケイドとの婚約の記事が『モーニング・ポスト』紙に掲載されてからというもの、クライボーン邸の玄関のノッカーはほとんど鳴りやむことがない。毎日知らない人たちが連れだち、未来のレディ・ケイド・バイロンにぜひお目にかかりたいと、興味津々の顔で押しかけてくる。

だがありがたいことに、ケイドがかならず同席してメグの隣りに座り、あまりに個人的な質問やずうずうしい質問をされそうになると、上手に話をそらしてくれる。最近わかったことだが、ケイドは人のあしらいがとてもうまい。生来の魅力に加え、ユーモアのセンスも持っている。ときには悪魔も恐れをなして逃げだすような鋭い目でねめつけ、相手を黙らせることもある。

そうやって人前ではメグを溺愛《できあい》し、献身的に守ろうとする婚約者を演じているくせに、マダム・マレルの店に行ったあの日以来、一度も唇に触れようとはしない。もちろん本人が言うところの〝芝居〟は続け、幸せに浮かれた表情でメグの手を握ったり、頰に軽くキスをしたりはしている。けれどたまにふたりきりになると、ただの親しい友人どうしのように、節度のある態度を崩さない。ばかげたことだとわかっているが、メグは心のどこかでそれを物足りなく思っていた。

でももうすぐ社交シーズンが始まれば、メグも真剣に結婚相手を探すことができる。あとはただ、結婚したいと思うほど好きな男性にめぐりあえることを祈るばかりだ。ケイドの気持ちははっきりしているのだから、約束はちゃんと果たさなければならない。これから三カ月のうちにかならずいい相手を見つけ、ケイドを自由にしてあげよう。

そもそも、それがメグ自身の望みでもあるはずだ。

そのとき公爵未亡人がふた言、三言なにかをつぶやき、広間の反対側にいる友人に合流しようとその場を立ち去った。エドワードも友人のところに行き、メグとマロリーとケイドの三人が残された。

「見て、ジャックよ！」広間の奥に進みながら、マロリーが声をあげた。「ジャック！」手をふって兄に合図をした。

ジャックはうなずき、嬉しそうにはしゃいでいる妹の姿に目を細めた。横を向いて知り合いらしいふたりの紳士に声をかけると、三人でこちらに向かって歩いてきた。

「こんばんは。ご機嫌はいかがかな」ジャックはお辞儀をした。「マロリー、お前にはあらためて訊く必要はないようだ。興奮ではちきれそうな顔をしている」

ジャックの友人のひとりが言った。「バイロン、こちらのふたりのレディはなんて美しいんだろう。ぜひ紹介してくれないか」

ジャックは片方の眉を上げた。「わかったよ。ニアル・フェイバーシャム、こちらが妹のレディ・マロリー、その隣りがミス・マーガレット・アンバリーだ。ケイドのことは知っているだろう。先日、ミス・アンバリーと婚約した」

「なるほど、社交界の話題をさらっているのはあなただったのですね」ニアルがうなずくと、金色の髪がかすかに揺れた。「こうしてお目にかかってみて、ケイド卿があなたの心を射止めようと思った理由がわかりました。もっと早くお会いしていたら、わたしも同じように思っていたでしょう」

メグは笑った。「ありがとうございます、ミスター・フェイバーシャム……でよろしいでしょうか」

ジャックは紹介を続けた。「それから、こちらがアダム・グレシャム卿。学校に通っていたころからの友だちで、ぼくのきょうだい全員と面識がある。アダム、ミス・アンバリーだ」

「お目にかかれて光栄です」グレシャム卿は深みのある低い声で言い、メグの手を取って優雅にお辞儀をした。

「こちらこそ光栄ですわ。舞踏会を楽しんでいらっしゃいますか、閣下」

「実を言うと、さっきまで少々退屈しておりました。でもこうして素敵なかたとご一緒することができて、退屈な気分がいっぺんに吹き飛んだようです」

グレシャム卿は茶目っ気たっぷりの笑顔を浮かべた。浅黒い肌と黒い髪が、口もとからのぞく真っ白な歯をますます白く見せている。彼が素晴らしくハンサムな男性であることは間違いない。ケイドとジャックも、この広間にいるほとんどの紳士より背が高いが、グレシャム卿はそのふたりよりさらに長身だ。

ジャック・バイロンとミスター・フェイバーシャム——どちらもそれぞれ端正な顔立ちをしている——と同じように、グレシャム卿もたくさんの女性をとりこにしているにちがいない。だがそれほど魅力的な男性を前にしても、メグはときめきを感じなかった。鼓動が乱れることもなく、いつもと同じ速さで打っている。

そのときケイドがメグのうなじに手をかけた。たくましく温かい手に思わせぶりになでられ、メグの首筋が燃えるように熱くなった。全身の肌がぞくぞくし、心臓が胸を破りそうなほど激しく打ちはじめた。メグはうろたえ、自分の様子がおかしいことに誰も気づいていないことを祈った。

懸命に平静を装いながら、さりげなく身をかわそうとしたが、ケイドは首にかけた手にわずかに力を込めてメグの動きを封じた。親指の先を使い、首の付け根から髪の生え際までまっすぐなでると、そこでいったん動きを止め、今度は下へ向かって指をはわせた。

いったいどういうつもりなの。メグは心の中でつぶやき、快楽のため息をもらしそうになるのをこらえた。

なにも事情を知らない人が見れば、ケイドがふたりの紳士をけん制し、自分の婚約者に手を出すなと警告していると思うにちがいない。でもケイドがやきもちを焼くはずがないのだから、これはいつもの彼一流の演技にすぎない。周囲に自分たちの仲の良さを見せつけるための芝居だ。

メグの胸にいらだちにも似た感情が湧きあがり、身をよじってケイドの手をふりはらいたい衝動に駆られた。それでもみんなが見ている前で、そんなことができるわけがない。

メグはケイドにしかわからない程度にごく軽く首をふり、やめてという意思表示をした。

だがケイドはそれを無視し、またしても親指でうなじをなであげている。そして髪の生え際で手を止め、小さく円を描くようにさすった。メグは鳥肌がたった。

ふいに、もううんざりだと思った。

「ミスター・フェイバーシャム」声が震えないよう気をつけながら言った。「ダンスはお好きですか」

ニアルの表情がぱっと明るくなった。「ええ、大好きです。わたしの勘違いでなければ、次の曲がそろそろ始まるようです」

「そのようですね。もしよろしければ、レディ・マロリーと一曲踊られてはいかがでしょう」

ニアルの目がさらに輝いた。「それは光栄です。どうでしょう、レディ・マロリー。わたしと踊っていただけますか」

マロリーは横目でちらりとメグを見たが、その目は驚きと期待に満ちていた。「ええ、喜んで」微笑みを浮かべながら、ニアルが差しだした腕に手をかけ、ふたりでダンスフロアに向かった。

「ミス・アンバリーはどうです？　ダンスはお好きですか」グレシャム卿が訊いた。

「大好きですわ。でもご存じのとおり、ケイド卿は戦争で怪我を負ったのでダンスはしないんです」

ケイドの親指がぴたりと動きを止め、その体がこわばるのが伝わってきた。

「ふたりで壁際に腰かけ、みなさんが踊るのをながめて楽しむことにします。カードゲームをしてもいいですし」

「おいおい、ぼくをもうろくした老人のように扱うのはやめてくれ」ケイドは努めて明るい口調で言い、メグの首筋にはわせていた手を今度は肩に置いた。そしてきみの魂胆はわかっているというように、一瞬強く肩をつかんだ。「ぼくが踊れないからといって、きみまで我慢することはない。ダンスをしたければ、ぼくのことは気にせずに楽しんでおいで」

メグがふりかえると、ケイドの手が肩から滑り落ちた。「本当にいいの？」

ケイドの表情がひきつり、目に怒りの色が浮かんだ。でもそれは、こちらとの無言の駆け引きに負けたせいだろう、とメグは思った。「ああ、もちろん。気がすむまで踊ってくるといい。ぼくならだいじょうぶだ」

グレシャム卿は興味深そうにケイドとメグの顔を交互に見た。温かみのある茶色の瞳が、かすかに光っている。「だったら一曲目はわたしと踊っていただけませんか、ミス・アンバリー。わたしを哀れと思い、どうかお願いします」

メグは思わず頬をゆるめ、小さく吹きだした。「あなたがダンスのお相手に困るようなかただとはとても思えませんけれど、喜んでお受けいたしますわ」前に進んでグレシャム卿の腕に手をかけた。「ケイド……ジャック……わたしがいないからといって、あまりはめをはずさないようにね。もしなにか困ったことがあったら、すぐに呼んでちょうだい」

メグのからかうような言葉にケイドは苦々しい顔をし、ジャックはにっこり笑って首をふった。

グレシャム卿とフロアの所定の位置に立ち、曲が始まるのを待っているうちに、むしゃくしゃしていたメグの気持ちもだんだんおさまってきた。ほかにもたくさんのカップルが列を作っているが、そのなかにはマロリーとニアルもいた。メグとグレシャム卿から少し離れたところで向かいあい、熱心に話しこんでいる。

「あなたの連れのかたのことを悪く言うつもりはありませんが、彼は猛獣のように激しい気性をしています。あまりからかわないほうがいいでしょう」グレシャム卿が言った。

「まあ、誰のことかしら」

「ケイドです。あなたにすっかり夢中のようだ。彼がなぜ婚約を急いだのか、ようやくわかりました。おふたりがまだ結婚式を挙げていないのが不思議なくらいです」

結婚式を挙げることなど永遠にないわ。メグは胸のうちでつぶやいた。もし真実を知ったら、グレシャム卿は驚愕するだろう。

「ええ、出会いから婚約まではあっというまでしたけど、ここから先は少し時間をかけようと思っています」メグは声がうわずらないことを祈った。「ケイドはわたしに社交シーズンを楽しんだらいいと言ってくれたんです」

「本当ですか。いやはや、それはまたしても驚きだな。ケイドのことは昔から知っていますが、彼が女性に対してあれほど独占欲をむきだしにするところを見たのは初めてです。あなたを自由に楽しませてやりたいと思うとは、それだけ深く愛しているんですね」

いいえ、わたしに関心がないからよ。メグは心の中で言い、靴に視線を落とした。ケイドが独占欲をむきだしにしているように見えたとしたら、それはひとえに彼の演技力によるものだ。もしかするとほかの男性を挑発し、わたしを奪い取りたいと思わせようと考えたのかもしれない。でも当のケイドは、わたしのことをなんとも思っていない。

そのときダンスの始まりを告げるファンファーレが鳴り、メグはほっとした。口もとに笑みをたたえて顔を上げ、グレシャム卿の手を取って踊りはじめた。

ケイドは広間の隅でダンスフロアを見つめながら、ステッキをきつく握りしめた。純金でできた握りだからよかったものの、別の素材だったらきっと折れていただろう。手に痛みを感じて力をゆるめ、メグが楽しそうに笑いながらアダム・グレシャムと踊る姿を目で追った。

バイロン家と家族ぐるみの付き合いをしているグレシャムが、メグを誘惑することはまずありえない。だが彼は根っからの遊び人だ。女たちは群れをなしてグレシャムを追いかけている。特に不幸な結婚生活を送り、心のすきまと夫では満たされない欲望を満たしてほしいと考える人妻が、たくさん近づいてくるらしい。

若い娘も母親の目を盗み、グレシャムの気を引こうとする。グレシャムはそうした罠《わな》にからないよう、いつもうまく身をかわしているが、それでもときどきはちょっかいを出しているようだ。彼にとっては快楽こそ、常に優先順位の一位にある。

その半面、グレシャムは信義を大切にし、他人のものをこっそりかすめとったりしない人間だ。それでもメグが本当は婚約していないと知ったら……いや、仮にグレシャムがいつか結婚する気になったとしても、いまにも底をつきそうな財産を穴埋めしてくれる遺産相続人の女性を選ぶだろう。つまりメグは、グレシャムの結婚相手の候補からははずれることになる。

彼女と結婚したがる男は少なくないはずだ。たとえ持参金が乏しくても、あれほどの美女を手に入れられるならかまわないと思う男がかならずいる。メグがそうした男とダンスをしたり戯《たわむ》れたりする光景が目に浮かぶ。愛らしい笑顔と吸いこまれるような青い瞳に、その男は魅了されるだろう。ふたりで人目につかない場所に行き、キスをするかもしれない――。

ケイドはまたもや手が痛くなるほど強くステッキを握りしめた。

でもそれこそ自分が望んでいることであり、メグと話しあって決めたことではないか。自分はただ、彼女の安全を守りたいだけだ。メグの信頼と愛情に値し、彼女を心から愛する男が現われるのをこの目で見届けたい。だからこうしていつもメグを近くに置き、悪い男が近寄ってこないよう目を光らせているのだ。

そのときダンスが終わった。グレシャム卿が腕を差しだし、メグをエスコートしてフロアを離れようとした。だが十フィートも歩かないうちに、めかしこんだふたりの紳士が近づいてきた。どうやらグレシャム卿にメグを紹介してほしいと頼んでいるようだ。メグが微笑んでなにかを言うと、みながどっと笑った。それからまもなく、また新たにふたりの若者がやってきて、お辞儀と挨拶の言葉を交わした。

自分がとっておきの言葉をかけてやれば、あの連中はあわてて逃げだすだろう。ケイドは鳩の群れを襲う猫になったような気分でほくそ笑んだ。だが数歩進んだところで足を止め、冷静になれと自分に言い聞かせた。今回の計画を成功させるつもりなら、メグが独身の若者と知りあうことを邪魔するなどもってのほかだ。

ケイドは磨きこまれた床にステッキの先をぐっと押しつけ、きびすを返して飲みものを取りに行った。今夜はとんでもなく長い夜になりそうだ。

それから三時間近くたったころ、メグは広間を出て混んだ廊下を抜け、ほかの場所よりは静かな化粧室に向かった。

ふたりの女性が小声で立ち話をしながら髪を直し、招待客のために用意された磁器の洗面器で手を洗っている。メグはふたりの横をすり抜け、隅に設《しつら》えられたカーテンのかかった場所に行った。衝立《ついたて》で仕切られた個室にはいったところで、女性たちが出ていく足音がし、化粧室の中はしんと静かになった。

騒々しい広間や廊下で人にもみくちゃにされることからようやく解放され、メグはほっとひと息ついた。舞踏会がつまらないわけではない。ダンスは活気があって楽しく、パートナーにも不自由していない。これまでほとんど休むことなく踊りつづけている。

だがいろいろな男性と踊ったり談笑したりするときも、メグは常にケイドの視線を感じていた。彼は曲と曲のあいだに近づいてきては、〝なにも問題がない〟ことを確認し、欲しいものはないかと訊くのだ。冷たいレモネードやポンチを持ってきてくれたことも二回ばかりある。そうやってメグの世話を焼いていないときは、壁際に置かれた椅子に座って時間を過ごしている。

もちろん片時もメグから目を離さないということではない。ときどきちらりと彼のほうを見ると、誰かと話をしていることもある。だが多くの場合、ひとりきりで腰かけて、深緑色の目で彼女を見ていた。

カードルームにでも行くか、みんなの話の輪にはいったらどうかとメグが言ったところ、ケイドは首を横にふった。そして身を前に乗りだし、ぼくがきみを放ったらかしにしたら、周囲の目には熱烈に愛しあっているカップルには映らないだろうとささやいた。

そこでメグは彼に言われるまま、しかたなくダンスを続けた。どんなに緊張をほぐそうとしても、ケイドがすぐそこにいると思うとそわそわして落ち着かなかった。だがさすがのケイドも、まさか女性用の化粧室まではついてこられないだろう。それでももしメグがなかなか広間に戻らなければ、マロリーか公爵未亡人に捜してきてくれと頼むかもしれない。

メグが用をすませて個室から出ようとしたとき、また新たにふたりの女性が化粧室にはいってきた。

「……それにしても、ケイド卿がかいがいしく婚約者のお世話をする姿から目が離せないわ。ご本人は踊れないのにね。脚に怪我をなさるなんてお気の毒に」

連れの女性が同情したような声であいづちを打ち、ふたりで衣擦れの音をさせながら化粧室の奥に進んだ。声の聞こえる方角からすると、どうやら彼女たちは、メグがさっきここにやってきたときに見かけた長椅子に腰を下ろしたようだった。

「昔はダンスもフェンシングもそれはお上手だったのに。ケイド卿が怪我を負ったと知ったとき、アンジェロは涙を流したと聞いたわ。いままで最高の教え子を失ったと嘆いたそうよ」

「わたしの聞いたところによると」もうひとりの女性がもったいぶった口調で言った。「ケイド・バイロンの怪我は脚だけではないらしいの」

「まあ、どういうことかしら」

〝そうよ。どういうことなの？〟メグは個室から出なくてよかったと思った。

「わたしの夫は軍と付き合いがあるでしょう。ケイド卿はポルトガルのどこかでフランス軍につかまり、ひどい拷問を受けたそうなの。銃で撃たれただけでなく、首を絞められて殴られ、もう少しで命を落とすところだったんですって。数日にわたって拷問されたようだけど、たしかなことは誰にもわからないらしいわ」

「なんておそろしいんでしょう！」最初の女性が驚きと興奮が半々に入り交じった声を出した。

「まったくだわ。しかも野蛮なフランス兵は、瀕死《ひんし》のケイド卿を排水路に放りこんだというのよ。きっと急いでその場を離れなくてはならなくなり、ケイド卿が生きのびる可能性はないと思ってそうしたんでしょう。それでもこうして生きて帰ってきたんだから、まさに奇跡としか言いようがないわ」

「イギリス兵に発見されたの？」

「いいえ。ケイド卿がご自分で排水路からはいでたそうよ」

〝はいでたですって？〞メグはこぶしを口に当て、声が出そうになるのを抑えた。

「報告書によると、捨てられていた動物の骨を使って汚泥の中からはいでてきたらしいわ。そして数ヤード離れたところで倒れているのを、近くの農民が見つけて助けを呼んだそうなの。ハロルドが言うには、ケイド卿は顔が腫れあがって目も開けられない状態だったんですって。それから排水路には、ほかにも人が投げこまれていたみたい」

「ほかにも？」

「フランス兵が殺したポルトガル人の一家よ。ケイド卿のことも、もう死んだも同然だと思ってその人たちの遺体と一緒に排水路に捨てたのね」

メグは総毛立ち、みぞおちを手で押さえて口に当てたこぶしに力を入れた。ああ、ケイド！　心の中で叫び、彼が耐えてきたことの壮絶さを思った。ケイドは婚約者がフランス兵に殺されたと言っていた。排水路に捨てられていたという遺体の中に、カリダのものもあったのだろうか。きっとそうだったにちがいない。メグは恐怖に包まれた。頬に手をやると、涙で濡れているのに気づいて驚いた。

「発見後、病院に送られてから、ケイド卿は何週間も口をきかなかったそうなの。イギリスに戻ってきてからも、しばらくはそうだったみたいね」声をひそめてはいるが、どこか楽しそうな女性の口調に、メグは吐き気を覚えた。それでもその先を聞かずにはいられなかった。どれほど悪意のある噂話でも、自分にはケイドのために最後まで聞き届ける義務があるような気がした。

「ケイド卿が世捨て人のように北部の領地に引きこもってしまったのも、無理のない話だわ。以前は先のことなど考えず、自由奔放にふるまっていらしたのにね。でもあまりに過酷な体験をしたせいで、頭がおかしくなってしまったんじゃないかと言う人もいるのよ」

「まさか！　今夜はとてもお元気そうじゃないの。ときどき険しい表情を浮かべているけれど、気性の激しい男性にはよくあることでしょう」

「ええ、でも人はうわべでは判断できないわ。こんなこと、本当は言いたくないんだけど……」

とても言いたくないようには聞こえないわ。メグは思った。やけに嬉しそうな口ぶりじゃないの。

「……あの一族には、精神に異常をきたす人が多いの」

〝精神に異常をきたす?〟

「そういえば、二十年ぐらい前に自殺をしたかたがいなかったかしら」

「そのとおりよ。それから、なにを血迷ったか自分の屋敷に火をつけて全焼させ、どこかに幽閉されたかたもいたでしょう。ケイド卿がいつかジョージ三世のように乱心したとしても、わたしは驚かないわ。でも、そうなったら悲劇ね」

「おそろしいことだわ」

メグの怒りがもう少しで爆発しそうになった。あのふたりは、なんと的はずれなことを言っているのだろう。ケイドはたしかに大きな苦しみを抱えているけれど、ちゃんと自分の心を制御できている。メグは自分がいることをふたりに教えてやろうと、衝立の陰から出てカーテンに手をかけたが、やはり最後まで話を聞くことにした。

「そこへもってきて、今回の突然の婚約でしょう。今夜ここにいる人たちの半分は、ケイド卿の謎の婚約者を見たくて来たんじゃないかと思うくらいよ。ミス・アンバリーは愛想がよくてきれいだし、ケイド卿が惹かれるのもわからなくはないわ。でも彼女は海軍大将の娘で、あまり富にも恵まれていないというじゃないの。公爵未亡人と公爵は内心苦々しく思っているでしょうね」

〝どうして？　海軍大将の娘のどこがいけないの？〟メグは体の脇でぎゅっとこぶしを握りしめた。

「彼女をきずものにしたから、しかたなく結婚するんじゃないかと言う人もいるわ。それからもうひとつ、ふたりはケイド卿がポルトガルで悲劇的な体験をする前からの知り合いで、お互いにずっと好きだったという説もあるし」

「とにかく、ケイド卿が彼女を溺愛していることは間違いないみたいね」

もうひとりの女性があいづちを打った。

「まあ真実がどうであれ、ケイド卿とミス・アンバリーが普通のカップルとちがうということだけは言えるわ。社交界はあのふたりの話で持ちきりだし、みんな今後がどうなるかこぞって賭けをしているんじゃないかしら。でもわたしは、ミス・アンバリーがいつかケイド卿との結婚を後悔するんじゃないかと心配なの」

「そうかしら。ケイド卿はハンサムで財産も持っているじゃないの。あなたなら頭のねじのゆるんだケイド・バイロンと、平凡で退屈な男性のどちらを選ぶ？　わたしだったら、いちかばちかバイロンを選ぶわ」

ふたりは笑い声をあげ、衣擦れの音をさせながら立ちあがった。

そのときまた別の女性が何人かやってきたのがわかり、メグはとっさに衝立の後ろに戻った。ケイドと自分の噂話をしていたふたりの声が聞こえなくなったことを確認してからカーテンの外に出ると、そこにいた女性たちに軽く会釈をした。

震えながら手を洗い、ふと姿見を見て驚いた。顔が紙のように真っ白だ。頬を軽くつねり、少しでも血色をよくしようとした。それから無理やり笑顔を作り、ひとつ深呼吸をして広間に戻った。

11

翌朝、たくさんの花束がクライボーン邸に届いた。温室栽培のバラやユリの豪華な花束もあれば、スミレやナデシコ、ワスレナグサなどを使った可憐《かれん》な花束もある。居間の中はまるで一気に春がやってきたように、さまざまな色と香りであふれている。そこにいる人はみな近くに寄り、美しい花々を愛《め》でずにはいられなかった。

花束のほとんどはマロリーに贈られたものだった。マロリーは居間に足を踏みいれ、使用人が活《い》けた山のような花を見るなり、驚きと喜びの入り交じった声をあげた。だが花に添えてあるカードを見ると、そのうち三つはメグ宛《あ》てのものであることがわかった。

ひとつはニアル・フェイバーシャムからで、もうひとつは昨夜、つま先に痛みを覚えながらも一緒にリールを踊って楽しんだミスター・ミルバンクという男性から届いたものだ。そして最後のひとつに添えられたカードには、グレシャム卿の名前が書いてあった。

グレシャム卿から届いた花はバラだった――くきが長く、目の覚めるようなピンクのバラが二、三十本花びんに活《い》けてある。黒いインクで書かれたカードの筆跡は、いかにも彼らしくおおらかだ。

「〝忘れられない夜のお礼に〟」ケイドがメグの肩越しにのぞきこみ、声に出してカードを読んだ。「へえ、なるほど」

メグはぎくりとしてふりかえった。ケイドが居間にはいってきたことには、まったく気がついていなかった。彼は怪我をしているにもかかわらず、その気になれば足音をたてずに歩くことができるのだ。「びっくりするじゃないの」メグはケイドの存在を間近に感じて胸がどきどきした。のりのきいたリネンのシャツのさわやかな香りと、洗面のときに使ったにちがいない石けんの香りが鼻をくすぐった。「あなたがいるとは思わなかったわ」

「そうだろうな」ケイドはメグの耳もとでささやくと、ほかの人にも聞こえるよう大きな声で言った。「甲高い悲鳴のようなものが聞こえたから、なにかあったのかと思って来てみたんだ。ここはまるで花屋じゃないか」

メグはケイドに背中を向け、バラのあいだにグレシャム卿のカードを差しこみながら、動揺する心を静めようとした。

「ケイドはときどきすごく意地悪なことを言うんだから」マロリーが兄に文句を言ったが、その声音には愛情がこもっていた。「メグとわたしは悲鳴なんかあげてないわ。お母様もそうよ」

「あなたの言うとおりね」公爵未亡人は口もとに笑みをたたえた。「でもケイドが意地悪なことを言ったのは、メグの愛人《シシスベオ》の座をめぐって早くも紳士のあいだで争奪戦が始まったことへのいらだちのせいよ。わたしたちを本気で子豚にたとえたわけじゃないわ」

マロリーは声をあげて笑い、メグは微笑んだ。だが後ろをふりかえってみると、ケイドはにこりともせずに苦々しい表情を浮かべていた。

次の瞬間、ケイドの顔からその表情が消えた。「それは母さんの勘違いだ。メグが自分の婚約者は誰かということさえ忘れなければ、花束ぐらいいくらもらってもぼくは気にしない」

メグは眉をひそめてケイドを見た。この人はどれだけ口がうまいのかしら！　ふいにそうしたケイドの態度に腹が立ち、自分に贈られた花の前に行った。そしてグレシャム卿のバラが活けてある花びんを持ちあげた。

「よかったわ」メグが歩くと、かぐわしいピンクの花が揺れた。「だったらこれを寝室に持っていってもいいかしら。窓辺に置いたらきれいだと思うの」

ケイドの目もとがぴくりとした。「もちろんだ。あとでほかの花と一緒に運ばせよう」

メグはわざとらしく微笑んだ。「いいえ、いいの。これだけで充分だわ。わたしがバラが好きなことは、あなたも知っているでしょう」

ケイドがそんなことを知っているわけがないのに。メグは胸のうちでつぶやき、花びんを抱えて居間を出た。そもそもあの人にとっては、わたしの花の好みなどどうでもいいことだろう。廊下を寝室に向かって歩きながら、自分も彼のことに興味なんかないと言えたらいいのに、と思った。

それから一週間後、マロリーのお披露目の舞踏会が開かれた。先代の公爵の娘であり、現公爵の妹である彼女にふさわしく、盛大できらびやかなパーティだった。

その前の数日間、メグは屋敷じゅうが準備でおおわらわになっているのを、目を丸くして見ていた。召使いがあちこちを駆けまわり、部屋を片づけて床を磨き、埃《ほこり》を払い、空気を入れ替えて飾りつけをし、目を皿のようにして細かく仕上がりを点検した。厨房も上を下への大騒ぎで、料理人は腕によりをかけ、どれほど舌の肥えた美食家をもうならせるような素晴らしい料理を作った。舞踏会にはロンドン社交界の華と呼ばれる人たちを招いてあったが、摂政皇太子《プリニー》からも、途中で顔を出すつもりだという返事があった。

やがて当日の夜になると、マロリーは極度の緊張に襲われた。メグも不安で胃がねじれそうな感覚を覚えながら、エイミーに手伝ってもらってイブニングドレスに着替えた。それはペールピンクのシルクのドレスで、短い袖が丸くふくらみ、チュールのオーバースカートに金色の小さな星がちりばめられているデザインだった。

そしていま、メグはマロリーの隣りに立って招待客を出迎えていた。真っ白なドレスに身を包んだマロリーは、まるで絵画のように美しく見えた。褐色の髪をゆるくカールさせてアップにまとめ、ほっそりした首にシンプルな真珠の一連ネックレスをつけている。

もう片側には洗練された装いのケイドが立ち、招待客にメグを婚約者として紹介していた。落ち着きはらったふるまいのケイドとは対照的に、メグは自分がとんでもないことをしているという思いがぬぐえなかった。無理やり笑顔を作ってはいたものの、出迎えの列を離れるころには手が氷のように冷たくなっていた。

エドワードがマロリーの最初のダンスの相手を務めた。メグもさっそくある男性からダンスを申しこまれたが、踊れないケイドのことを考えてしばらく一緒にいることにした。彼の腕に手をかけて広間を歩きまわり、たびたび足を止めて招待客と言葉を交わした。その中には昔風の髪形をした愉快な年配の紳士や、ケイドの軍隊時代の友人だという若者もいた。

そうこうしているうちに夜が更けた。メグはそのうちケイドが誰かと踊ってくるように勧めるだろうと思っていた。だが何人もの紳士がダンスを申しこんできても、ケイドはその都度、微笑みを浮かべながらメグを抱き寄せ、軽く手をふって相手を追いはらった。

舞踏会が終わりに近づくころには、メグ自身も自分たちが本物の愛しあったカップルではないかと錯覚するほどだった。周囲はもちろんそう思いこんでいるらしく、ふたりに優しい笑みを向けている。立ち止まって温かい祝福の言葉をかけてくれる人も少なくなかった。

その夜のふたりのことは、翌日の『タイムズ』紙と『モーニング・ポスト』紙でも紹介された。〝うら若きレディMの社交界デビューを祝う素晴らしい舞踏会〟と〝突然発表された

C卿と金髪の美女の恋愛結婚〟を伝える記事が、それぞれの新聞の社交欄に掲載された。ケイドはトーストと卵を食べながら、それらの記事を読んで笑顔になった。一方のメグは、自分たちがどんどん深みにはまっている気がしてならなかった。

それから三週間、メグの不安は和らぐことがなかった。朝から晩までひっきりなしに誰かが訪ねてきたり、こちらから出かけたりする毎日の中で、メグは自分が奇妙な立場に置かれていることに気づいた。未婚の男性と知りあうのは簡単なことだった。だが誰かと親しい関係を築くことは、思った以上にむずかしかった。ケイドがいつも二十フィート以内にいては、どんな相手とも表面的な付き合いをするのが精いっぱいだ。

ケイドは優しい婚約者の役を演じ、メグをどこにでもエスコートした。オペラに劇場、夜会に舞踏会、お茶会や朝食会から晩餐会にいたるまで、彼女が行くところならどんな場所でもついてきた。一度などはメグとマロリーのおともで、もう何年も前に二度と足を踏みいれまいと誓った〈オールマックス〉（摂政時代のロンドンでも特に規律の厳しい社交場）に行ったこともある。

近ごろは外出した先でカードルームにこもり、メグからしばらく目を離すこともあった。だがメグはそんなときでさえ、ほっとひと息つくことも、ケイドの存在を忘れることもできなかった。ケイドがそばにいてもいなくても、頭の中はいつも彼のことでいっぱいだった。

ところがケイドのほうは、そうした葛藤を抱えているようには見えなかった。ふたりきりのときは妹に対するのと同じようなさりげなさで彼女に接している。メグはそんなケイドの態度に、人前での溺愛ぶりが芝居にすぎないことをあらためて思い知らされた。ケイドはメグのことを嫌いではないのだろう。でもそれ以上の特別な感情はなく、晴れて自由の身になれる日をひたすら待っているにちがいない。

いまはとにかくがんばっていい相手を探し、ケイドを早く解放してあげよう。メグはそう心に誓った。まだそういう男性にはめぐりあっていないが、運命の出会いはもうすぐそこまで来ているかもしれない。

四月の最終週になると、メグはそれまで以上に積極的に人の集まる場所に顔を出した。連日、休む暇もない忙しさだった。

月曜日はロングスワース卿と公園を散歩し、火曜日はミスター・ウィズロウと夕食をともにした。水曜日はピーチャム卿と軽四輪馬車で出かけた。木曜日には何人かでハイド・パークへ遊びに行き、サーペンタイン池でアストベリー卿とボートに乗った。金曜日と土曜日は朝食会を皮切りに、午後のお茶会から夜の舞踏会へと続き、足が痛くなるまで踊った——深夜にくたくたになってクライボーン邸へ戻り、ベッドに倒れこむありさまだった。

日曜日ぐらいゆっくり休んだほうがよかったのかもしれないが、早起きしてバイロン一家と一緒に教会に出かけた。そして礼拝のあと、マックケイブ大尉という人物を紹介された。優しくまじめそうな若い将校で、数週間の休暇をもらってロンドンに戻ってきているという。

大尉に公園で乗馬をしないかと誘われたとき、メグはふたつ返事で承諾した。軍人の彼と話をしていると、昔の生活がありありと脳裏によみがえり、懐かしさで胸がいっぱいになった。

翌朝の十時にマックケイブ大尉が迎えにやってきた。上流階級の人びとがたくさん公園に集まる午後の遅い時間より、午前中のほうがゆっくり乗馬を楽しめるだろうと思ったからだ。メグはケイドのことについて、本人は怪我のせいでまだ馬には乗れないが、こちらが出かけるぶんにはかまわないと言っていると説明した。もちろんそれは嘘で、ケイドには乗馬のことを話していなかった。ケイドはメグが別の男性と結婚することを望んでいるのだから、わざわざ断わる必要があるだろうか。

クライボーン邸の前の道路で、メグは大尉の手を借り、穏やかな気性をした美しい葦毛《あしげ》の牝馬《ひんば》に乗った。鞍《くら》に横乗りになり、スカートのすそを整えた。それはブルーの綿ビロードでできた乗馬用ドレスで、長い袖がふんわりとふくらんだデザインだった。軍服風の真鍮《しんちゆう》の留め金が、流れる雲の合間からのぞく太陽の光を受けて輝いている。大尉も自分の馬に乗ると、準備はいいかというようにメグを見た。メグがうなずき、ふたりは出発した。

ハイド・パークに着くまでの短いあいだ、そよ風がメグの頬をなで、山の高い乗馬用の帽子に巻いたブルーグレーのシフォンのリボンをなびかせた。公園にはいって駆け足に速度を上げると、透けるように薄いリボンの端がさらに高く風に舞った。

メグはつかのま、頭をからっぽにして馬を走らせた。しばらくしてメグと大尉は速度を落とし、馬を隣りに並んで歩かせた。

「とても楽しかったわ」メグはねぎらうように馬の首の横を軽く叩いた。「まだ子どもだったころ、夏になるとよく海岸で馬に乗っていたの。久しぶりに乗ってみて、こんなに楽しいものだったかとあらためて驚きました」

「だったらお誘いしてよかった」大尉が微笑むと、口もとから八重歯がのぞいた。

「ええ」

メグはマックケイブ大尉の顔をしげしげと見た。感じのいい顔立ちだが、端正とまではいかないようだ。大きなわし鼻は魅力的とは言えないし、あごも少し長すぎる。それでも手足の長いすらりとした体形をし、身のこなしは生まれながらの船乗りのように軽やかだ。髪はくすんだ金色で、長年の航海で日焼けした頰に、きれいに手入れされたひげが生えている。でも一番印象的なのが目であることは間違いない。茶色の輪に縁取られた青い虹彩《こうさい》に、星くずのような美しい金色の斑点が散っている。

「わたしはあなたの父上にお会いしたことがあるんですよ、ミス・アンバリー」マックケイブ大尉は馬の背に揺られながら言った。「まだ駆けだしの少尉だったころ、軍艦での夕食会に招待されました。父上はとても親切にしてくださいましたが、わたしは緊張するあまり、ほとんど口もきけなくて」そこで言葉を切り、当時を懐かしむような顔をした。「軍人としても船乗りとしても、とても偉大なかたでした。亡くなったとお聞きしたときには、本当に悲しかった」

メグはふいに胸が詰まり、ごくりとつばを飲んだ。「ありがとうございます、大尉。父の死はわたしにとって大きな衝撃でした」

「お気持ちをお察しします」マックケイブ大尉はすまなそうな顔でメグを見た。「無神経なことを言ってしまい、申し訳ありません。あなたを怒らせたり悲しませたりするつもりはなかったのですが」

メグは無理やり微笑んでみせた。「ええ、わかってます。父のことを知っている人とこうして思い出を語りあうのは、むしろ慰めになるわ。最近は海軍の知り合いとも連絡が途絶えてきています。手紙のやりとりをしている人もまだ何人かいるけれど、陸で過ごす時間が長くなると、昔のような付き合いを続けるのはなかなかむずかしくて」

マックケイブ大尉は背筋を伸ばし、革の鞍をかすかにきしませながらメグのほうを向いた。「もしよろしければ、わたしに手紙を書いてもらえませんか。父上からもお話を聞いていると思いますが、船上での生活はときにひどく孤独で、誰かから手紙が届くと嬉しいものです。わたしも幼いころに両親を亡くし、イングランド国内で連絡を取りあっている人は数えるほどしかいません。あなたもその中のひとりになってくれませんか」

マックケイブ大尉はメグの目をまっすぐ見た。はしばみ色の瞳が熱心に訴えるように輝いている。

次の瞬間、彼はあわてて目を伏せた。「ああ、また失礼なことを」低い声でぼそぼそと言った。「あなたが婚約していることをすっかり忘れ、無作法な申し出をしてしまった。あなたにもケイド卿にも悪意はありません。どうかお許しください」

メグはついにそのときが来たと思い、手綱を握る手にぐっと力を入れた。ここで少しだけ背中を押してやれば、マックケイブ大尉は勇気づけられてこちらと友だち以上の関係になろうと考えるかもしれない。

彼は結婚するには申しぶんのない相手だ。おもしろくて知的で人好きがし、生まれ育った環境も自分とよく似ている。ふたりとも海と縁が深く、若くして肉親を亡くすという悲劇に見舞われた。なんでもない毎日が、かけがえのない贈りものだということを知っている。それに出会った瞬間、大尉にはどこか通じあうものを感じた。肌になじんだガウンに袖を通したときのように、一緒にいると気持ちが安らぐ。

彼のことはまだ知らないも同然だが、きっと優しい夫、素晴らしい父親になるだろう。こちらがなにか気を引くようなことを言えば、文通以上の付き合いを求めてくるのではないだろうか。

さあ、にっこり笑いかけて。メグは自分に言い聞かせた。喜んで手紙を書かせてもらう、婚約者のことなら気にしなくていいと言おう。そしてあとはなりゆきに任せればいい。メグは意を決して口を開いたが、どうしても言葉が出てこなかった。

そのとき大きな雨粒がひとつ、頬に当たった。続いてふたつ落ちてきて、メグのスカートに円いしみを作った。顔を上げると、地平線上にある大きな黒い雷雲がこちらに近づいてくるのが見えた。さっきまでのそよ風も、いつのまにか強い風に変わっている。

「引き返しましょう」マックケイブ大尉は急速に暗くなる空を肩越しに見上げた。「このままでは嵐に巻きこまれてしまう」

メグはうなずいて馬の向きを変えた。隣りでマックケイブ大尉も同じようにした。みるみるうちに近づいてくる雷雲と、いまにも枝から落ちそうに震えている木の葉を見ながら、メグは嵐にあう前に屋敷に戻れることを祈った。

クライボーン邸の図書室で、ケイドは痛む太ももを片手でさすりながら、ウイスキーをもう一杯グラスに注いだ。一気に半分飲むと、またグラスのふちまで注ぎたし、小さな音をたててクリスタルのデカンターに栓をした。

いまいましい脚め。心の中で悪態をついた。今朝目が覚めたとき、嵐が近づいていることがわかった。この怪我のおかげで、いまや自分は人間計器さながらに、湿度や気圧の変化を体で感じとることができるわけだ。天気の研究や予報をしているイギリス海軍に、いっそ協力を申し出てやろうか。どれほど素晴らしい情報を提供できることだろう。

ケイドは渋面を作った。海軍といえば、メグとあの若い軍人はいまごろどこにいるのか。

そもそも天気のことも考えずにメグを連れだすなど、あの男は軽率すぎる。しかもまだ彼女を連れて戻ってこないとは、いったいどういうことだ。

ケイドはここしばらく感じたことのなかったひどい痛みをこらえ、磨きこまれた堅い木の床をステッキで打ちながら窓際に行った。薄いカーテンを勢いよく開け、グローブナー・スクエアを見わたした。不吉な黒い雲が目にはいり、ますます顔をしかめた。

そのとき小石ぐらいの大きさをした雨粒が窓を打ち、大きな音をたててはねた。すぐに雷鳴がとどろいて窓ガラスが震え、稲妻が空をぎざぎざに切り裂いた。そしてあたりが一瞬不気味に静まりかえったかと思うと、突然滝のような雨が降りだした。

ケイドは罵《ののし》りの言葉を吐いてカーテンから手を離した。ウイスキーをもうひと口飲み、足をひきずりながら部屋を横切った。読みかけの本と眼鏡は、暖炉のそばの革張りのアームチェアの上に置いたままだった。

馬車を出してメグを迎えに行こうか。だがハイド・パークはここからほんの数ブロックの距離だ。馬車の用意ができるころには、メグと大尉はここに戻ってきているかもしれない。

ケイドは脚の痛みを無視して部屋の中を行ったり来たりし、ときおり立ち止まってウイスキーを飲んではお代わりを注いだ。

五分後、ケイドがとうとう馬車の準備を命じることにして廊下に出たとき、クロフトが玄関のドアを開けた。一陣の冷たい風とともに、メグが屋敷にはいってきた。紫がかったブルーの乗馬服が体にはりつき、美しかった帽子は雨をたっぷり含んで見るも無残な姿になっている。帽子に結んだ細いリボンも力なく垂れ下がっていた。

メグに続いてマックケイブ大尉がはいってきた。びしょ濡れの帽子のつばから雨水がしたたり、足もとに小さな水たまりができた。そして狩りから戻ってきた大きな猟犬のように、体を震わせて水を払った。大尉は吹きだし、メグの顔を見て情けなさそうに微笑んだ。メグも声をあげて笑い、両手を横に広げて水をぽたぽた垂らしてみせた。

ケイドはステッキをきつく握りしめた。「やっと帰ってきたか」

メグはふりかえり、そのとき初めてケイドがいることに気づいたような顔をした。「ケイド！」

ケイドと目が合ったとたん、マックケイブ大尉の顔から笑みが消え、こわばった表情になった。

ケイドはマックケイブ大尉をにらみつけ、ステッキを床に強く押しつけた。

「ええと、あの」大尉は咳払いをした。「雨がひどくならないうちに失礼します」

メグはマックケイブ大尉を見て首をふった。「これ以上ひどくなりようがないでしょう。こんな大雨の中お帰しするのは、わたしの良心が許さないわ」

〝ぼくの良心は別に痛まない〟ケイドは心の中で言った。

ケイドの胸のうちを読んだように、マックケイブ大尉はふたたびメグを見た。「だいじょうぶです。これよりひどい嵐を船上で何度も経験しました。何時間も見張りに立っていれば、頭のてっぺんから足の先までずぶ濡れになるのは日常茶飯事です。これぐらいの雨はどうということもない」

メグは眉間にしわを寄せた。「そうでしょうけど、でも――」

「それに早く帰って服を着替えたい」

「服ならケイドか公爵が喜んで貸してくれると思うわ」

〝彼女の言葉を真に受けてもらっては困る〟

大尉は上体をかがめ、メグの目を見たまま小声で言った。「とにかく今日は帰ります。素敵な思い出をありがとう、ミス・アンバリー」

「こちらこそ、とても楽しかったわ。本当はまだ帰らないほうがいいと思うけど、大尉がそこまでおっしゃるならしかたないわね。どうぞ気をつけて」

マックケイブ大尉は丁寧にお辞儀をして後ろを向き、重そうな濡れたブーツでタイルの床を歩いて出口に向かった。ケイドはクロフトがドアを閉めると、もう下がっていいというようにうなずいた。クロフトは黙ってその場を立ち去った。

メグは濡れたスカートのすそをひとつにまとめて片方の腕にかけ、階段に向かおうとした。

「どこに行くつもりだ」ケイドが言った。

メグは足を止めた。「寝室に決まってるでしょう。ご覧のとおり、わたしは玄関ホールに水をまきちらしているわ。雨が肌までしみて寒くてたまらないの」

ケイドは無意識のうちにメグの全身に視線を走らせていた。そして胸のあたりに目を留めた。濡れた生地からすでに透けて見えていたメグの乳首が、ケイドの視線を受けて硬くとがり、ドレスのボタンがふたつ増えたようになった。

「ああ。見ればわかる」ケイドはゆっくりとした口調で言った。

メグは淡いブルーの目をきらりと光らせ、空いたほうの手で胸を隠した。

ケイドは自分の無作法なふるまいに気がとがめたが、それでも目をそらそうとはしなかった。「雨の日に乗馬に行ったんだから、自業自得だろう」

メグはあ然とし、ドレスのすそを持っていた手を下ろした。スカートがしずくを垂らしながらどさりと落ちた。「ひどいことを言うのね！　わたしと大尉が出かけたときは、雨なんか降っていなかったわ。空は晴れ、雲が少し流れていただけだったのよ」

「ぼくにひと言相談してくれれば、天気が崩れることもわかっただろう。だがきみは今朝、大慌てで家を出ていったらしい。たまたまオックスボーンの朝食会に行こうとしていた母とマロリーと顔を合わせ、ふたりから話を聞くまで、ぼくはきみが出かけたことすら知らなかった」ケイドはそこで口をつぐみ、ステッキをぎゅっと握りしめた。「愛しい大尉と楽しいひとときが過ごせたようだな」

「彼はわたしの愛しい人なんかじゃない。でも乗馬はとても楽しかったわ」

「ピーチャムと馬車で出かけたときよりも楽しかったかい？　ロングスワースとの散歩は？　アストベリー伯爵とサーペンタイン池でボートに乗ったときに比べたらどうだ？　伯爵は頭がからっぽの伊達男《だておとこ》だが、少なくともきみをずぶ濡れにして屋敷に帰さないだけの分別は持ちあわせている」

　メグはいらだちをあらわにした。「例の計画を考えたら、あなたはわたしが男性に人気があることを喜ぶべきじゃないの。さあ、もう尋問が終わったのなら……」

　ケイドは怒ったようにあごを突きだした。「話はまだ終わっていない」

「そう。でもわたしからはもう話すことはないわ」今度はメグがケイドの全身に視線を走らせて眉をひそめた。「酔ってるのね？」

　ケイドは顔をしかめた。

「頭から水をかぶったほうがいい人がいるとしたら、それはあなたよ、閣下。それと濃いブラックコーヒーをたっぷり飲んだほうがいいわ。そうすれば夕食のころには、もう少しまともに話ができるようになってるでしょうから。でもそれだけ酔っていれば、コーヒーが効くかどうかもわからないわね」

「たしかにウイスキーを二杯ばかり飲んだのは事実だ、ミス・アンバリー。でも言っておくが、ぼくは断じて酔ってなどいない」

「じゃあちょっと機嫌が悪いだけなのかしら。悪いけど、八つ当たりなら別の人にしてちょうだい。わたしは寝室に下がらせてもらうわ」メグはドレスのすそを持ち、水をしたたらせながら階段に向かって歩きだした。

「メグ！」ケイドは叫んだ。「メグ、戻るんだ！」

メグは迷いのない足取りで一歩一歩階段をのぼった。

「メグ！」ケイドはもう一度叫んでこぶしを握りしめ、メグが踊り場を曲がって視界から消えるのを見ていた。とっさに足をひきずって三歩ばかり前に進んだが、ふとわれに返って立ち止まった。

〝行かせてやれ〟頭の中でささやく声がした。〝彼女を自由にさせてやるんだ〟ケイドはステッキを強く握りしめてその場に立ちつくし、メグを手放すことを思うとなぜこれほど心が乱れるのだろうと考えた。わなわなと震えながら後ろを向き、図書室に引き返した。

図書室にはいると酒類《リカー》の並んだ戸棚《キャビネット》の前に行き、ウイスキーのデカンターを手に取った。そして自分自身に――メグにも――彼女の言うことなどどうでもいいと証明するかのように、乱暴な手つきでグラスにあふれるほどウイスキーを注いだ。だがグラスを持ちあげたものの、口には運ばずに、琥珀色《こはくいろ》の液体をしばらくのあいだじっとながめていた。

ふいにグラスをテーブルに置くと、ウイスキーが何滴か撥《は》ねてこぼれた。ケイドは大またで呼び鈴のところに行き、気が変わらないうちにと急いでひもを引いた。

すぐに召使いがやってきた。

「コーヒーを頼む。淹《い》れたてをポットで持ってきてくれ」

「かしこまりました、閣下」

「それから料理人に言って、なにかつまむものを作らせてくれないか。朝食を食べそこねてしまってね」正確に言うと、朝食は食べそこねたのではなく食べなかったのだ。ケイドは口に出さずに訂正した。朝食代わりに飲みものを胃に流しこんだだけだ。

　椅子に腰を沈めながら、メグの言うとおりかもしれないと考えた。自分ももう少し体に気を配るべきなのだろう。おもしろいことに、メグは家族で食事をするとき、彼女のぶんの料理を少し取り分けてケイドの皿に載せるのがすっかり癖になっている。まるで本物の婚約者のように、ケイドにもっと食べさせようとする。ときどき、メグは無意識のうちにそうしているのではないかと思うこともあるほどだ。でも母はそのことに気づいており、そんなメグを微笑ましそうに見ている。

　メグがほかに結婚相手を見つけてここを去ったら、母はきっと悲しむだろう。マロリーとエズメも同じだ。ふたりは新しい〝姉〟を心から慕っている。弟たちもみな彼女に好意を持っているようだ。エドワードでさえ、お前たちは本当にそれでいいのかと言いたげな視線を、たまに送ってよこすことがある。

　もちろんそれでいいに決まっている。カリダが死んだとき、自分の中のなにかも一緒に死んだ。二度と戻ってくることのないなにかが。メグに抱いている感情の正体がなんであれ……それが愛でないことだけは断言できる。

男たちがメグを訪ねてくると不愉快になるが、それは彼女の趣味が気に入らないだけだ。いままで見たかぎり、誰ひとりとして――特にあの小生意気なマックケイブ大尉――メグにふさわしいと思える男はいない。彼女にはもっといい相手がいるはずだ。自分はいい友人として、メグが最良の結婚相手を見つけられるよう心を砕いているにすぎない。

ケイドはそう結論づけて自分を納得させ、本を手に取ってコーヒーと食事が来るのを待った。

12

温かい風呂にはいって乾いたガウンを羽織ると、ケイドとの口論でささくれだっていた気持ちが慰められた。メグは炎がぱちぱちと音をたてている暖炉の前に座り、厚い綿のタオルを肩にかけて濡れた髪をくしでとかしながら、ときおり手を止めてエイミーが持ってきてくれた熱い紅茶を飲んだ。

外では雷がシンバルのように鳴りひびき、大粒の雨が屋根や窓ガラスを激しく打っている。この様子では、嵐はしばらくおさまりそうにない。

メグの予想したとおり、午後の遅い時間になっても天気は一向によくならなかった。マロリーと公爵未亡人は靴とドレスのすそを濡らして帰宅すると、この雨ではとても外には出られないと言った。そこで一家は劇場に行く予定を取りやめ、今夜は家で夕食をとることを料理人に伝えた。

数時間後、夕食が始まっても雨は降りつづいていた。食卓にはゆでた鶏肉とじゃがいものクリーム煮、にんじんのプディング、新鮮な豆のバター炒《いた》めという、手は込んでいないがおいしそうな料理が並んでいる。ケイドはいつものようにメグの隣りの席に座った。ふたりはほかの人たちの手前、なにごともなかったようににこやかに挨拶を交わすと、その後は黙々と料理を食べた。やがてメグは、ケイドが節度のある態度を保ち、強い酒には手をつけずにワインしか飲んでいないことに気づいた。

まもなくブランデー風味のジンジャーソースのかかった梨のタルトがデザートに出てきた。食事がすんだあと、男性陣も今夜は自分たちだけでポートワインと葉巻を楽しむのをやめ、女性陣と一緒に居間へ移動した。

メグは熱い紅茶を飲みながらケイドのほうを見た。顔がこわばり、すっかり血の気が失われている。ここしばらく見たことのなかった顔色だ。数分後、ケイドはそろそろ寝室に下がらせてもらうとつぶやいて居間を出ていった。

悪天候のせいで脚がうずくのだろう。そういえば彼は、天気が崩れそうなときはわかるとも言っていた。だから今日は朝からお酒を飲んでいたにちがいない。すぐにそのことに気がつくべきだったのかもしれないが、今朝はメグも自分のことで精いっぱいだった。そこへケイドがあまりにひどいことを言ったものだから、ついかっとなり、彼の体調のことにまで考えがおよばなかった。

にわかには信じられないことだが、ケイドはお酒の飲みすぎだというメグの言葉を重く受けとめ、脚が痛むにもかかわらず、今夜はウイスキーに手を出さなかったのかもしれない。

さっきのつらそうな顔を考えると、召使いに言ってケイドの寝室にウイスキーのデカンターを運ばせたほうがいいのではないだろうか。だがアルコールもアヘンチンキも、彼の痛みを和らげることはできないような気がする。そのときメグの脳裏にノーサンバーランドでのあの夜の記憶がよみがえり、頬がかすかに赤くなった。

いや、ケイドの傷の痛みを癒せるものがきっとほかにもあるはずだ。メグは立ちあがり、みなにいとまを告げて居間を出た。

「本当になにもお持ちしなくていいのですか、閣下」

「ああ、なにもいらない。ありがとう、ノックス」ケイドは寝室の暖炉のそばで、使い古された革のウィングチェアに腰を下ろした。

ノックスは心配そうな顔でケイドを見た。「そうですか。では、おやすみなさい」

「ああ、おやすみ」

ケイドはノックスがドアを閉めたのを確認すると、ため息をついて太ももを手の甲でさすった。背もたれに頭をあずけ、強い酒を取りに行かないのは愚かなことだろうかと考えた。だが今朝、メグと口論をしてから、アルコールの力を借りなくてもなんとかこの痛みに耐えてみせると心に決めたのだ——せめてひと晩ぐらいは我慢しよう。

今夜は長い夜になりそうだ。けれども自分は、これよりはるかに過酷な体験を乗り越えている。それに嵐さえ去れば、痛みもすぐにおさまるだろう。この数週間で体調は驚くほどよくなった。もっとも、まだ傷が痛むこともあるし、足をひきずりながらでないと歩けないが、今日のように激痛を覚える日はだんだん少なくなっている。そのうち月日がたてば、ひどい嵐のときぐらいしか傷がうずくこともなくなってくるだろう。とにかく、いまはただ耐えるしかない。

ケイドはなにかに集中すれば酒を飲みたいという誘惑に勝てるかもしれないと考え、眼鏡をかけて本を読みはじめた。一章を読み終えて次の章に進もうとしたとき、ドアをノックする音がした。

ケイドは顔をしかめてドアの向こうにいる誰かをにらんだ。きっとエドワードだと思うが、いったいなんの用だろうか。

小声で悪態をつきながら読みかけのページに印をつけ、本を脇に置いて立ちあがった。そのときまたドアがノックされた。

「少しぐらい待ってくれてもいいだろう」ドアに向かって歩きながら叫んだ。取っ手をまわして乱暴にドアを開け、そこに立っていた人物を見たとたん、出かかった文句がひっこんだ。

「メグ！」ドア枠に手をかけて言った。

「閣下」メグは一瞬ケイドと視線を合わせたが、すぐに目をそらした。「お邪魔してごめんなさい。あの……わたし……あなたがもう寝てるとは思わなくて」

ケイドはお気に入りの黒いサテンのローブだけを身に着けていた。自分の姿がメグの目にどのように映っているかも、首の傷痕が丸見えであることもわかっていた。だがすでにメグにはこうしただらしない格好も、首の傷も見られたことがあるのだから、いまさら隠す必要はないだろう。「今夜は早く休もうと思ってね」

「脚が痛いんでしょう」

そうか、彼女は気づいていたというわけか。でも自分のいらだちの原因をメグが見抜いていたことに、ケイドはなぜか不思議と驚きを感じなかった。

「そう思ってこれを持ってきたの」メグはケイドの返事を待たずにそう言うと、トレーの上に載せたふた付きの深皿を身ぶりで示した。

ケイドは青と白で絵付けされた深皿をながめて眉根を寄せた。「なんだろう」

「脚に当てる湿布よ。あなたのお兄様の図書室でちょっと調べものをさせてもらって、薬草療法に関する医学書や論文をいろいろ読んでみたんだけど、この調合なら効果があるかもしれないと思ったの」メグはふっくらとした唇を噛んだ。ケイドはその仕草に、ついよからぬことを考えた。

「効くといいんだけど」メグは言った。「あの……これを……なかに運んでもいいかしら」

ケイドは片方の眉を上げ、一瞬間を置いてからドアを大きく開けた。

メグは急ぎ足で部屋の奥に進んだ。シルクでできたペールイエローのイブニングドレスのすそがなまめかしく揺れている。メグが腰をかがめてテーブルにトレーを置くと、ケイドは丸みを帯びた彼女のヒップにいっとき目を留めた。そしてメグがふりかえるほんの数秒前に顔をそむけた。

「どうぞ」メグは何歩か後ろに下がった。「熱いうちに傷に当ててちょうだい。まわりが汚れるといけないから、太ももの下に厚いタオルを敷いたほうがいいかもしれないわ。本によると、痛みの一番ひどいところに直接湿布を当てて、二十分から三十分放置するんですって。最低でも湿布が冷めるまでは当てたままにしてね」

傷は相変わらず痛かったものの、ケイドはふと、自分の体の中でいまもっともうずいているのは本当に太ももだろうかと思った。

だめだ、お前はなにを考えているんだ。そう自分を叱った。いったいどうしてそんなことを考えているのだろう。メグはこちらを挑発するようなことなどなにもしていないではないか。それでも彼女はこれまでケイドの寝室に足を踏みいれ、むきだしの太ももに熱い湿布を当てる話をしたことなどなかった。もちろん、ノーサンバーランドでのあの夜を抜きにして……。

「ああ、わかった」ケイドはかすれ声で言った。そして気をまぎらわせようとテーブルに近づき、深皿のふたをはずした。湯気が立ちのぼり、つんとするにおいがした。「いったいなにがはいってるんだい？　厩舎係《きゅうしゃ》が馬の治療に使う茶色い穀粒のようなにおいがする」

「穀粒だけじゃなく、カラシの種やウコンもはいってるわ。さあ、冷めるから早くふたを閉めて。こんな時間に厩舎係や台所女中を起こして作ったんだから」

「そうだったのか」ケイドは今朝のことがあったにもかかわらず、メグが自分のためにそこまでしてくれたことに胸を打たれた。そして言われたとおりふたを閉めた。

「わたしはこれで失礼するから、あとは自分でお願いするわね。少しでも痛みが和らぐといいんだけど。あなたが苦しむ姿は見たくないもの」

正体のよくわからないなにかがこみあげ、ケイドはみぞおちのあたりが熱くなるのを感じた。きっと消化不良かなにかだろう、と思った。「そうなのかい？」

メグはうなずいた。「ええ。人間でも動物でも、生き物はみんな痛みから解放される権利があるわ」くるりと後ろを向き、足音を忍ばせてドアに向かった。

「メグ」

メグは立ち止まってふりかえり、なにかしらと尋ねるような顔をした。

「ありがとう。きみはとても優しいんだな」

メグの淡いブルーの瞳が嬉しそうに輝いた。「どういたしまして。相手が誰であっても、わたしはきっと同じことをしていたわ」

だがメグの目をじっと見つめると、ケイドはその言葉が嘘であるとわかった。メグは彼のために湿布を作ってくれたのだ——彼だけのために。

「おやすみ」ケイドは言った。

「おやすみなさい、ケイド」メグはかすかに衣擦れの音をさせながら部屋を出ると、ろうそくの灯《とも》った廊下の向こうへ幻のように消えていった。

ドアが閉まるとケイドは深皿を見て肩をすくめた。たとえこれに効果がなかったとしても、試したところで別に害はないだろう。足をひきずりながら洗面室に行き、厚手のタオルを取ってベッドに戻った。

数分後、ケイドはマットレスの上で脚を伸ばし、いくつも重ねたふかふかのガチョウの羽毛枕にもたれかかっていた。あらかじめナイトテーブルの上に移してあった深皿のふたを開けて、湯気をたてている湿布を取りだし、ゆっくりと息を吸いながら太ももに当てた。

食いしばった歯のあいだから思わず息がもれた。くすぶっている石炭をじかに置かれたような熱さだ。だが皮膚に痛みはなく、温かさが徐々に太ももの奥まで浸透していくのがわかった。最初の衝撃が去ると筋肉の緊張がほぐれて不快感が心地よさに代わり、湿布の温熱が傷ついた脚全体に広がっていった。ケイドはほっとため息をついた。今度は苦悶ではなく、安堵から出たため息だった。

驚いたことに、東の空が白みはじめたころから感じていた容赦ない痛みが引きはじめた。ケイドは上掛けを引っぱりあげて湿布をしていないほうの脚と腰にかけ、羽毛枕に深々と背中を沈めた。

まぶたを閉じて快い温かさに身をゆだね、怪我をした馬が手当てを受けるときもこうした気分になるのだろうかとぼんやり思った。穀粒やカラシなど、湿布に使われた薬草のにおいが鼻腔《びこう》をくすぐっている。

枕にさらに深く身を沈め、起きているとも眠っているともつかない状態でまどろんでいるうちに、いつのまにか記憶か夢かわからない世界に迷いこんでいた。

こぶしが飛んできて頭蓋骨に激痛が走り、首が後ろに倒れた。すぐにまた顔を殴られ、口の中に金属のような血の味が広がった。

「もういいだろう」なめらかだが感情のない声がした。「少佐もそろそろ話す気になったかもしれない。きっと言いたいことがあるはずだ」

ケイドはうめき声をあげそうになるのをこらえ、身じろぎひとつしなかった。

「そうか、かわいい友だちをもっといたぶってほしいというわけだな。この女にもまだ男を悦ばせることぐらいできるだろう。彼女の声が聞こえるか、バイロン。早く次の軍人さんに抱いてほしいと、売女《ばいた》のようなあえぎ声でせがんでいるぞ。もうひとり相手をさせてやろうか」

さっきまで泣き叫んでいたカリダの口からは、いまや苦悶のうめき声しか出ていなかった。

「やめろ」ケイドは腫れあがった唇のあいだから言った。「彼女に手を出すな」ふいにまぶたが熱くなり、頬を冷たいものが伝った。

「泣いてるのか、バイロン」男の英語は正確で、上流階級の人間特有の発音だった。「きみさえその気になれば、いますぐやめさせることができる。情報を教えてくれるだけでいい。そうすればきみたちを自由の身にすることを、このわたしが個人的に保証しよう」

そんなことはたわごとに決まっている。ケイドにはわかっていた。自分とカリダがふたたび自由になるときが来るとすれば、それは死を迎えたときだ。あと数時間、いや、もしかするとそこまでたたないうちに自分たちは殺されるだろう。

もっと早く口を割っていれば、彼女は無事だったかもしれない。自分が誇りと国を捨ててさえいれば、彼らもカリダには手を出さなかったのではないか。だがケイドは肉体的にも精神的にも極限の状態に置かれながら、自分がなにをしても結局カリダを救うことはできなかっただろうと思った。ケイドと出会ったばっかりに、彼女は命を落とすはめになってしまった。

そのときカリダがひときわ大きな悲鳴をあげた。売国奴のイギリス人が、楽しい光景を見物させてやろうとケイドのまぶたをこじあけたが、ケイドにはその男の顔が見えなかった。

ケイドも悲鳴をあげた。

「静かに」優しくささやく声がした。それは例の売国奴の声ではなく、聞き覚えのある女性の声だった。彼女の手がケイドの髪と頬をなでた。ケイドは救いを求め、その手の感触にすがった。

「メグ?」

「黙って」メグはささやき、額とこめかみにくちづけた。次にすべすべした頬をケイドのざらついた頬にすり寄せると、顔の向きを変えて唇を重ねてきた。ケイドはメグの背中に両腕をまわし、燃えあがる情熱に身を任せた。

そして彼女をベッドに引きあげ、自分の上にまたがらせた。メグは抵抗することもなく上体をかがめて唇を開き、甘く激しいキスをした。

やがてケイドは我慢できなくなった。

彼女のネグリジェの襟に手をかけて強く引くと、繊細なシルクの生地が破れて手に落ちた。それを脇に放り、メグの柔らかな肌を夢中で愛撫した。乳房を手のひらで包んでさすると、次になだらかな曲線を描く背中をなでおろし、丸いヒップをつかんだ。あまりの快感に頭が真っ白になるのではないかと思いながら、むさぼるように彼女の唇を吸った。

ケイドはローブの前を開き、メグの太ももを大きく押し広げた。彼女の乳房が揺れ、唇がうっすらと開いて快楽のため息がもれる。メグの湖のような色をした瞳を見つめながら、ケイドはなぜか身震いした。

「メグ」

メグは微笑みを浮かべてキスをし、手の甲でケイドの頬をなでてささやいた。「秘密があるの。聞きたい？」

ケイドは一瞬、聞きたくないと答えようかと迷った。いまはただ彼女の体に溺れ、すべてを忘れてしまいたい。

だが、気がつくとうなずいていた。

「マックケイブ大尉から結婚を申しこまれたの。わたしはあの人の花嫁になるのよ！」


ケイドははっと目を覚まし、ベッドの上に散らばった枕を見つめて呆然とした。肌に玉のような汗が浮かび、脚のあいだの硬くなったものが、ローブの前を開いて外に突きだしている。

そのとき太ももに冷たく湿ったなにかが触れていることに気づいた。下を向くとそれは湿布だった。いつのまにか脚から滑り落ちて、しわくちゃになったタオルを濡らしている。ケイドは悪態をつきながら湿布を拾いあげ、ベッド脇のテーブルに置かれた容器に放った。

すべて夢だったのだ。最初はポルトガルでの日々以来、ずっと苦しめられてきたいつもの悪夢から始まった。その後の夢は……とても夢とは思えないほど生々しかった。

ケイドはメグが本当にいなかったことを確かめるように、上掛けに手をはわせた。だが上掛けは冷たく、さっきの夢がただのみだらな妄想であることを示していた。いまでもまだメグが欲しくて体がうずいている。いや、相手は彼女でなくてもいい。この欲望を満たしてくれる女なら誰でもいい。ケイドはそう自分を納得させようとした。

それもこれも、あまりに長く禁欲生活を送ってきたせいだろう。眠りに落ちる直前にメグのことを考えたから、彼女が夢に出てきただけのことだ。あの夢にはなんの意味もない。メグが大尉と結婚すると言ったことも幻にすぎない。

そのことを思いだし、ケイドはみぞおちがこわばるのを感じた。それを無視していったん床に下りると、ローブを脱いでベッドの足もとに放り、上掛けをめくった。シーツのあいだにもぐりこみ、なんとか眠ろうとした。なかなか寝つけずに長いあいだ悶々としていたが、やがて太ももの痛みが消えていることに気づいて驚いた。

13

一週間後の夜、メグはダンスのパートナーの紳士にお辞儀をしていた。男女が二列に並んで向かいあって踊るコントルダンスが終わり、楽器の音色が次第に消え、がやがやした人の話し声に取って代わられた。

メグはピンクのバラが描かれたシルクのアイボリーの扇を広げ、顔をあおいだ。その程度の風でも、火照った頬には心地よく感じられた。広間には多くの人が詰めこまれ、誰がいて誰がいないのかもわからないほど混雑している。

ポンチを持ってくるという紳士の申し出を断わり、メグは丁寧に挨拶をしてダンスフロアを離れた。紳士がいなくなると、なぜかふいによく知っている顔が恋しくなり、広間を見まわしてマロリーの姿を探した。いまでは男女を問わず知り合いや友人がたくさんできたが、マロリーには人を元気にさせる特別ななにかがある。

親切な心とほがらかさを持ちあわせた人はあまり多くないが、レディ・マロリーはその数少ない例外のひとりだ。知りあってからずいぶんたつのに、メグはマロリーが不平や不満を言うのを一度も聞いたことがなかった。優しい彼女と一緒にいると、いつも心がなごんで楽しい気分になれる。

それに妹のマロリーがそばにいれば、ケイドもわざわざメグのところにやってきて、献身的な婚約者を演じようとはしないかもしれない。といっても彼は少し前にカードルームに行ったので、どのみちすぐに広間にやってくることもないだろう。でもいまはいつわりの微笑みを浮かべ、けっして結ばれることのない男性と婚約しているふりをする気分ではない。

それでもケイドの体調が回復しているきざしが見られるのは、メグにとっても嬉しいことだった。今朝も公爵未亡人が、ケイドの顔に血色が戻り、ヨーロッパ大陸でのつらい体験以来げっそりやせていた体に少しばかり肉がついてきたことを指摘した。

もちろん歩くときにはまだ足をひきずっているが、少しずつ痛みは和らいでいるようだ。初めて湿布を使ったあの夜に比べれば、そうとう楽になっているのは間違いない。ケイド本人が直接訊いてきたわけではないが、ノックスから湿布の調合について尋ねられたとき、メグは喜んで作りかたを教えた。どれくらいの分量の薬草をどれくらい火にかければいいのかを、こと細かに指示した。

ノックスが面倒を見てくれているのなら、ケイドがメグを必要とすることもないだろう。そもそも、これまで彼がメグを必要としたことなどあっただろうか。最初に出会ったときから、ケイドはずっと彼女を厄介払いしたがっていた。いまもメグがいなくなり、晴れて北の領地に帰れる日を心待ちにしているにちがいない。

メグもそれなりに努力はしているし、よさそうな相手も何人か見つかった。二日前に公園で散歩をしようと誘ってきたマックケイブ大尉も、その中のひとりだ。でもどの男性のことも、いざ結婚相手として考えるといまひとつぴんとこない。好感の持てる男性はいるけれど、愛しているかと訊かれたら……。

メグはため息をついた。たぶん疲れているのだろう。明日になれば、きっとまた気分も考えも変わる。

広間の向こう側で女友だちが手招きをし、こちらに来て話の輪に加わらないかと誘った。だがメグは微笑んで手をふり、誘いを断わった。相も変わらぬ社交界の噂話に興じたり、最先端のファッションについて話したりする気分ではなかった。両開きの大きなドアに向かって歩きながら、マロリーがいないかともう一度室内を見まわした。

十五分後、メグはまだマロリーを見つけられず、屋敷の静かな廊下を歩いていた。もしかするとマロリーは、わざと人目につかない場所に行ったのではないだろうか。たしか最後に見かけたとき、彼女はこのところ親しくしているハーグリーブス少佐とダンスをしていた。少佐はさっそうとした雰囲気の陸軍将校で、最近のマロリーはよく彼の話をしている。

きびすを返して広間に戻ろうとしたとき、近くにある図書室から物音が聞こえた。興味を引かれて部屋に近づき、そっと中をのぞいた。室内は薄暗く、暖炉で燃えている弱々しい炎が唯一の明かりだった。暖炉のそばに誰かが立っているのが見えた。グレシャム卿だ。

向こうもメグの気配に気づいたらしく、顔を上げてドアのほうを見た。「ミス・アンバリー。こんばんは」

「閣下」

「本来ならきちんとした挨拶をするべきところだろうが、こんな場所できみに会うとは思ってもみなかった。どうしてここに？」

「わたしもちょうど同じことを訊こうとしていたの。でも先を越されてしまったわ」

グレシャム卿は笑みを浮かべた。「いや、ぼくは女性より先に質問の答えを求めるような無礼な男じゃないさ」床から天井まで本がぎっしり詰まった本棚を手で示した。「本を探しに来たんだ。図書室ですることといえば、ほかにないだろう」

もしかすると自分は密会の邪魔をしてしまったのだろうか、とメグは思った。でもグレシャム卿にあわてた様子がないところを見ると、彼は本当に本を探しに来ただけなのかもしれない。あるいは人混みにうんざりし、しばらくひとりになりたかったのか。たしかに騒々しい広間を離れ、薄暗く革のにおいのするこの部屋に来てみると、静けさにほっとする。

「きみは迷子になったのかな、ミス・アンバリー」

メグは部屋の奥に進んだ。「いいえ。人を捜していたの」

グレシャム卿は片方の眉を上げた。「ぼくの知ってる人かい？」

「そう、マロリーを捜してるの。閣下は……彼女を見かけなかった？」

グレシャム卿の口もとから笑みが消え、その顔に険しい表情が横切った。「ああ、見かけたよ。ほんの数分前まで、レディ・マロリーはハーグリーブス少佐とこの部屋にいた。たぶんもう広間に戻っているだろう」

マロリーと少佐ですって。メグは驚いた。マロリーたちはふたりきりでこの部屋にいるところを、グレシャム卿に見つかってしまったのだろうか。だとしたら、グレシャム卿がおかしな表情を浮かべているのも無理はない。というより、彼はひどく動揺したような顔をしている。

だがグレシャム卿はすぐにいつもの表情に戻り、メグはいまのは自分の見間違いだろうかと思った。きっと部屋が暗いせいで、目が錯覚を起こしたのだろう。

グレシャム卿はなにごともなかったように淡々と言った。「きみもそろそろ広間に戻ったほうがいい」メグに近づき、腕を差しだした。「ぼくがエスコートしよう」

メグはグレシャム卿がこちらの評判を守ろうとしてくれているのだと気づいた。放蕩者で名高い彼だが、実は驚くほど心根の優しい人だったらしい。

「ええ、閣下」メグは小声で言い、グレシャム卿の腕に手をかけた。「あなたの言うとおりね。わたしがいないことに誰かが気づく前に、広間に戻ったほうがよさそうだわ」

「もう手遅れだ」聞き慣れた声がした。

メグはドアのところに立っている人物を見た。「ケイド！」

「メグ」ケイドは彼女がそれまで聞いたことがないほどの冷たい声で言った。

「カードゲームをしているんじゃなかったの？」メグはグレシャム卿の腕から手をはずした。だがすぐに、これではまるで悪いことをしていたようではないかと思い、そのことを後悔した。

「きみは広間で踊っているんじゃなかったのか」ケイドが部屋の奥に進んできた。「きみの姿が見えなくて、ぼくがどれほど心配したかわかるかい？」

「ちがうの、わたしは……その……少し人混みに疲れただけなの。ちょうどグレシャム卿と広間に戻ろうとしていたところよ。三人で一緒に行きましょう」

ケイドはこぶしに握った手を腰に当て、もう片方の手を威圧するようにステッキの金の握りにかけた。そして金属も貫通させそうな鋭い目でグレシャム卿をにらんだ。

「ぼくは先に行くから、きみたちはふたりでゆっくり戻ってくればいい」グレシャム卿はさっと会釈すると、ケイドをよけるようにしてドアに向かい、図書室を出ていった。

しばらくのあいだ、暖炉で薪が燃えて灰に変わる音だけが聞こえていた。

「やっぱりグレシャムもいいかなと思いはじめたというわけか」ケイドはゆっくりとメグに近づいた。「てっきり大尉に狙いを定めたのかと思っていたが、あの男はそれほど身分が高くないからな。現に今夜だって来ていないだろう」

メグはスカートのひだをぎゅっと握りしめた。「マックケイブ大尉は立派なかたよ。今夜ここに来ていないからといって、それがどうしたというの」

「まだ誰にしようか迷っているのか。だとしたら、グレシャムと連れだってここに来たのも納得だ」

「あの人と連れだって来たわけじゃないわ。わたしが来たときには、グレシャム卿はもうここにいたのよ」

「なるほど」ケイドはわざと穏やかな声で言った。「あいつと会うためでないとしたら、いったいどんな理由があってこんな場所に来たのかな。ほかの男と密会するためか？」

メグはあきれ顔で深いため息をついた。「わたしは誰とも密会の約束なんかしていないわ。変な言いがかりをつけないでちょうだい」

「そうかな。この状況を見れば誰でも勘繰りたくなるだろう。ここは広間から離れているし、きみは女好きで有名な男とふたりきりだった。分別のある母親は、アダム・グレシャムのような男に娘をけっして近づけない」

「あなただって同じでしょう。たとえやましいことはないとはいえ、あなたとわたしがふたりきりでここにいるところを誰かに見られたらどうしようとは思わないの？」

「思わない。そもそも、ぼくたちは婚約している」

「いいえ、婚約なんかしてないわ」

ケイドは一歩前に進んでメグとの距離を縮めた。「話をすりかえないでくれ。問題は、きみが誰に見つかってもおかしくない場所で、グレシャムとふたりきりでいたということだ。現にこうしてぼくに見つかった」もう一歩メグに近づいた。

メグは後ずさったが、ソファの背にぶつかってそれ以上動けなかった。「人に笑われるんじゃないかと心配なのね。婚約者に裏切られた哀れな男と思われるのがいやなんでしょう」

ケイドはのどの奥で低くうなった。「ぼくが心配しているのは、きみが放蕩者やならず者の餌食《えじき》になって傷つくことだ。言っておくが、あの男はきみと結婚するつもりなどない」

「グレシャム卿のことを言ってるの？　そんなことならとっくにわかってるわ。でもそれを言うなら、あなただって同じでしょう。さあ、そろそろ広間に戻らせて。ダンスの約束をしている男性がいるの。その人とゆっくりお話でもするわ」

メグはケイドをよけて出口に向かおうとしたが、彼の大きな体が道をふさいだ。「ケイド卿、通していただけないかしら」

ケイドが謎めいた表情を浮かべた。「だめだ、通さない」

「なんですって？」

ケイドはステッキを脇に置くと、ソファの背に両手をついてメグをその中にとらえた。そして彼女に考える間も抵抗する暇も与えず、いきなり唇を重ねた。メグの体が後ろにかしぎ、かかとで体重を支える格好になった。やがてメグは頭がぼんやりし、抗《あらが》いがたい悦びに溺れた。

上質なウールの上着に包まれたケイドの肩に両手をかけ、激しさを増すキスに夢中になった。彼の筋肉質の肩に、自分の細く柔らかな指が食いこんでいる。その感触にふとわれに返り、ケイドを押しのけようとした。「やめて!」

だがケイドはそれを無視し、今度はメグの首筋に顔をうずめ、舌を使って焦らすような愛撫を始めた。メグは身震いしそうになるのをこらえ、なんとか抵抗を試みた。「聞こえなかった? やめてと言ったのよ」

ケイドはいったん顔を上げてメグの目を見た。彼の瞳は、夏の雨に打たれた草のようにあざやかな緑色をしていた。「それがきみの本心ならやめよう」

「わたしをからかわないで、ケイド」

ケイドは片手をメグの胸に当てた。一瞬間を置いたのち、そっと軽く乳房をつかんだ。

「これでもからかっていると思うかい?」

メグはなすすべもなく体を震わせた。耳の奥で心臓が激しく打つ音を聞きながら、首をふった。

ケイドは彼女のヒップに手をかけていったんその体を持ちあげ、ソファの背もたれの上に座らせた。両脚を開かせてそのあいだに立ち、丸みを帯びた腰のあたりに手をはわせた。

「本当にやめてもいいのかな?」

靴の中でつま先がきゅっと丸まり、腹立たしいことに全身が欲望で火照った。「ええ、そうよ」メグはつぶやいたが、その声は自分の耳にも弱々しく空虚に聞こえた。

ケイドは心の奥まで見抜くような鋭い目で、じっとメグの顔を見た。「きみは嘘つきだ」そう言うと彼女の体を手前に引き寄せて唇を重ねた。メグののどから降伏のしるしの小さな声がもれた。ケイドに促されるまま、口を開いて彼の舌を招きいれ、情熱的なキスをした。彼の首にしがみつき、その唇と舌の感触にうっとりした。

ケイドがメグの首を支え、さらに激しいキスをした。時間の流れがだんだん遅くなり、メグは震えるまぶたを閉じてケイドにすべてをゆだねた。彼の手が体をはいはじめると、天上にいるような悦びに包まれた。

ケイドが薄いシルクのドレスの生地越しに胸をもみ、乳首をつんととがらせた。それからボディスの下に手を滑りこませ、親指と人差し指で左右の乳首を交互につまんだ。

メグは唇を重ねたまますすり泣くような声を出し、背中をそらしてケイドにぐっと体を押しつけた。硬くなった彼の股間が下腹に当たるのを感じながら、湧きあがる欲望に身もだえした。

ケイドは低いうめき声を出してますます甘く官能的なキスをした。メグは快楽の波に呑みこまれ、彼の手が乳房を離れて太ももに移ったこともよくわからなかった。ケイドがスカートのすそをめくりあげ、その下に手を入れた。彼がむきだしのふくらはぎから太もも、そして腹部に触れている。メグは悦びに全身を打ち震わせた。

ケイドはメグの頭を支えていた手を背中に下ろし、彼女の脚をさらに大きく開かせた。そのあいだじゅうずっとキスの雨を降らせながら、彼女のもっとも敏感な部分に触れた。しばらくそのあたりの肌を焦らすようになでていたが、やがて指を一本、中に入れた。そこが熱くしっとりと濡れているのがわかり、ケイドは満足げに指を動かした。

メグの口を唇でふさいであえぎ声を呑みこみ、ヒップの位置を整えてさらに深く指を差しこんだ。ほかの指や手のひら全体も使いながら、彼女をさらに高みへと導いた。メグは禁断の愛撫を受けて浅く速い息をついた。頭が真っ白になり、もうなにも考えられない。

ケイドは唇を離し、メグの顔を自分の首筋にうずめた。「恥ずかしがらなくていい」耳もとでささやいた。「自分を解き放つんだ」

ケイドがもう二度ばかり指を動かすと、メグは絶頂に達した――激しい悦びに全身を貫かれ、体じゅうの肌が熱く燃えている。ケイドは彼女の震える体を抱きしめた。のりのきいたタイに押しつけられたメグの唇から、くぐもった叫び声がもれた。

ケイドはもどかしそうな手つきでズボンのボタンをはずしはじめた。そのとき遠くから深夜を知らせる時計の音が聞こえてきた。柔らかな音色の鐘が、一定の間隔で十二回続けて打った。ケイドは凍りつき、両手を下ろした。

悪態をつきながらメグから離れ、何度か荒い息をついた。「スカートを下ろしてくれ」両の手をこぶしに握り、欲望と闘った。

メグはまだ快楽の波間をただよい、すぐには動けなかった。それでも意志の力をふりしぼってソファの背から床に下りると、つまずきそうになりながらスカートのすそを整えた。ケイドはメグのひじに手を添えてその体を支えた。彼女の姿勢が安定すると手を離し、くるりと後ろを向いて歩きだした。

メグはそんなケイドの態度に、胸に鋭い痛みのようなものを覚えた。震える手でスカートをなで、近くにあった椅子に腰を下ろした。

ケイドはマントルピースに片手をかけ、首をうなだれて薪の燃えさしを見ていた。そして平静を取り戻そうとするように、ふいに目を閉じた。「広間に戻れるかい？」ぶっきらぼうな声で訊いた。「それとも適当な理由をつけて、早く帰ったほうがいいかな」

広間ですって！　ここから少し離れた場所でパーティが続いていることを、メグはその瞬間まで忘れていた。頬がかっと火照り、誰かに顔を見られたら、動揺していることに気づかれるのではないかと心配になった。

「だいじょうぶだ」メグの胸のうちを読んだようにケイドが言った。「あと二、三分もすれば、顔の火照りはおさまるだろう」

メグはとっさにまだうずく唇に手をやった――熱を帯びて少し腫れたようになっている。

「頭痛がするとでも言えばいい。誰も疑ったりはしないだろう」

どうしてケイドの口調はこれほどそっけないのだろう、とメグは思った。さっきの情熱的なキスと愛撫は、彼にとってはなんの意味もないことだったのだろうか。ケイドは事態が取り返しのつかないところまで進んでわたしの純潔を奪う前に、冷静さを取り戻してわたしの体を放した。でもわたしは自分を抑えることができず、めくるめく快感にすべてを忘れてしまった。

メグは背筋を伸ばした。「心配しないで、閣下。わたしならだいじょうぶよ。これで失礼するわ」

「メグ――」

メグはその先の言葉を聞かず、逃げるように図書室をあとにした。

ケイドもメグの少しあとに続いたが、途中で立ち止まり、小声で自分を罵った。なんということだ。お前はなにをしているのか。いったいなにを考えて、あんなことをしてしまったのか。だがそもそもの問題は、なにも考えられなかったことにある。

メグのあとを追って図書室にたどりついたときには、相手が誰であるにせよ、彼女を広間から誘いだした男を追いはらうことだけが頭にあった。ところがふたりきりになったとたん、メグに唇を重ね、感じてはいけない欲望に呑みこまれていた。これではいつも彼女に注意するように言っている悪い男と同じではないか。いや、自分はそういう連中よりもたちが悪い。メグの友人として兄代わりとして、彼女が幸せになるのを見届けると心に誓ったのだから。

兄代わりが聞いてあきれるというものだ。ケイドは自嘲気味に思った。今夜は晩餐のときにワインを一杯飲んだだけなので、深酒のせいにすることもできない。あやまちの責任がすべて自分にあることは、火を見るよりあきらかだ。メグから広間に戻ると言われたとき、そのまま行かせてやればよかった。なのにどうしても、彼女を行かせたくなかった。

メグが欲しくてたまらず、心も体もおかしくなってしまいそうだ。メグが脚の怪我を心配して湿布を持ってきてくれたあの夜以来、彼女のことがずっと頭から離れない。メグは夢にも登場する。たいていエロティックな夢で、目が覚めると下半身が硬くいきりたち、欲望が満たされないいらだちでシーツにこぶしを叩きつけるありさまだ。でも今夜は、彼女が本当にこの腕の中にいた……。

こんなことではいけない。早くノーサンバーランドに帰り、すらりとした金髪の美女に心を乱されることのない静かで平和な生活を取り戻さなければ。

だがいま自分がロンドンからいなくなれば、婚約者に見捨てられたとして、メグの評判は傷つくかもしれない。それでも自分がここにとどまることのほうが、はるかに悪い結果を招くのではないだろうか。

一番手っ取り早い解決策は、誰か別の女に慰めを求めることだろう。こちらがその気になりさえすれば、喜んでベッドの相手をしてくれる女性はいくらでもいる。もしそうしたいと思うなら、さっそく今夜にでも相手を見つけられるはずだ。欲求をもてあましている未亡人

あのかたの記事でにぎわっています」

「どの新聞でしょう？」

「あらゆる新聞です。彼はエヴェレット卿、コルーナの戦いの英雄ですよ。なんでもフランス軍にとらえられた二十人以上の部下を助けだしたと聞きました。弾丸や砲弾が飛んでくるのをものともせず、フランス兵の鼻先で兵士を救いだしたそうです。それから敵の攻撃を退け、怪我を負った兵士を軍隊輸送船に乗せて故国に送り返しました。噂によると、〝フランス帝国の鷲《わし》〟を手中におさめたこともあり、敵の貴重な機密情報を手に入れてウェルズリー卿の戦略におおいに貢献したとか。皇太子はすっかりエヴェレット卿を気に入っておられます。来週、エヴェレット卿の武功を称《たた》えて金十字章を叙勲なさるそうです」

「それだけの働きをなさったのなら、叙勲も当然のことですわ！　すばらしいかたですね」

周囲の人びとも同じ考えらしく、勇気ある戦士に敬意を表しようとドアのほうに向かって動きはじめた。

「わたしたちもご挨拶いたしましょうか」パートナーの紳士が腕を差しだした。

メグは一瞬ためらったが、誘いを受けることにしてうなずいた。

ケイドは広間の端で、たったいまやってきた背の高い金髪の男性のまわりに人垣ができ、それがどんどん大きくなるのをながめていた。

「エヴェレットだ」誰かが通りすぎながら言うのが聞こえた。ケイド自身はその男性を直接知らなかったが、評判は耳にしていた。どうやらここにいる人たちは全員そうらしい。噂が本当なら、彼は伝説のローマの勇者ホラティウスのように勇敢だという。社交界の面々は英雄である彼にすっかり心酔しているようだ。

ケイドは隅に佇み、ブラックコーヒーを飲みながら人びとの熱狂ぶりを見ていた。そのとき、紳士の腕に手をかけて男性へと近づくメグの姿が目にはいった。さっきまで踊っていたせいで頰がかすかに紅潮しているが、ほんの一時間前に彼女が図書室でなにをしていたかに気がつく者はいないだろう。あのあと心身の動揺を静めるのに、たいして苦労はしなかったというわけか。もしかすると、彼女はもともとこちらが思っていたほど動揺していなかったのかもしれない。

ケイドは繊細な磁器のカップをぎゅっと握りしめて熱いコーヒーを勢いよくのどに流しこみ、あやうく口の中をやけどしそうになった。カップを乱暴に受け皿に戻し、近くにあったテーブルに置くと、出口に向かって歩きだした。舞踏会が終わるまで帰らないつもりだったが、やはり馬車を呼ぶことにしよう。あとでまた馬車をこの屋敷に差し向け、女性陣を迎えに来させればいい。といってもケイドは、このまま自宅に帰るのかそれとも別のところに向かうのか、まだ決めかねていた。

エヴェレット卿を熱烈に歓迎する人の波に邪魔をされ、なかなか出口までたどりつけなかった。エヴェレット卿本人はというと、柔和な笑みを浮かべ、いやな顔ひとつせずに一人ひとりと挨拶や握手を交わしている。

ドアに近づくと、なにを言っているのかまではわからなかったが、エヴェレット卿の声が聞こえてきた。その瞬間ケイドの足が止まり、のどや胸が締めつけられたように苦しくなった。息が切れて額にじっとり汗がにじみ、蟻《あり》の群れが体じゅうをはっているような感覚に襲われた。悪夢に出てくるあのおそろしい亡霊の声が、頭の中でささやきはじめた。

〝きみがその気になれば、いますぐやめさせることができる。言え、バイロン。話すんだ〟

ケイドは強い吐き気を覚え、命綱をつかむように震える手でステッキにしがみついた。ごくりとつばを飲み、なんとか足を前に進めようとした。

エヴェレット卿がなにかを言うと、亡霊の声がまたしても頭の中で鳴りひびいた。ケイドはまぶたを固く閉じた。あの日に戻ってもう一度首を絞められているように、細長い傷痕がうずいている。

〝きみが白状すれば、彼女はこれ以上ひどい目にあわずにすむんだぞ！〟

誰かが横を通りすぎようとしてぶつかってきたが、ケイドはそのことにもほとんど気がつかなかった。本のページをぱらぱらとめくるように、おぞましい場面が次々と脳裏によみがえった。

〝誰かと親密な関係を築くのは心躍るものだと思わないか。相手が美しいレディとなればなおさらだ〟

いまのは頭の中の声なのか？　それともエヴェレットの声か？　ケイドは激しく混乱した。

「はじめまして、閣下」鈴を転がすような女性の声がした。その聞き慣れた優しい声に、彼はつかのまの安らぎを覚えた。

メグだ。

ケイドはぱっと目を開けた。

「こちらこそお目にかかれて光栄です」エヴェレット卿の口から亡霊の声が飛びだした。そしてケイドが見ている前で、メグの手を取って優雅にお辞儀をした。

〝彼女はお前のものじゃない、ぼくのものだ！　そのけがれきった手でさわるな！〟

ケイドは獣《けもの》が乗り移ったような声を出した。みながぴたりと口をつぐみ、あっけにとられた顔でケイドを見た。だが彼は周囲の困惑顔には目もくれず、ただひとりの男だけを見ていた。

エヴェレット卿が顔を上げ、ケイドのほうを見た。互いの目を見あった一瞬のうちに、ふたりはすべてを理解した。ケイドの目の前にいるのは、間違いなくあの悪魔だった。

「この裏切り者め！」彼は絶叫し、大またで三歩前に進んでエヴェレット卿に迫った。

女性の悲鳴と男性の叫び声がしたが、ケイドの耳にはまったくはいらなかった。そしてエヴェレット卿の首に両手をかけ、思いきり絞めあげた。のど笛をつぶし、二度と息を吸うこともしゃべることもできなくしてやるつもりだった。エヴェレット卿がケイドの顔や胸をこぶしで殴り、ふたりはもつれるようにして床に倒れた。ケイドの脚に鋭い痛みが走ったが、彼はそれにもかまわず無我夢中でエヴェレット卿ののどを絞めつづけた。

エヴェレット卿は苦痛に顔をゆがめ、目を充血させながら空気を求めてあえいだ。のどに食いこんだ指をはずそうともがき、ケイドの脚を蹴《け》りあげた。だがケイドはエヴェレット卿の息の根が止まるのを見届けたい一心で、けっして手の力をゆるめなかった。

次の瞬間、上方から何本かの腕が伸びてきて彼を止めようとした。ケイドはエヴェレット卿の首にかけた手を離すまいと必死で抵抗したが、複数の男の力にはかなわなかった。エヴェレット卿から引き離されてからも、ケイドは自分の邪魔をした男たちをふりはらってなおも敵の首に手を伸ばそうとした。

エヴェレット卿は心配そうな顔をした友人や崇拝者の手を借りて立ちあがった。顔は赤いまだら模様になり、唇が紫色になっている。ケイドは多少なりとも敵に苦痛を与えられたことを知り、エヴェレット卿をあざけるような顔をした。ただできることなら、もっと徹底的に痛めつけてやりたかった。

「おい、放せ!」ケイドは叫んだが、男たちはケイドの体を押さえた手を離さなかった。

「きみたちは自分がなにをしているのかわかってない。こいつは裏切り者のスパイで、逮捕されるべき人間だ」

「なにを寝ぼけたことを言ってるんだ、バイロン」紳士のひとりが言った。「この人が誰か知らないのか。あのエヴェレット卿だぞ」

「ル・レナールの間違いだろう」ケイドは吐きだすように言い、エヴェレット卿が動揺した表情を浮かべるかどうかをうかがった。

だがエヴェレット卿は顔色ひとつ変えることなく、手を貸そうとする人たちにもうだいじょうぶだと身ぶりで伝えると、肩を軽く揺すって着衣の乱れを整えた。そしてうんざりした手つきでしわくちゃになったタイをなでつけた。

「どんな名前を使っていようが、こいつはとんでもない悪党だ。この男のせいで数えきれないほどの人が死んだ。そのなかには女性も含まれている」

「ばかなことを言うんじゃない、バイロン」別の紳士が言った。「彼は何十人もの命を救った英雄だ」

「それは敵に寝返る前の話だろう」

「なんということを！　いったいどんな証拠があるというんだ」

証拠だと？　ケイドは思った。自分の体験こそがなによりの証拠だ。あの地獄のような拷問が。

「きみはエヴェレット卿を侮辱した。決闘の介添人を決めるといい。わたしは彼の側に立つ」

「介添人などいらない。放してくれ。ひとりでかたをつけてやる」

「そうだ」エヴェレット卿が穏やかだが凛《りん》とした声で言った。「彼を放してやってくれ。どうやらひどく混乱しているようだ」

ケイドは顔をしかめ、人びとはざわめいた。

「混乱しているとは？」誰かが訊いた。

「彼は妄想にとらわれている」エヴェレット卿が言った。「わたしのことを……誰だったか……そう、ル・レナールという人物だと思いこんでいるらしい」

「お前は正真正銘、ル・レナールだ」ケイドは男たちの手をようやくふりきった。そのときメグの姿が目にはいった。淡い金色の眉をひそめ、青い瞳に困惑の色を浮かべている。

エヴェレット卿は気の毒にというようにうなずいた。「それがきみを拷問したフランス人の名前なのか。その男のせいできみは怪我を負ったんだろう。とても残酷な仕打ちを受けたと聞いている」

ケイドはぎりぎりと奥歯を嚙んだ。「お前は一部始終を知っているはずだ。なにしろ現場にいたんだからな」

エヴェレット卿は哀れむような目でケイドを見た。「わたしは前線で修羅場をたくさん見てきた。極限状態に置かれた人間が、精神の安定を失うのはよくあることだ。今夜のきみもきっとそうなんだろう」

「あるいは酒のせいかもしれない」誰かが言い、人びとのあいだから控えめな笑い声がもれた。

ケイドはメグをちらりと見やった。だが彼女は笑うどころか、ますます心配そうな顔をしていた。ほかの人たちの顔を見まわすと、怒りや憤慨からとまどいに困惑、そして同情にいたるまで、さまざまな表情が浮かんでいる。みなエヴェレット卿の言うことを信じ、ケイドのことをとんでもない妄想に取りつかれ、精神が不安定になった哀れな男だと思っているらしい。

「こいつの言うことに耳を貸すな！」ケイドは叫んだ。「この男はヘビのようにずるがしこいフランスのスパイなんだぞ。手練手管を弄《ろう》してまんまと軍の幹部の信任を得た。狡猾なペテン師で、みんなはこいつにだまされている」

「フランスのスパイだと！　ばかも休み休みに言ってくれ」紳士のひとりが言った。「コルーナの戦いの英雄がペテン師だということを信じろというのか？　エヴェレット卿が本性を隠し、部下や仲間の将校を欺いたとでも？　ウェルズリー卿はどうなんだ？　きみは彼もだまされていると言うつもりか」別の紳士が言った。

ケイドは一瞬言葉に詰まった。アーサー・ウェルズリーのことは心から尊敬している。だがどんなに偉大な人物であっても、ときに真実を見誤ることはある。「ああ。そのとおりだ」

人びとのあいだから非難の声が沸きおこった。エヴェレット卿は哀れな男だと言わんばかりに首をふった。

「エヴェレット卿が決闘を申しこまないなら、わたしが申しこむ」誰かが言った。

エヴェレット卿は片手を挙げてそれを制した。「いや、決闘などしないでほしい。彼もかつては勇敢な兵士だった。そんな人間に戦いを挑む必要があるだろうか。彼は誤った考えに取りつかれ、自分を見失っているだけだ。時間がたてば、そのうち分別を取り戻す日が来るだろう。さあ、パーティの続きに戻ろう」

ケイドは両のこぶしを体の脇で握りしめ、エヴェレット卿に飛びかかりたい衝動と闘った。エヴェレット卿はなにごともなかったようにくるりと後ろを向いた。だが彼が背中を向ける寸前に、ケイドはその目が勝利の喜びで輝いているのを見た。

またしてもル・レナールの勝ちだ。

それでもいまは黙って引きさがる以外に方法はない。ケイドはステッキを床から拾いあげ、足をひきずりながら前に進んだ。人びとはさっと脇によけて大きく道を空けた。だがまだケイドにはやり残したことがあった。エヴェレット卿の横を通りすぎるとき、わざと肩をぶつけて耳もとでささやいた。「これで終わりだと思うな」

エヴェレット卿はケイドと目を合わせた。そして彼が広間を出ていくのを見送りながら、口もとにかすかな笑みを浮かべた。

14

「エヴェレットにいきなり襲いかかるなんて、昨夜のお前はいったいなにを考えていたんだ」

翌日の午後、クライボーン邸の書斎でエドワードがケイドに詰め寄った。家族と一緒に昼食をとるためにやってきたジャックとドレークも同席し、近くの椅子に座っていた。

「酔っていたのか」エドワードは訊いた。

「ちがう。マデイラワイン一杯とコーヒーを飲んだだけで、酔っぱらうわけがないだろう」

「酒じゃないとしたらなにが原因だ？」

ケイドはブーツに視線を落とした。「気がついたら体が勝手に動いていた。あの男の声を聞いた瞬間、正体がわかり……」ズボンの生地越しに太ももにこぶしを強く押しつけた。

「……あいつの息の根を止めることしか頭になかった」

「お前の気持ちはわからないでもないが、人を殺そうと思うなら、混んだ広間じゃなくて人気のない場所を選ぶことだ。新聞はこぞってお前のことを書きたてている。おまけに噂好きの連中のおかげで、昨夜の事件は百マイル先まで伝わっているぞ」

「いや、二百マイル先まで伝わってるんじゃないか」ジャックが口をはさんだ。「社交界ではあっというまに話が広がるものだ」

「そうか、お前はなんでもお見通しなんだな」エドワードは皮肉たっぷりの口調で言った。

ジャックは悪びれた様子もなくエドワードの顔を見ると、ブランデーをひと口飲んで空色の瞳を輝かせた。

エドワードはケイドに視線を戻した。「母さんとマロリーとメグのことがなければ、お前が公衆の面前でエヴェレットを絞め殺したところでこちらの知ったことじゃない。だがこの先あの三人は、人前に出るたびに肩身の狭い思いをしなくてはならないんだぞ。少なくとも当面は白い目で見られるだろう」

ケイドは自分の行為が大切な三人の女性を窮地に追いこんでしまったことを思い、顔を曇らせた。「そんなつもりでは――」

「もうあとの祭りだ」エドワードはため息をつき、親指でスクエアカットのエメラルドの印章指輪《シグネットリング》をなでた。「すでに王室でもお前のことが問題になっている。プリニーは激怒しているらしい。お前はもうすぐ行なわれるエヴェレットの叙勲式にけちをつけたようなものだからな」

ケイドは唇をゆがめた。「プリニーは国の繁栄よりも、上着の仕立てと次のパーティのことのほうが大切な大ばか野郎だ」

ドレークが口に手を当てて咳払いをし、ジャックが忍び笑いをした。

エドワードは言った。「たとえそうだとしても、その大ばか野郎はお前をロンドン塔に放りこむ力を持っている。最悪の場合、隔離施設に送られることもあるだろう。いまのようなことを軽々しく口にするんじゃない。殺人未遂罪に加え、反逆罪に問われたくなければな」

ケイドはあごを突きだした。「上等じゃないか。やれものならやってみればいい」

「だが幸いなことに、まだそこまでの話は出ていない。これから先もおそらくだいじょうぶだろう。エヴェレットは今回のことを、貴族院にも法廷にも告発するつもりはないらしい」

「告発だと！」ケイドは思わず立ちあがった。「なんのかどで訴えるというんだ」

「五百人もの目撃者の前で、彼を絞殺しようとしたかどに決まってるだろう！」

ケイドはクッションのきいた椅子の肘かけにこぶしを打ちつけた。「告発されるべきなのはあいつのほうじゃないか。くされきった悪党め。吐き気のするような売国奴だ」

室内はいっときしんと静まりかえったが、やがてエドワードがおごそかな口調で言った。

「間違いないのか。彼はル・レナールなんだな」

ケイドはエドワードを見据えた。「間違いない。あの声は永遠に忘れない」

エドワードはうなずき、ゆるく握った手をあごに当てた。「なるほど。だとしたら話はがらりと変わってくる」

「どういう意味だい？」ケイドはエドワードがときどき政府に協力していることを知ってい

たが、具体的になにをしているのかまではよくわからなかった。

「なんでもない。とにかく社交シーズンが終わるまで待とう。そのあとでエヴェレットに裁きを受けさせる方法を考えればいい」

ケイドは重荷がふっと下りたように、肩から力が抜けるのを感じた。「ぼくを信じてくれるんだな」

エドワードは片方の眉を上げた。「当たり前だろう。これまでお前の言うことを疑ったことなど一度もない」

「みんな信じてるよ、ケイド」ドレークがついに口を開いた。「ぼくたちは兄弟じゃないか。きみが犯人はエヴェレットだと言うなら、証拠がどうであれ彼が犯人だ」

「そのとおり」ジャックが指を突きだした。「二重スパイが大手をふって通りを歩くことを許してたまるものか。当局に出向いて事情を説明するべきだ」

ケイドは親指で額をさすった。「それならもうやったよ。今日の朝一番で行ってみた。コールドウェル卿はじっくり事情聴取をしたあげくに、ぼくを追いはらった。陸軍省と近衛騎兵旅団司令部と式部長官の執務室も訪ねた。みんなぼくの話を聞いたあと、さぞつらい思いをしただろう、それだけひどい拷問を受ければ、いまになって〝精神が衰弱する〟のも無理はないというようなことを言った」

そこでひと呼吸置き、手で髪をすいた。「つまり彼らは、昨夜あの悪党が言ったとおり、ぼくの頭がいかれたと思っているわけだ。せいぜい好意的な言いかたをすれば、頭が混乱して間違った結論に飛びついた、とね。いくらぼくがあの声を聞き間違えるわけがないと言ったところで、もっとましな証拠でもないかぎり、当局が力になってくれることはないだろう」

「だからこそ、ここはいったん引きさがり、もっと確実な手段をとらなければならない」――エドワードは言い、心の奥まで見抜くような目でケイドの顔を見据えた。「お前が正義の鉄槌《てっつい》を下してエヴェレットに復讐《ふくしゅう》したいと思う気持ちはよくわかるが、いまはこれ以上あの男に手を出すんじゃない。そんなことをすれば、お前だけではなく家族にも累《るい》がおよぶことになる。あいつに近づくな。聞こえたか?」

エドワードの言葉はちゃんと聞こえていた。だが兄の言うとおりにできるかどうか、ケイドには自信がなかった。エヴェレットが何食わぬ顔でロンドンの町を歩いていると思うだけで、はらわたが煮えくりかえる。あの男は偉大な英雄のような顔をして喝采《かっさい》を受け、祝宴の主役になっている――皇太子も陸軍もみな彼を誉めたたえているが、その正体はフランスに魂を売った二重スパイだ。それを考えると怒りで手が震え、とてもじっとしていられない。あの男はどれだけ人をだませば気がすむのか。エヴェレットの裏切りにより、これまでいったい何人の命が失われたのだろう。軍がいくら周到な計画を立てて準備をしたところで、やつのせいでそれも水の泡となってしまうかもしれないのだ。真実さえあきらかになれば、あのけだものを止めることができるのに。

ちくしょう！　ケイドは今朝、自分をにべもなく追い返した政府や軍の高官の顔を思い浮かべ、胸のうちで悪態をついた。どうして彼らにはわからないのだろうか。

いや、彼らに真実が見えようと見えまいと、そんなことはどうでもいい。自分がこの手で決着をつけてやる。カリダとその家族の――そしてすべての犠牲者の――仇《かたき》を討つのだ。たとえそれがこの世における自分の最後の仕事になっても、あの男にかならず彼らの死の報いを受けさせてやる。

「それでいいな？」エドワードがケイドの頭の中を読んだように、鋭い目を向けて訊いた。

おそらく本当にこちらの考えがわかっているのだろう、とケイドは思った。エドワードは人の心を読み取り、真実と嘘を見分けるという、こちらにしてみれば厄介きわまりない才能を持っている。

ケイドはうなずいた。「ああ、わかった。あの悪党に公衆の面前で二度と手を出さないと約束する」だがふたりきりになる場面があれば……なにもしないと約束はできない。もしもエヴェレットがうかつにもひとりでいるところを見つけたら、そのときはただでおくものか。その日が来るのがいまから待ちきれない！

メグは静かに書斎のドアの前を離れた。息を殺して足音を忍ばせながら、屋敷の裏手にある庭へと向かった。外に出て窓ガラスのはいったドアを閉めると、ようやくほっと大きく息をついた。芳《かぐわ》しい香りを放っているラベンダーと、花の盛りを迎えた白いスイセンに囲まれた石のベンチのところまで行き、ひんやりした座面に腰を下ろした。こわばっていた体から力が抜けるのを感じながら、たったいま耳にした会話を脳裏によみがえらせた。

バイロン家の兄弟は、わたしが彼らの会話を立ち聞きしていたと知ったら気を悪くするだろう。メグは思った。でも誰にも聞かれたくなかったら、あの人たちもドアを半開きにしたりせず、しっかり閉めておくべきだった。それにわたしも、最初から立ち聞きするつもりはなかったのだ。

今朝の朝食会は最悪だった。わたしとマロリーと公爵未亡人はどうにか笑みを浮かべ、周囲がこちらを盗み見たり、昨夜の騒動についてひそひそ噂話をしたりするのに気がつかないふりをして時間をやりすごし、やっとの思いで屋敷に帰ってきた。そして三人で話しあい、それぞれ別のことをすることにした。公爵未亡人は居間で手紙を書き、マロリーは寝室で昼寝をし、わたしは五月の陽射しと暖かなそよ風を浴びながら庭で本を読むことに決めた。

庭に向かう途中で公爵の書斎の前を通りかかったとき、ケイドの低くかすれた声が偶然耳にはいり、思わず足を止めた。人の話を立ち聞きするのは悪いことだと思ったものの、どうしてもその場を立ち去ることができなかった。でももう聞いてしまった事実は取り消せないのだから、いまさら後悔しても遅いことはわかっている。

昨夜の事件は大きな衝撃だった。目の前で繰り広げられたすさまじい暴力の光景が頭から離れず、夢にまで出てきた。エヴェレット卿とわたしが言葉を交わしている。次の瞬間、ケイドがエヴェレット卿を床にひきずり倒し、首を絞めて殺そうとする。

軍人だったケイドが腕力の行使に慣れているのは当然のことだが、実際にその場面を目にするまで、彼にあれほど激しい攻撃性があるとは知らなかった。

わたしと一緒にいるときの彼はいつも穏やかだ。薬やお酒のせいで人が変わったように見えるときもあるけれど、基本的には親切で細やかな心遣いをしてくれる。情熱の炎に燃えているときでさえ、とても優しかった。

湖に小石が投げこまれて波紋が広がるように、メグの肌がぞくりとした。昨夜の悦びの記憶がよみがえり、全身がかっと熱くなった。図書室で夢のような愛撫を受け、なすすべもなく快楽の波に呑みこまれた昨夜。メグは脚のあいだがうずくのを感じ、石のベンチの上でしきりに身じろぎすると、まだ体のあちこちに残っているケイドの唇や手の感触をふりはらおうとした。

ケイドのせいでわたしはこれほどまでに混乱している。自分がなにを考え、なにを望んでいるのかわからない。そしてケイドがなにを考え、なにを望んでいるのかも。

彼はわたしをどうしたいのだろう。

わたしは彼にどうしてほしいのだろう。

ケイドに対する気持ちは自分でもよくわからないが、彼とエヴェレット卿とのことについてはなんの疑念も感じてない。わたしはケイドがエヴェレット卿を売国奴だと言い、エヴェレット卿がそれを否定するのを見た。驚いたことに、周囲にいた人びとはいとも簡単にエヴェレット卿の言葉を信じ、ケイドがとんでもない勘違いをしていると思いこんだ。つまり、彼が正気を失っていると決めてかかったのだ。だが客観的に証明することができなくても、あのときのケイドは真剣そのもので、絶対に根拠のない言いがかりをつけてなどいなかった。おそらく真実はケイドの言うとおりなのだろう。

理由をうまく説明することはできないが、わたしにはケイドの記憶が正しく、自分を拷問した人間の声をはっきり覚えているという確信がある。たしかにケイドは心にも体にも傷を負っているかもしれない。それでも彼は精神を病んでなどいない。あれほどの過酷な体験を乗り越えたことを思えば、むしろわたしより強い精神の持ち主だと言えるだろう。ケイドが悪夢にうなされるのを見て、わたしは彼がどれほどのものを失ったのか、少しだけわかったような気がした。それだけをとっても、ケイドが無実の人を犯罪者だと責めたりするはずがない。さっきドレークが言ったように、ケイドがエヴェレット卿はスパイだと言うなら、エヴェレット卿は本当にスパイなのだ。

それにジャックの言うとおり、エヴェレット卿が罪に問われることもなく、大手をふって通りを歩くことが許されていいわけがない。誰かが彼を止めなければ。ケイドもほかの兄弟もそうしたいと望んでいるが、昨夜の事件で、みんなエヴェレット卿に手を出せなくなってしまった。

でもわたしはちがう。わたしはエヴェレット卿に近づかないという約束も、彼の正体を暴こうとしないという約束もしていない。彼の犯した罪をどうやってあきらかにするのか、具体的な方法はまだ思いつかないが、ケイドの役に立つのなら、わたしはどんなことでもしてみせる。


「ポンチでもいかがですか、ミス・アンバリー」

メグはさっきまで一緒に踊っていた若い紳士の茶色い瞳を見た。気さくで親しみやすい男性だが、それほど頭の回転は速くなさそうだ。だがこちらの気を引こうと夢中で話をしているその若者こそ、今夜のメグには好都合な相手だった。彼に勝手にしゃべらせておけば、エヴェレット卿を監視するのもそれほどむずかしいことではないだろう。

エヴェレット卿の正体を暴くと心に決めた日から、もう二週間近くがたっていたが、本人に近づいてなにか手がかりになりそうなことを聞きだすのは簡単なことではなかった。エヴェレット卿が滅多におおやけの場に現われないせいではない。その反対に、彼はあちこちのパーティや夜会や舞踏会に顔を出している。問題はエヴェレット卿があまりに積極的に人前に出ているせいで、かえって近づくのが大変だということにある。

彼が行くところどこにでも、人が寄ってくる。男性は戦場での武勇伝に加え、経済情勢からどこの仕立屋がいいかということまで、ありとあらゆることについてエヴェレット卿の意見を聞きたがる。女性は女性で、人妻であれ未婚のレディであれ、なんとか彼の歓心を買おうとぴたりとそばについて離れない。

メグ自身はそうした人びとの熱狂ぶりを醒《さ》めた目でながめていた。でも人間には、自分が見たいと思っているものしか見えないのかもしれない。それがたまたま真実であったり、そうでなかったりするのだろう。エヴェレット卿になかなか近づけないまま時間が過ぎていくのはもどかしいが、それにもひとつだけいい点がある。

ケイドがエヴェレット卿に襲いかかった事件から日数がたち、人びとの脳裏からだんだんその記憶が薄れつつあることだ。つい最近、ある侯爵がふたりの人妻と――しかも同時に――ベッドにいたというスキャンダルが発覚し、噂好きな社交界の人たちの関心はすっかりそちらに移っている。

それでもケイドのことを〝いかれた少佐〟と呼び、ばかにして喜んでいる人たちはまだいた。だが根っから負けん気の強いケイドは、おとなしく家に引きこもることをよしとせず、メグやマロリーや公爵未亡人をどこにでもエスコートした。三人とも事件の一部始終を見ていたので、あらためてケイドに事情を問いただすこともなく、ケイドもそのことについてほとんどなにも言わなかった。ただ、自分のせいでいやな思いをさせて本当に申し訳ないと一人ひとりに謝り、母の頬にキスをした。公爵未亡人はケイドの体を強く抱きしめて涙をひと粒こぼしたが、すぐにそれをぬぐった。

ケイドが唯一、事件前と変わったことといえば、おおやけの場では兄弟と一緒にいる時間が増えたことだろうか。長身で見るからに屈強そうなバイロン家の兄弟がそろうと、歯向かう勇気のある人はまずいない。いまあの四人は、カードルームにいるはずだ。

公爵未亡人はシェリー酒を飲みながら忠実な友人たちと談笑し、マロリーはフロアでハーグリーブス少佐とダンスをしている。あのきらきら輝くような笑顔からすると、当分少佐のそばを離れそうにない。バイロン一家がみなほかのことに気を取られているいまこそ、エヴェレット卿に近づく絶好のチャンスだろう。

そのとき偶然にもエヴェレット卿がひとりでテラスに出ていくのが見えた。メグはこのときを逃す手はないと思い、飲みものを持ってくるという若い紳士の申し出を断わり、とっさに適当な口実をつけてその場を離れた。

五月下旬の暖かい夜だったが、暗い外に出たところで体に震えが走った。かすかなそよ風に乗り、バラの香りと葉巻のにおいがただよってきた。メグは葉巻のにおいを手がかりに、広間に面した安全なテラスを離れて庭に向かった。エヴェレット卿が少し先に立っているのが見えた。星空の下で金色の髪がいつもより明るく輝いている。

メグはまたしても背筋がぞくりとした。向こうにはまだ気づかれていないので、このまま引き返すこともできる。いますぐ後ろを向き、来た道を戻ればいい。なにしろ彼はケイドを拷問にかけたような人間だ。罪もない女性のレイプと殺害を命令し、その家族まで処刑した。祖国を裏切ることも、自分の誇りを傷つけることもなんとも思っていない。

こんな計画が本当にうまくいくのだろうか。メグは急に不安になり、足が止まりかけた。でもケイドを助けるためにはやるしかない。もしここで尻尾《しっぽ》を巻いて逃げだせば、わたしはケイドだけでなく、自分自身を裏切ったような気持ちをずっとひきずることになるだろう。父はわたしを臆病者《おくびょうもの》にするために育ててくれたわけではない。わたしは臆病者になりたくない。

それに考えてみれば、すぐそこの広間に大勢の人がいるのに、エヴェレット卿がわたしになにができるというのだろうか。もし彼になにかされそうになったら、大声で叫べばいい。

メグは覚悟を決め、足を前に進めた。

メグが近づいてきたことに気づいてエヴェレット卿がふりかえり、細い煙の筋を吐きながら彼女の目を見た。

メグはそのとき初めてエヴェレット卿がいることに気づいたような顔をし、はたと立ち止まった。「まあ、閣下……お邪魔してごめんなさい。あなたがいらっしゃることに気づかなかったものですから」

エヴェレット卿は葉巻を軽くはじいて灰を落とすと、手を脇に下ろしてお辞儀をした。

「お邪魔だなんてとんでもない……ミス・アンバリーでしたっけ」

「はい。わたしの名前を覚えていてくださったんですね」メグは深々とお辞儀をした。「では、わたしは……あの……これで失礼します」

「わたしに遠慮なさっているのなら、その必要はありません」エヴェレット卿はさわやかな声で言った。「それにしても、あなたがひとりでここにいらしたことには少々驚きました。あなたの婚約者は、あなたがわたしと一緒にいることを快く思わないのではないですか」

「ええ、たぶん……そうだと思います」メグはわずかに顔をしかめ、困惑した表情を作ってみせた。「彼は……その……ほかの兄弟と一緒にカードルームにいます。わたしは踊りつかれたものですから、ちょっと外の空気を吸いたくなって――」

「わかります。ずっと踊っていればそれも無理はない」

メグは誰にも見られていないことを確かめるように、あたりをうかがった。「せっかくこうしてお話しする機会ができたので、前々からお伝えしたかったことを……」

「なんでしょう?」エヴェレット卿は興味をそそられた顔をした。その仮面の下になにが隠れているのかを知らなかったら、メグも彼の端正な顔立ちに魅力を感じていたことだろう。

「ええ、でも……」メグは小さくかぶりをふった。「やはりやめておきます。ごめんなさい。もう戻ります」

「いや、待ってください。なにを言おうとしていたのか、ぜひ教えてもらえませんか」

メグはためらったふりをし、もう一度あたりを見まわすと、意を決したように切りだした。

「婚約者のことを悪く言うつもりはありません。彼はわたしにとてもよくしてくれますし。でも……」

「でも？」

「先日の夜、あの人は閣下に……その、婚約者のしたことについては、わたしからもお詫《わ》びを申しあげます。あのときわたしはあまりのことに愕然とし、穴があったらはいりたい気分でした。あの人があんなことをするなんて信じられませんでした。なんの前触れもなくいきなり感情を爆発させて……ひどい暴力をふるうなんて。まるで悪夢を見ているようでしたわ。閣下には大変なご迷惑をかけてしまい、本当に申し訳ありません」

エヴェレット卿は驚いた顔をした。「気になさらないでください、ミス・アンバリー。謝る必要はありません。バイロン少佐、いえ、ケイド卿は、兵役中にとてもつらい体験をなさったのです。わたしは彼と同じような経験をした兵士が、もっとひどい精神状態に陥った例をいくつも見てきました。いつか時間がたてば、ケイド卿の心の傷が癒える日も来るでしょう」

メグは片方のつま先で軽く地面を掘るような仕草をした。「ええ、でも、もしそんな日が来なかったらどうなるのでしょう。彼が閣下にしたことは、とても許されることではありません。戦争の英雄として国から最高の栄誉を授かったあなたに、あの人は襲いかかったんですもの！　閣下のことを、あの……ル・レナールとかいう人物に間違えたぐらいですから、また誰かを別の誰かと勘違いし、とんでもないことをしてしまうかもしれません。それに彼の兄弟も……」

「バイロン家の兄弟がどうかしたんですか？」エヴェレット卿は先を続けるよう、優しい声で促した。

「みんなあの人の味方をし、とがめようとさえしません」

「彼らは仲のいい家族です。お互いに強い絆《きずな》で結ばれているのでしょう」

「ええ、それは間違いありません。みんなわたしに親切にしてくれますが、それでも……ときどき自分が疎外されているような気がすることがあるんです」

エヴェレット卿はメグの手を握り、軽く力を込めた。メグはそれをふりはらってスカートで手をぬぐいたい衝動に駆られたが、なんとか踏みとどまった。「あなたは最近、喪が明けたばかりでしたね」エヴェレット卿が同情したように言った。

メグは気を取りなおし、まつ毛を伏せてみせた。「はい……父が数カ月前に天に召されました。母もその前に亡くなっています」

「かわいそうに。ロンドンでたくさんのお友だちができたでしょうが、もうひとり友人を増やす気はありませんか？」

メグはぱっと顔を上げてエヴェレット卿を見ると、またすぐに目をそらした。恐怖と高揚感で心臓が激しく打ちはじめた。作戦がうまくいくかどうか自信はなかったが、どうやら彼はまんまとこちらの罠にかかったようだ。「どなたのことでしょうか」

「わたしのことです。もちろん、あなたさえよろしければの話ですが」

「でもケイドが――」

「彼に知らせる必要はないでしょう。不思議に思われるかもしれませんが、わたしはなぜかあなたとケイド卿に責任のようなものを感じているのです。誰にも見られずに会うようにすれば、あなたのご相談に乗ることもできます」

「ご親切にありがとうございます。でも本当にだいじょうぶでしょうか。ケイドはあのとおり激しい気性をしていますし」

「どこに行くのも婚約者と一緒というわけではないですよね」

メグは唇を噛み、考えるふりをした。「わたしは朝、乗馬をするのですが、そのときは馬丁だけを連れていきます」

エヴェレット卿は微笑んだ。「それなら話は簡単です。わたしも馬に乗りますから、公園でばったり会ったことにすればなにも問題はないでしょう」

メグは不安な心をなだめて微笑み返した。エヴェレット卿の目が一瞬ぞっとする光を帯びたような気がしたが、自分の見間違いだったのだろうかと考えた。「ええ。そうしましょう」

話が終わったので一刻も早く立ち去ろうと、メグはひざを曲げて別れの挨拶をした。エヴエレット卿も優雅なお辞儀を返した。

メグはきびすを返し、急ぎ足で広間に戻った。計画がうまくいったことを喜ぶべきなのか、それとも恐怖を覚えるべきなのか、自分でもよくわからなかった。

15

それからの一週間、メグは普段どおりの生活を送りながら、バイロン家の人たちの目を盗んでエヴェレット卿と会った。普段どおりの生活といっても、一日の大半は社交界の付き合いに費やされていた。朝食会に始まって午後はお茶会や公園の散歩などに出かけ、夜は夜で舞踏会やパーティや夜会、ときには芝居やオペラにも行った。毎日、目のまわるような忙しさで、大慌てでドレスを着替えては次の場所に向かうといったありさまだった。

ケイドとエヴェレット卿の一件があった直後は、さすがに誘いが途絶えていたものの、最近はまたメグにもマロリーにも山のような招待状が届き、ひっきりなしに誰かが訪ねてくるようになっていた。まだときどき冷たい目で見られたり、ひそひそ噂する声が聞こえてきたりすることもある。だが社交界におけるクライボーン公爵と公爵未亡人の影響力は絶大で、メグやバイロン一家をあからさまに無視できるほど度胸のある人はいなかった。しかもいまではあの事件も、ただの〝紳士どうしの派手なけんか〟と呼ばれるようにさえなっていた。

メグの取り巻きの男性にいたっては、そのことをすっかり忘れたようにふるまっている。

マックケイブ大尉もクライボーン邸に何度かやってきて、近くの公園で散歩でもしようとメグとマロリーを誘った。大尉と一緒にいると楽しく、メグは彼の好意を嬉しく思っていた。でもそれと同時に、彼の優しさを利用しているような罪悪感も覚えていた。大尉はまだメグが婚約していると信じているが、もちろんそれは嘘であり、そこに彼女の葛藤があった。

社交シーズンも残すところあと一カ月あまりとなり、そろそろ誰かからプロポーズの言葉を引きださなければならない。こちらに好意を寄せている紳士は何人かいるが、その中から誰かひとりを選ぶとしたらマックケイブ大尉しかいないだろう。彼のことは大好きだし、いままでのように午後だけではなく、もっと長い時間を一緒に過ごすことになったとしても退屈することはないはずだ。だが大尉に対して、これからも〝大好き〟以上の感情を抱くことはないような気がする。ケイドと図書室で熱い時間を過ごしたときのようなときめきを、マックケイブ大尉に感じることはきっとない。

あの夜から三週間が過ぎたが、メグとケイドがそのことについて話しあったことは一度もなかった。最初のうちはメグも、エヴェレット卿との事件の直後でケイドはそれどころではないのだろうと思っていた。でもお互いにそのことに触れないまま、一日、また一日と過ぎるにつれ、ますます口に出しづらい雰囲気が生まれていた。

第一、いまさらなにを言えばいいのだろう。あれからケイドはなにごともなかったようにふるまっている。彼のそんな態度を見ていると、あの夜は衝動的に欲望に駆られただけだとしか思えない。それに相変わらず愛しあったカップルを演じてはいるものの、最近ではなぜかメグとふたりきりになるのを避けているようにも見える。

けれどもメグはあの夜のことが忘れられなかった。彼の手や唇の感触をいまでもありありと覚えている。昼も夜もケイドのことで頭がいっぱいで、夢にまで出てきて体をうずかせる――いや、うずいているのは体だけではない。心もずきずきとうずいている。

メグは鏡台の鏡をのぞきながら、自分の様子がおかしいことに誰か気づいているだろうかと考えた。みんなそれぞれほかのことで忙しくしているので、たぶん気づかれていないだろう。昨夜もまたゆっくり眠れなかったメグはあくびを噛み殺し、エイミーの手を借りてポプリンの乗馬服に着替えた。深い緑の色合いが、妙にケイドの瞳を思わせるドレスだ。そんなことを考える自分を腹立たしく思いながら、遅くならないうちに公園に行かなければと急いで身支度を整えた。

エヴェレット卿はきっとメグを待っているはずだ。具体的な約束は一度もしたことがないのに、彼はいつも公園にいて、彼女と偶然出くわしたような顔をする。そしてメグが彼に声をかけ、ふたりで馬を横に並んで歩かせながら世間話をするのが日課のようになっている。

エヴェレット卿がスパイであるという証拠は、まだまったくつかめていない。だが彼が簡単に秘密をもらすような人間であれば、そもそも二重スパイになどなっていないだろう。普通なら、計画がなかなか進展しないことに焦りを感じているころかもしれないが、メグはまだ希望を捨てていなかった。どんなに用心深い人間でも、うっかり間違いを犯すことはある。そのときが来るのをじっと待てばいい。いつかエヴェレット卿もきっと尻尾を出すはずだ。そのときを見逃さずにつかまえよう。

メグは屋敷の後方にあるドアを抜け、厩舎に向かって歩いた。厩舎係はメグが毎朝馬に乗ることを心得ており、元気な鹿毛《かげ》の牝馬を用意して待っていた。メグは鞍に横乗りになってスカートのすそを整えると、うなずいて謝意を示し、ハイド・パークに向けて出発した。

ケイドは寝室の窓から、メグが馬に乗って厩舎の庭を出ていくのを見ていた。その姿が見えなくなると、カーテンを押さえていた手を離し、朝のコーヒーが用意されているテーブルに戻った。湯気をたてているブラックコーヒーの表面を軽く吹き、それからひと口飲んだが、頭の中はメグのことでいっぱいだった。

自分も一緒に行ければよかったのだが、この脚ではまだ馬に乗る自信はない。それでも最近は太ももの具合もだいぶよくなってきたので、近いうちに一度試してみることにしよう。もともと怪我をする前から乗馬は好きだったが、いざ乗れなくなってみると、思っていた以上に馬の背が恋しくてならない。

メグも乗馬の愛好家らしく、早朝に起きて出かけている。午後になると公園に人が増え、馬をゆっくり歩かせることしかできなくなるからだろう。ロンドンに来てからというもの、メグは週のうち何日かはかならず馬に乗っている。もっとも、前日の夜に舞踏会などで帰宅がひどく遅かったときは乗らないこともあった。

ところがこの一週間は、前日に帰ってきた時間が何時であろうと、毎朝、太陽が昇ってまもないうちに出かけている。ケイドも同じころに目を覚ますことが多く、メグが馬の背に乗って出かけるのを窓からじっとながめていた。彼女の背中にはどこか決意のようなものがにじみでており、それが心にひっかかった。まるで逢《あ》い引きにでも出かけるかのようだ。

ケイドははっとした。

メグは誰かと会っているのか？　マックケイブか、それとも彼女に好意を抱いている別の男か。ケイドは険しい表情を浮かべ、コーヒーカップを割らないうちに受け皿に戻した。

ケイドはそれまで懸命に努力し、メグとのあいだに距離を置くようにしてきた。彼女のそばにいると、自分でもなにをしてしまうかわからなかったからだ。ふたりきりになればなおさら、手を出さずにいられる自信がなかった。あの夜、図書室であんなことがあってからというもの、メグに必要以上に近づかないよう自分を戒めてきた。

もちろんそれも、言うは易《やす》く行なうは難《かた》しだった。なにしろケイドとメグは〝婚約〟しているのだから、毎晩のように彼女をどこかにエスコートする必要がある。だが最近はエヴェレット卿の仮面をはがす計画にすっかり気を取られ、あまりメグのことを考えずにすんでいた。それでも夜だけは別で、屋敷が暗闇に包まれて静まりかえる時間、心は知らず知らずのうちに彼女のもとに飛んでいる。特に意思とは関係なく見てしまう夢ばかりは、どうすることもできなかった。

ケイドはのどの奥で低くうなり、メグは本当に逢い引きに出かけたのだろうかと考えた。たとえそうだったとしても、彼女と秘密の契約を交わした自分が文句を言える筋合いのことではない。もしかすると、この瞬間にも彼女は結婚を申しこまれて首を縦にふり、婚約は破棄するから心配しないでなどと言っているかもしれない。

ケイドは乱暴に靴を履くと、精いっぱいの急ぎ足で出口に向かい、勢いよくドアを開けた。そして五分後、厩舎の庭に到着した。

手をふってひとりの厩舎係の少年を呼んだ。「ミス・アンバリーのおともで公園に行っている馬丁は誰かな」

「ブラウンですけど」

ケイドはうなずいた。「帰ってきたら、わたしのところに来るよう伝えてくれ」

少年はとまどったような顔をした。「はい、だんな様。でも今朝、ミス・アンバリーはブラウンを連れていきませんでした。昨日もそうです」

「なんだと?」ケイドのあごがこわばった。

少年はぎくりとした顔で、なにも言わずに走り去った。

まもなく年長の馬丁が布で手をふきながら現われた。「ミス・アンバリーのことで、わしになにかご用ですかい？」

「ああ。彼女は今朝、ひとりで出かけたそうだな。理由を聞かせてもらえるだろうか」

ブラウンはばつの悪そうな表情を浮かべた。「ご本人がそうおっしゃるもんで。友だちと会うから、ついてこなくていいと言われました。わしは考えなおしたほうがいいと言ったんですが、聞いてもらえませんでした」

ケイドは胸の前で腕組みした。「その〝友だち〟とは誰だろう」

「どこかの紳士です」

「その〝紳士〟に名前はないのかい？」ケイドは覚悟を決め、メグの心を射止めた男の名前が馬丁の口から出るのを待った。

ブラウンは一考した。「わしの記憶があってれば、たしかエヴェレットとか呼ばれてましたっけ」

ケイドは両腕を体の脇に下ろした。「いまなんと言った？」

「そう、間違いありません。エヴェレット卿です」

屋敷を出てから一時間以上たったころ、メグは馬のひづめの音とともに厩舎の庭に戻ってきた。鞍から降り、急いで屋敷にはいった。

今朝もやはりなんの成果も得られなかった。それでもやるだけのことはやってみたのだから、気を取りなおしてまた次の機会を待てばいい。きっと今度こそうまくいくだろう。

メグは顔を上気させ、早くお風呂にはいって馬のにおいを洗い落とさなければと思いながら階段を駆けあがった。このままではマロリーと、仲のいい友だち三人との買い物の約束に遅れてしまう。階段をのぼりきり、廊下を寝室に向かって急いだ。

そのとき前方の暗がりからケイドが現われ、青と茶色の柄のじゅうたんに、怒ったようにステッキをついた。そのおそろしい形相にメグは思わず立ち止まり、腕に鳥肌が立つのを感じた。

なにも怖がる必要などないと自分に言い聞かせ、平静を取り戻そうとした。

「やっと帰ってきたな」ケイドは低い声で言った。

「ええ……そうよ、乗馬をしてきたの」

廊下は薄暗かったが、ケイドの瞳が冷たいガラスの破片のように光っているのがわかった。いったいどうしたというのだろう。今日はよく晴れて暖かく、嵐が近づいている気配もないが、脚でも痛いのだろうか。もしかすると、なにか炎症を悪化させるようなことをしたのかもしれない。

メグがどうしたのか尋ねようとしたとき、公爵未亡人がライラック色のシルクのドレスを揺らしながらやってきた。

「あら、おはよう！　ふたりともご機嫌いかが？　昨夜はよく眠れたかしら。マーガレット、あなたはまた馬に乗ってきたのね」美しい顔に満面の笑みを浮かべて言った。

「ええ、そうなんです」メグは言ったが、ケイドがそばでいらいらしているのが伝わってきた。

「もしよかったら、マロリーとお友だちとのお買い物にわたしもご一緒していいかしら」

「ええ、もちろんです。ぜひ一緒にまいりましょう」

公爵未亡人は微笑んだ。「ありがとう。あなたは優しいのね。でもわたしは扇の店にしか行かないつもりだから心配しないで。今夜の舞踏会に着るドレスに合う扇が、だめになってしまったの。エドワードが飼いはじめた子犬が、どうやらわたしの寝室に忍びこみ、扇をおもちゃにして遊んだみたい。かわいそうに、見るも無残な姿になってしまったわ。なのに当のネディの子犬は、なにごともなかったような顔で元気に走りまわっているのよ」

メグは彼女がクライボーン公爵を〝ネディ〟と呼んだことに、口もとがゆるみそうになるのをこらえた。「それはお気の毒に。新しいのを買わないといけませんね」

「そうなの」公爵未亡人はメグとケイドの顔を交互に見ると、眉間にかすかにしわを寄せた。

「ケイド、だいじょうぶ？　レモンでもかじったような顔をしているわ。また脚が痛いんじゃないでしょうね」

メグもケイドの答えを待った。

「いや、脚ならだいじょうぶだ。母さん、メグと少し話をさせてもらえないかな」

「そう、脚が痛くないと聞いて安心したわ。でも話はあとにしてちょうだい。マーガレットに早く支度をしてもらわないと、このままでは約束に遅れてしまいそうなの。ミス・ミルバンクとミス・スロックリーがもうすぐここに来るのよ」

「でも――」ケイドが言いかけた。

「無理を言わないで。マーガレットが帰ってきてから話せばいいじゃないの。さあ、マーガレット、早く支度をしていらっしゃい」公爵未亡人はメグに手ぶりで急ぐよう示した。

メグが最後にちらりとケイドに目をやると、さっきよりさらに険しい表情になっていた。いったいなにがあったというのだろう。それに、話したいこととはなんだろうか。メグはためらい、すぐにはその場を立ち去れなかった。だがふたたび公爵未亡人にせかされては、もうどうすることもできなかった。好奇心と不安が入り交じったような気持ちを抱えたまま、急ぎ足で寝室に向かった。

時計の針がちょうど深夜の一時を指したころ、メグは召使いの手を借りて馬車から降りた。マロリーとエドワード、それに公爵未亡人と一緒に屋敷の玄関をくぐり、あくびを嚙み殺しながら上着を脱いだ。今日もまた長い一日だったので、早くベッドに横になって休みたい。今朝、早起きして公園に乗馬に行ってからというもの、二分以上ひとところにじっとしていられたのはこれが初めてではないだろうか。いや、もう今朝ではなく昨日の朝と言うべきだろう。それにしても、今日は本当に目がまわるほど忙しい一日だった。

階段をのぼると、メグは一人ひとりに親しみを込めておやすみの挨拶をした。公爵未亡人はメグの頰にキスをして寝室に向かい、マロリーとエドワードも眠そうな笑みを浮かべてそれぞれの部屋に戻っていった。

ケイドは今夜の舞踏会に来なかった。ほかに約束があるとか言っていたが、なんの用事だったのだろう。また傷が痛むのに、それをみんなに言いたくなかったということはないだろうか。それとも本当に用事があったのだろうか。

メグは眉根を寄せて考えた。そのときになってようやく、ケイドが自分と話をしたいと言っていたことを思いだした。そのことすらすっかり忘れていたとは、今日一日がいかに忙しかったかということだ。メグは寝室に着き、ドアを開けて中にはいった。だがいくらなんでも話をするにはもう遅すぎる。朝になってから話せばいいだろう。

あくびをしながらまっすぐ化粧室に向かうと、エイミーがメグと同じくらい眠そうな顔をし、着替えを手伝おうと待っていた。まもなく薄手の白いローンのネグリジェとペールピンクのシルクのガウンに着替え、メグはほっと安堵のため息をついた。

それほど広くはないが化粧室に隣接した現代風の豪華な洗面室に行くと、顔と手を洗い、シナモンか丁子《ちょうじ》のような味のする歯磨き粉で歯を磨いた。グラスに半分の水を飲み、うとうとしているエイミーに声をかけて自室に下がらせた。

それから二本のろうそくの火を消して寝室にはいり、ふかふかの羽毛のマットレスと柔らかなリネンのシーツが待っているベッドへと向かった。腰をかがめて上掛けをめくろうとしたとき、部屋の奥に置かれた椅子のところに大きな人影が見えた。黒い革靴についたふたつの金のバックルが、猫の目のように光っている。

メグはぎょっとして顔を上げた。鼓動が激しく打つ音が耳の奥で聞こえた。とっさに武器になりそうなものを探し、ナイトテーブルの上の重い銀の燭台をつかんだ。それを持ちあげて構えたところで、まだ燃えている弱いろうそくの炎に照らされ、さっきまで見えなかったものが見えた——というより、見えなかった顔が見えた。

「ケイド！　まあ、あなただったの？　心臓が止まるかと思ったわ」メグはがたがた震えながら言った。

「そうか。驚かせてすまなかった」ケイドは静かな声で言ったが、少しもすまないと思っているようには聞こえなかった。「どう声をかけていいものかわからなくてね」

「普通に声をかけてくれればよかったのよ」メグは声をひそめて言った。震える手で燭台をナイトテーブルに置くと、火のついたろうそくを床に落とさなかったことに胸をなでおろした。

ケイドは手足を投げだすようにして椅子に座っていた。栗色の髪が手でかきむしったように乱れている。タイをはずして胸もとを開けているせいで、首の傷痕がはっきり見えている。

その姿は獲物を待ち伏せしているヒョウを思わせた。

メグはこぶしを胸に当てて落ち着こうとした。「ここでなにをしているの？　そもそも、どうやってはいってきたの？　まさかエイミーに頼んで入れてもらったわけじゃないでしょう？」

「ああ、ちがう。ぼくがそんなことを頼んだら、彼女は言葉を失っていただろう。たんすの裏にある隠し扉を使ったんだ」

メグは仰天した。「隠し扉ですって？　そんなものがあるなんて全然気がつかなかったわ」

「それはそうだろう。だから隠し扉と言うんだ。猜疑心の強い先祖のひとりがこの屋敷を建てたとき、ほぼ全室にそれをつけた。ぼくたち兄弟は子どものころ、秘密の通路を探しまわって遊んだものだ。それでもすべてを把握できたのは、おそらくエドワードとぼくだけだろう」

「最終的にはどこにつながってるの？」

「ほとんどが使用人用の階段室につながっているが、いくつか地下室に通じるものもある。幸いなことに、この部屋の通路はたまたま家族用のダイニングルームに続いていた。夜遅い時間には誰もいなくなる部屋だ。特にこんな夜更けには」

メグの鼓動がようやく普通の速さに戻り、緊張していた肩から力も抜けてきた。「でもこんな時間にどうして？」

「きみと話がしたかった。今朝そう言っただろう」

「ええ、けれどあと数時間ぐらい待てるでしょう。わたし……あの、とても疲れてるの」

だが本当のことを言うと、メグはもう疲れを感じていなかった。寝室の隅に人影を発見したときの驚きで、眠気などどこかに吹き飛んでいた。それでもいまは話をしないほうがよさそうだと思った。ケイドのふるまいはいつもの彼らしくないし、こちらももう服を着替えている。メグは自分がネグリジェ姿であることをふいに思いだし、薄いガウンの前を合わせた。

脈がふたたび速く打ちはじめたが、今度は恐怖からではなかった。

「きみが疲れていようがいまいが、これ以上待つ気はない。ぼくは朝から一日じゅう待っていた。もう我慢も限界だ」ケイドは言った。

「脚が痛むの?」

「脚のことじゃない! さあ、教えてくれ。いつからあの男と会っていた?」

「なんですって?」メグは突然話題が変わったことにとまどい、目をしばたたいた。

「あいつに協力を求められたのか、それともほかになにか企んでいるのか」

「協力を求められた? なんのことだかさっぱりわからないわ」

ケイドは驚くほどすばやく椅子から立ちあがり、大またで三歩進んでメグに迫った。

「きみはあの男に協力しているんじゃないのか。早朝にこっそり会い、いろいろ教えているんだろう。あいつになにを話した?」

メグはようやくケイドの言っていることを理解した。どうしよう、ケイドにエヴェレット卿とのことを知られてしまった！　メグの心臓がまたもや激しく打った。

ケイドはメグの目をのぞきこんだ。「そうだ、きみたちがひそかに会っていることはわかってる」彼女の目に答えが浮かぶのが見えた。「教えてくれ、ミス・アンバリー。きみたちはどれくらい深くつながってるんだ？　きみは誰を裏切った？　ぼく以外の誰を？」

メグは頭が真っ白になっていたが、ケイドのその言葉にふとわれに返った。「わたしは誰も裏切ってなんかいない！　もちろんあなたのこともよ」

ケイドは笑ったが、その声はうつろで乾いていた。「ぼくを見くびらないでくれ。エヴェレットのような男は、なにも得るものがないとわかっていながら、ただ女性との密会を楽しむようなことはしない。あいつにどんな情報を教えたんだ？」

「なにも教えてないわ！」

ケイドは氷のように冷たい表情になった。「あいつに、どんな情報を与えた？」ひとつひとつの言葉をはっきり発音し、不気味なほど静かな声で訊いた。

「情報なんか与えてないわ。一緒に馬に乗りながら、話をしているだけよ」

「どんな話を？」

「ほとんどが他愛《たあい》のない世間話よ。なかなか思ったとおりにはいかないわ」

ケイドは眉をひそめた。「それはどういう意味だ？」

「つまり、情報を引きだそうとしているのは彼のほうじゃないの。なにか手がかりになることを聞きだせないかと思っているのは、わたしのほうなのよ。わたしがあんな人に協力しているなんて、本気で思ってるの？　彼は邪悪な人間よ。見ればすぐにわかるわ」

「だとしたら、社交界の連中のほとんどは目が悪いことになる」

「その点についてはわたしも同感よ」

　ケイドはしばらくメグの言ったことについて考えた。「きみは本当にあの男とつながってないんだな？」

「ええ、そんなことは絶対にありえないわ。さあ、わたしに謝ってもらえるかしら、閣下。わたしにもいろいろ欠点はあるけれど、少なくとも人を裏切ったりはしない」メグはひとつ大きく息を吸った。「あの夜、あなたがエヴェレット卿について言ったことを聞いたわ。それはすべて真実だと信じている。だからあなたの力になりたかったの」

　ケイドは長いあいだじっとメグの顔を見ていた。「ぼくの力になりたいとはどういうことだ？　ひょっとしてあの男の罪を白日のもとにさらしてやろうと、自分からわざわざ近づいたというのか？」

「それともうひとつ、あなたが正しいことも証明したかったの」メグはうなずき、熱を帯びた口調で言った。「これは完璧な計画よ。向こうはわたしがどういう人間かを知らないんだから、まさか下心があって近づいてきたなんて思わないでしょう」

ケイドはこぶしに握った手を太ももに押しつけ、ますます険しい表情を浮かべた。「どうしてそう言いきれるんだ。あの男はぼくたちが婚約していると思ってるんだぞ」

メグはふんと鼻を鳴らした。「そんなことは関係ないわ。わたしは彼に——とてもいやだったけど——婚約者が戦争のときの話になると、わけのわからないことを言いだして困ってると訴えたの。それに自分を殺そうとした人間を許すなんて、エヴェレット卿はなんと心の広い人だろうと感激しているとも言ったわ。あなたは素晴らしい人格者だとおだてたり、どうしてそんなに勇気ある行動ができるのかと不思議がってみせたりすると、彼はクジャクが羽を広げるように得意がるのよ。あれほどのナルシストにはなかなかお目にかかれないわね」

ケイドはあごをこわばらせた。「きみの言うそのナルシストは、天才的な戦略家だ。うわべにだまされて、あいつを軽く見てはいけない。彼は危険すぎる男だ。今後一切、近づくんじゃない」

「もう少しでうまくいきそうなの。表面的にはなにも進歩がないように見えるかもしれないけど、あとひと息で重要な手がかりをつかめそうな気がするのよ」

ケイドの目が光った。「いますぐそのことは忘れて、次のパーティのことでも考えるんだ。エヴェレットの件からは手を引くと約束してくれ」

メグは目をそらし、めくれたシーツを指先でなぞった。「考えておくわ」

ケイドはメグの肩に両手をかけて軽く揺すり、その目をまっすぐのぞきこんだ。「考える、、ことはなにもない。あの男との駆け引きは終わりだ。もう金輪際あいつとかかわらないでくれ」

「でもわたしが急に会うのをやめたら、あの人は不審に思うかもしれないでしょう。彼になんと説明すればいいの？」

「なにも説明する必要はいい。ただ口をきくのをやめるんだ。向こうがなにか訊いてきたら、〝いかれた少佐〟に自分たちのことを知られ、二度と会わないように釘をさされたと言えばいい」

「でもケイド——」

ケイドは首をふった。「話は終わりだ。今回のことに関しては一歩も譲るつもりはない。きみのスパイとしての活動も今日かぎりということだ」

メグはつんとあごを上げた。「それはあなたが決めることじゃないわ。そもそも、あなたはほんの数分前まで、わたしがエヴェレット卿に情報を提供しているといって責めてたのよ」

「数分前までは、きみがこれほど向こう見ずで頑固な性格だとは知らなかった」

「あなたほどじゃないわ」メグはふと、ケイドと自分の体が数インチも離れていないことに気づいて黙った。彼の手がまだこちらの肩をつかんでいる。ふたりを隔てているのは、ガウンとネグリジェの透きとおるほど薄い生地だけだ。急に息が浅くなり、肌が火照ってきた。

「ぼくときみはちがう」

「どうして？　わたしだって彼の正体を知ってるのよ」

メグの肩をつかんだケイドの手に、ぐっと力がはいった。「いや、きみはなにもわかってない。あの男は目的を果たすためなら、どれほど残酷なことでも平気でやってのける人間だ。あいつが若い女性を拷問して殺すのを、ぼくはこの目で見たことがある」

それがカリダのことだと、メグにはすぐにわかった。ケイドの顔には激しい苦悶の表情が浮かんでいる。それだけ深く彼女のことを愛していたのだろう。いまでもまだ愛しているのだろうか。

「やつに二度と同じことをさせるつもりはない」ケイドはうなるように言った。

「彼がわたしになにかすると思ってるの？」メグは驚いて訊き返した。「それなら心配いらないわ。ロンドンの街中でそんなことはできないでしょう。そこらじゅうに人がいるんだし、いくらあの人でも手は出せないはずよ」

ケイドはメグの目を見据えた。「まわりに人がいても、それで安心ということにはならない。一番安全なのはあいつに近づかないことだ。さあ、約束してくれ」

ケイドはさらにメグとの距離を詰めた。彼の好きな白檀《びゃくだん》の石けんの残り香と、さわやかな男性の汗のにおいがメグの鼻をくすぐった。さらに深く息を吸いこむと、かすかに別のにおいも感じられた。彼自身のにおいだ。メグは体の奥が震えるのを感じ、ケイドの首筋に顔をうずめたい衝動と闘った。

後ずさると、ネグリジェとガウンのすそがすれて小さな音がし、ふくらはぎがサテンのカバーのついたマットレスにぶつかった。「ええ……もうエヴェレット卿と乗馬には行かない。二度とふたりきりでは会わないと約束するわ」

ケイドはメグの肩を親指でなでた。「きみがあの男とふたりきりでいたのかと思うとぞっとする。どうしてやつのふところに飛びこむようなまねをしたんだ」

「わたしは……そんなつもりじゃ……」だがそう言いかけたとたん、メグははっとした。人のほとんどいない早朝に公園で彼と会うということは、つまりはそういうことなのだ。それにここ数日は、馬丁も連れていかなかった。たしかに自分は油断し、軽はずみなことをしてしまったのかもしれない。それでも結局、危険な目にはあわなかった。

ケイドはメグの胸のうちを読んだように、その体を軽く揺さぶった。「なにが起きてもおかしくなかったんだぞ。まわりに誰も止める人間がいなければ、あいつはきみにどんなことでもできただろう。そう考えただけで血の気が引きそうだ」

ケイドは片方の手をメグの肩から離して首筋に当てた。「ぼくはまだきみに……」親指の先であごの線をゆっくりとなぞった。

メグの心臓の鼓動がふたたび乱れた。脈が激しく打っているのが、ケイドの手にも伝わっているにちがいない。

「……説教を続けるべきなのか、それとも……」ケイドはつぶやき、メグのあごの下をなでた。

メグはめまいを覚えた。「それとも？」

ふたりはしばらく見つめあったまま動かなかった。やがてケイドは彼女の鼻から頬へと視線を移し、熱っぽい目で唇を見た。

メグは息を呑んだ。

「これだ」

そう言うとケイドは彼女の唇を奪った。無謀なことをした罰のようにも、誘惑しているようにも取れるキスだった。メグはそれが自然な流れであるかのように、抵抗することもなく彼のキスを受けいれた。ふたりはまるで毎晩そうしているのではないかと思うほど、情熱的に唇を重ねた。

ケイドは顔を少し傾けてさらに濃厚なキスをした。片手で彼女の頬を包み、唇を開かせて舌を入れた。口の中を焦らすように愛撫され、メグは頭がくらくらして全身から力が抜けるのを感じた。

そしていけないことをしているという後ろめたさも恥ずかしさも忘れ、燃えあがる欲望に身を任せた。ケイドの体に両腕をまわしてシルクのベストの下に手を滑りこませると、薄い綿のシャツの生地越しに温かくたくましい背中の感触が伝わってきた。

ケイドはメグの華奢な手に触れられてぞくりとし、股間が硬くなった。彼女にキスをした瞬間に、自分がとんでもないあやまちを犯してしまったことに気づいた。彼はいつのまにかメグにのめりこんでいた。彼女が欲しくてたまらず、頭がおかしくなりそうだった。何日も……何週間も……いや、もう何カ月も前から、彼女を抱きたくてしかたがなかった。

だが今夜ここに来たのは、メグを誘惑するためではなく、エヴェレット卿とのことを問いつめて白状させることが目的だった。メグがエヴェレット卿とひそかに会っていることを知ったとき、ケイドは激しい怒りを覚え、裏切られたという無念の思いにとらわれた——それまで抱いていた彼女への信頼が音をたてて崩れていった。メグがなにかを企んでこちらをだまそうとしているか、愚かにもエヴェレット卿の罠にかかったということ以外には考えられなかった。もしやふたりが体の関係を結んでいるのではないかと思うと、いても立ってもいられず、檻《おり》にとらわれた獣のように部屋の中を行ったり来たりしながら、メグが帰ってくるのを待っていた。

だがメグの口から出た真実は、ケイドの思っていたこととはまったくちがっていた。ケイドは彼女を疑った自分を深く恥じた。しかもメグは具体的な証拠がなにもないのに、エヴェレット卿についてのケイドの言い分を無条件で信じると言ってくれたのだ。その言葉に、ケイドの心に温かい火が灯り、メグが自分のためにどれほどの危険を冒したのかを知って胸が

脱がせながら思った。手に入れる権利のないものが欲しくてたまらず、すっかり正気を失っている。ネグリジェのボタンに手をかけようとして一瞬ためらったが、やがてひとつ目のボタンをはずした。

そしてあごや首筋にキスの雨を降らせ、耳たぶを軽く噛んだ。耳にそっと息を吹きかけると、彼女の体が震えるのが伝わってきた。「やめろと言ってくれ。ぼくを突き飛ばしてくれないか」

ケイドの腕の中にいるにもかかわらず、メグはその声がどこか遠くから聞こえているような気がした。めくるめく悦びに包まれ、ただ彼のキスと愛撫が欲しいということしか頭になかった。

ここでやめられるわけがない。心と体が狂おしいほどケイドを求めている。彼を手に入れられるなら、この命を引き換えにしてもかまわない。こんなに愛しているのに、どうしていまここで彼を突き飛ばすことができるだろう。メグははっとし、そのとき初めて自分の気持ちに気づいた。

ああ、なぜいままで気がつかなかったのだろうか。わたしはケイド・バイロンを愛している。

メグはただケイドと離れたくない一心で、その頬と唇にくちづけてささやいた。「やめないで。わたしのそばにいて」

ケイドの瞳がきらりと光り、溶けたグリーンのガラスを思わせる輝きを帯びた。そしてもどかしそうな手つきでネグリジェのボタンをはずしはじめた。繊細な生地をもう少しで破りそうになりながらボタンをはずし終えると、ネグリジェを肩から脱がせてメグの上半身をあらわにした。むきだしの乳房を両手で包み、大切なものを扱うように丁寧に愛撫した。親指でさすって乳首をとがらせ、それから口に含んだ。

メグの唇からすすり泣くような声がもれ、脚のあいだが熱くなった。体の奥が満たされたいと泣いている。歯で軽くこすられて思わず大きな声をあげると、彼が舌の先で慰めてくれた。しばらくしてケイドは顔を上げ、ふたたび情熱的なキスをした。メグに腰を押しつけて激しい欲望を伝え、そのままベッドに押し倒した。

メグはケイドに促されるまま、ぞくぞくしながらシーツに横たわった。体が熱くなったり冷たくなったりしている。ケイドがベストをちぎるように脱ぎ捨てると、ボタンがふたつ取れて床に転げ落ちたが、本人はまったく気にしていないようだった。ベストの次はシャツを脱ぎ、それから足を軽くふって靴を脱いだ。

メグは期待と不安が入り交じった気持ちで、ケイドが裸になるのを見ていた。ズボンの下に隠れているものを見たいような、見るのが怖いような気分だった。ケイドは大柄な男性だ。もし自分が想像しているよりも大きかったら、どうすればいいのだろう。

だがケイドはメグにそれ以上考える暇を与えず、ズボンを穿いたまま怪我をしていないほうの脚をついてベッドに乗った。彼女の上におおいかぶさって唇を重ね、官能的なキスをした。メグは天上にいるような悦びに包まれた。もう彼のこと以外なにも考えられない。ケイドは唇に受ける彼女の甘い吐息に微笑み、さらに濃厚なキスをした。

そのあいだもずっと両手で愛撫を続け、ゆっくり焦らすようにあちこちの肌をなでていた。メグは湧きあがる情熱にしきりに身をくねらせた。ケイドはメグの脚を開かせてそのあいだに片方のひざをつき、彼女のもっとも敏感な部分に太ももを当てた。ネグリジェの生地が腰にからまる感触に、メグの欲望はますます高まった。

ケイドはいったん顔を離し、メグの頬や首筋、鎖骨や肩にキスをすると、胸のあいだに一本の線を描くように唇をはわせた。片方の乳房を手で包み、もう片方を歯と舌と唇を使って愛撫する。しばらくして手と口を入れ替え、左右の乳房をじっくりと味わった。

メグもケイドの体に手をはわせた。筋肉質の腕や肩をさすり、たくましい背中をなでおろすと、彼の口からうめき声がもれ、体が震えるのが伝わってきた。なめらかで引き締まった肌をなでているうちに、メグはどんどん大胆になってきた。ズボンのウェストバンドに手をかけ、そっと指をなかに滑りこませた。背骨のくぼみに指をはわせると、彼の唇からまたしてもしぼりだすような声がもれた。

ケイドは硬くいきりたった下半身をメグの腰に押しつけ、太ももを高く上げて熱く濡れた部分をさすった。そして乳房を強く吸って手を動かした。メグは身もだえしながら、とぎれとぎれにあえいだ。快楽の波に呑みこまれて頭がぼんやりし、時間の感覚を失った。

ケイドがふいに上体を起こすと、メグの胸もとの肌が空気に触れてひんやりした。ケイドはネグリジェを頭から脱がせ、彼女を全裸にした。

メグはとっさに前を隠そうとしたが、ケイドがそれを止めて彼女の手を体の脇に下ろした。

「きみはとても美しい」真剣な表情で言った。「美しいことはわかっていたが、まさかこれほどだったとは」

そしてメグのみぞおちに手のひらを当て、軽く滑らすようになでた。ヒップと太ももをなでおろし、ひざに円を描くと、今度はふくらはぎから足首まで愛撫した。それからふたたび手を上に向かわせ、柔らかな太ももの内側をくり返しさすった。メグは体を震わせ、大きなあえぎ声を出した。ケイドが彼女の秘められた部分のすぐ近くで手を止めた。

「ケイド?」メグは震える声で言った。

「目を閉じてくれ。ぼくが快楽の世界に連れていってあげよう」

「でも……もう連れていってもらってるわ」

「よかった。だったら、いまよりもっと大きな悦びを教えてやろう」ケイドは彼女の脚を開かせ、熱く濡れた部分に指を一本入れて動かしはじめた。

メグが背中を浮かせると、彼の指がさらに奥まではいった。彼女の体が反応し、熱いものが内側からあふれてきた。ケイドに言われたとおりまぶたを閉じ、シーツの上でしきりに顔の向きを変えた。下腹部が燃えるように熱くなっている。浅く荒い息をつき、大胆に脚を開いた。

ケイドは甘くとろけるようなキスをしながら、メグの中に入れた指を動かした。もう一本指を入れて彼女をいっぱいに満たすと、その唇からくぐもった快楽の叫び声がもれた。次の瞬間、禁断の部分を親指でなでられ、メグはケイドの髪をつかんで絶頂に達した。

だがケイドは容赦せず、濃厚なキスと愛撫でふたたびメグの欲望に火をつけた。快感が大きなうねりとなって押し寄せ、メグはなすすべもなくただ解き放たれるときを待った。しばらくしてケイドがようやく彼女を高みに昇らせてくれた。

メグは喜悦の波間をただよいながら、ケイドがズボンを脱いで床に放る音をぼんやりと聞いていた。彼が隣りに横たわると、毛でざらざらした脚が彼女の脚に触れた。あらためて間近で見てみると、胸にもゆるやかにカールした褐色の毛が生えている。

メグは視線を下に移し、思わず目を丸くした。口がからからに乾いてきた。ケイドの男性の部分は想像していたよりもはるかに大きく、こちらの愛撫をせがむようにかすかに動いている。だがメグが勇気を出してそこに触れる前に、ケイドが上におおいかぶさってきた。

彼女の脚をさらに大きく開かせ、そのあいだに両ひざをついた。硬く突きだしたものがメグの敏感な肌に触れている。ケイドは腕で自分の体重を支えながら、ゆっくりと彼女の中にはいった。

メグはケイドの顔を見た。その目は欲望でぎらつき、なにかをずっと我慢してきたように頬が赤みを帯びている。ケイドは自分の欲望を満たすことよりも、彼女の快楽を優先させてくれたのだ。メグはケイドの背中に抱きつき、力を抜いて彼を迎えようとした。だがケイドが腰を沈めるにつれ、痛みがどんどん強くなってきた。

ケイドは慎重に奥に進みながら、メグに優しくキスをした。少しずつ腰を動かし、最後にひとつ大きく突くと、ふたりの体が完全にひとつになった。メグはあまりの痛みに悲鳴をあげたが、ケイドがその声を呑みこんで唇と手で慰めた。

顔にかかったメグの髪を後ろになでつけ、頬とこめかみにくちづけた。「すまない」そのしぼりだすような声には、メグへの欲望と思いやりが入り交じっていた。「最初のときはどうしても痛いんだ。少しじっとしていれば楽になる」

ケイドの言葉どおり、まもなく内側の筋肉が柔らかくなって痛みが引いてきた。ケイドに促され、メグは彼の腰に脚をからめた。

その体勢を取ったことで、ケイドをさらに深く迎えいれることになった。ケイドはそれまでの抑制から解き放たれたように、いったん腰を引いてまたすぐに奥まで突いた。情熱的なキスをしながら、彼女を揺さぶるように速く深く突き、その欲望をふたたび燃えあがらせた。

メグは官能の嵐に巻きこまれ、ほとばしる情熱に身を任せた。背中を弓なりにそらし、ますます速くなるケイドの動きに合わせた。

ケイドが片手を上げ、メグの体に触れた。まず乳房を愛撫すると、次にふたりが結ばれている部分に手を伸ばす。禁断の箇所をさすられ、メグはケイドの名前を呼びながら身もだえした。もうこれ以上我慢できないと思ったそのとき、ケイドが彼女の腰の位置を整えてさらに深く激しく突いた。

メグの頭が真っ白になり、信じられないほどの快感が全身を貫いた。ケイドにしがみつきながら快楽の叫び声をあげると、彼が唇を重ねてそれを呑みこんだ。メグは体を震わせ、夢のような悦びの余韻にしばし酔いしれた。

やがてだんだん意識がはっきりしてくると、彼がまだ中にはいってこちらを揺さぶっていることに気づいた。ケイドはいったん唇を離して彼女の首筋に顔をうずめ、荒い息をつきながら激しく腰を動かした。

まもなくシーツをきつく握りしめてクライマックスを迎え、メグの中に温かいものをそそぎこんだ。そして全身を荒々しく震わせながら彼女の上に崩れ落ちた。メグはケイドの髪をなでて汗ばんだこめかみにくちづけ、彼への愛が胸にあふれるのを感じた。

しばらくしてケイドはメグの体から離れ、怪我をした脚に負担がかからないように気をつけて仰向けになった。それからメグをしっかりと抱き寄せ、たちまちのうちに眠りに落ちた。

メグもケイドの温かい胸に抱かれ、そのにおいを吸いこみながら目を閉じ、すぐにうとうとしはじめた。

16

翌朝早くメグが目を覚ますと、穏やかな陽射しがカーテン越しに部屋にそそぎこんでいた。隣りに手を伸ばしてケイドを探したが、指に触れたのはひんやりしたリネンのシーツだけだった。メグはぱっちり目を開け、昨夜ケイドが寝ていたところを見た。ベッドの反対側はがらんとし、彼が使っていた枕の中央がわずかにくぼんでいる。

メグは落胆し、ケイドがまだそばにいるのではないかと、ちらりとでも期待した自分を愚かだと思った。ばかね、いるわけがないじゃないの。心の中でつぶやいた。夜明けとともに使用人が起きてきて、まだ眠たそうな顔で朝の挨拶を交わしながら、働き者の蟻の群れのように一日の仕事を開始する。いくら分別をわきまえたクライボーン邸の使用人であっても、わたしとケイドが一緒にいるところを見られるわけにはいかない。ケイドはわたしの評判を守ろうとしてくれたのだから、そのことに感謝しなくては。

彼がいつここを出ていったのかは知らないが、きっとわたしを起こさないように気を遣ってくれたのだろう。いや、さっきまでわたしは泥のように眠っていたので、ケイドが床を踏み鳴らして手を叩いても起きなかったかもしれない。昨夜は結局、二時間ぐらいしか寝られなかった。

ケイドに何度も愛され、体はへとへとに疲れている。

そのときのことを思いだし、メグは頬を赤らめた。これまでも男女の営みについてときどき思いをめぐらし、男性とベッドをともにするのはどういう感じだろうと漠然と考えたことはある。でもいざ経験してみると、それは快楽という面でもわたしの想像をはるかに超えていた。いまでも体じゅうが深い悦びで震えている。

純潔を失ったことを後悔するべきなのかもしれないが、そうした気持ちは湧いてこない。愛する男性に身を捧げたことを、どうして悔やむ必要があるだろうか。そう、わたしは一点の曇りもなくケイドを愛している。

でも彼のほうはどうだろう。

メグはかすかに眉根を寄せた。

ケイドは昨夜、愛という言葉をひと言も口にしなかった。いつわりの婚約を本物に変えようとも言ってくれなかった。

だが、きっと近いうちにそう言ってくれるにちがいない。昨夜はその時間がなかっただけだろう。次に顔を合わせたとき、わたしを誰もいない場所に連れだし、抱きしめて愛を告白してくれるはずだ。

でも、もしそうしてくれなかったとしたら？　ケイドは亡くなった女性をまだ愛しているかもしれない。彼はカリダが殺されるのを目のあたりにし、心に大きな傷を負っている。まだとても前に進む気になれなかったとしてもおかしくない。もう一度、人を愛するには、まだ早すぎるだろうか。わたしを愛してはくれないだろうか。

昨夜のことも、愛情とは関係なく、ただ肉欲に突き動かされただけだったということもあるだろう。海軍将校や水兵に囲まれて育ったわたしは、男性というものがどういう生き物であるかを知っている。彼らは愛がなくても、女性とベッドをともにすることができる。ケイドも一時の欲望に負けただけなのだろうか。いまごろになって、わたしと結ばれたことを後悔しているかもしれない。

メグは不安な気持ちをふりはらい、上掛けをめくってベッドを出ようとした。そのとき自分がなにも着ておらず、太もものあいだが血で汚れていることに気づいた。いままで裸で寝たことはなく、ふいに心もとなく感じた。

血のついたシーツを自分で取り替えることはできない。メイドが月のもののせいだと思ってくれることを願うばかりだ。

そのときベッドの足もとに、きれいにたたまれたネグリジェとガウンが置いてあるのが目にはいった。ケイドが部屋を出る前にそろえていってくれたのだ。メグはケイドの心遣いを嬉しく思いながら、それらを持って洗面室に向かった。

数分後、体をふいてさっぱりして寝室に戻ってきた。ネグリジェとガウンを身に着け、もう少し寝ようかどうしようか迷っていると、椅子の下でなにかがきらりと光ったのが見えた。不思議に思いながら近づき、それを拾いあげた。

金のボタンだった。メグはその小さな丸い金属を手のひらに載せ、しげしげとながめた。昨夜、ケイドのベストから取れたボタンだ。彼が服を脱ぐとき、ボタンがふたつちぎれて落ちたのを覚えている。ケイドの一糸まとわぬ姿を思いだし、メグの全身がかっと火照った。

もうひとつのボタンはどこかと、じゅうたんの上を探したが、なにも見つからなかった。たぶんケイドが拾って持っていったのだろう。メグはボタンを見つめ、パイナップルの浮きだし模様を親指でなでた。すぐにケイドに返したほうがいいことはわかっていたが、鏡台の上に立てかけてある絵の隣りに置いた。

その絵は何週間も前、エズメがケイドとメグを描いてくれたものだった。最初にそこに置いたときには、絵の才能に恵まれた愛らしい少女からの贈りものなので、いつも見える場所に飾っておくのだということで自分を納得させていた。でもいまになってわかった。わたしはケイドの姿が描かれているから、この絵を飾りたかったのだ。メグは指先でそっと絵をなで、目を閉じてケイドを想った。

ケイドは早朝に目を覚ましてノックスを呼んだ。家族が起きてきて朝食を一緒にとろうと言う前に、服を着替えて屋敷を出るつもりだった。

ノックスの手を借りて身支度を整え、淡黄褐色のズボンと濃紺の上着を身に着けた。だがノックスが立ち去ったあとも、ケイドは罪の意識にさいなまれながらその場に佇んでいた。

自分はなんということをしてしまったのか。近くにあった椅子に腰を下ろしながら思った。昨夜は完全に冷静さを失っていた。メグに唇を重ね、その肌に指を触れただけで、理性も分別も誇りすらも煙のようにかき消えてしまった。

たぶん禁欲生活があまりに長かったせいだろう。売春宿にでも通って適当に欲求を満たしていれば、メグの魅力にわれを忘れることもなかったのではないか。それでも彼女への欲望はあまりに強く、たとえ本人からやめてと言われても、途中でやめられたかどうか自信はない。

昨夜は自分のことを突き飛ばしてくれと、文字どおりメグに懇願した。だが彼女は突き飛ばすどころか、喜んでこちらを腕に抱き、最後にはベッドに迎えいれてくれた。

これが誰かほかの男なら、彼女にも責任の一端はあると言うかもしれない。でもそれはちがう。メグはまだ無垢で、男女の営みの本当のところを知らず、ことの重大さにも気づいていなかったのだ。すべての責任は、経験豊かな自分にある。紳士であればいますぐ彼女に結婚を申しこみ、いつわりの婚約を本物に変えるべきところだろう。

ケイドは胸のうちで悪態をつき、きれいに整えたばかりの髪をぼさぼさにかきむしった。

誰とも結婚したくないという気持ちは、ノーサンバーランドを出たときとまったく変わっていない。カリダはいまなおこの心に住みついている。彼女が命を奪われたときの記憶も鮮明だ。それでも最近は、かつて愛を誓った優しく明るい女性のことよりも、メグのことを考える時間のほうがはるかに長くなっている。

カリダが亡くなってからまだ一年もたっていないのに、彼女のことをだんだん忘れつつあるとは、自分はなんと薄情な男だろう。ある女性の死を悼《いた》みながら、別の女性への欲望に身を焦がすとは。しかも手を出した相手は、疑うことを知らず、こちらの庇護のもと暮らしている無垢な娘だったのだ。ケイドの胸を二重の罪悪感が締めつけた。

亡くなったカリダに自分がしてやれることはなにもない。でもメグは……いや、彼女には自分などよりもっとふさわしい相手がいるはずだ。戦争で負傷し、頭がいかれたと噂されている元軍人ではなく、彼女だけを心から愛してくれる男が。メグにふさわしいのは、肉体と心の痛みをまぎらわすため、僻地《へきち》に引きこもって酒に溺れていたような男ではない。

またああした生活に戻るのは簡単だ。いまでもまだ酒の誘惑に負けそうになることがある。太ももの傷がうずくとき、そして悪夢にうなされるとき、無意識のうちに酒を探している。それでもけっして酔うほど飲まないのはメグのためだ。だが昨夜はしらふであるにもかかわらず、あんなことをしてしまった。

純潔は奪ったが、彼女の人生まで壊すわけにはいかない。

もちろん、もう手遅れかもしれないことはわかっている。ほとんどの男は、バージンでない娘とは結婚したがらないものだ。でも本人が打ち明けないかぎり、メグに言い寄ってきている男がそのことを知ることはない。彼女を本当に愛しているなら、いずれ真実を知ってもきっと許してくれるだろう。たとえばマックケイブ大尉はどうだろうか……。ケイドは大尉の顔を思い浮かべ、ぐっとこぶしを握りしめた。マックケイブにならメグを託してもいいのではないか。彼は寛大な人物に見える。あの男が彼女に夢中であることは一目瞭然なのだから、メグがまだ彼に白羽の矢を立てていないのがむしろ不思議なぐらいだ。

ケイドは立ちあがって窓際に行った。外の景色をながめていたが、実際のところその目にはなにも映っていなかった。ほかの誰かがメグとベッドをともにし、彼女の体に触れるのだと思うと、突然激しい怒りが湧いてきた。目を閉じて窓ガラスに額を押しつけ、くり返し自分に言い聞かせる。彼女にふさわしいのはお前ではない。いくらメグのことが欲しくても、お前が相手では彼女が不幸になるだけだ。

とはいえマックケイブもほかの男も、メグとの結婚に尻込みするかもしれない。そのときは自分が責任を取ることにしよう。いざとなったら結婚してもかまわない。メグの評判が傷つき、世間から後ろ指をさされるような事態だけはなんとしても避けるつもりだ。でもしばらくはこのまま様子を見て、メグとのあいだに距離を置くことにしよう。そのほうがお互いのためだ。

それが容易なことではないのはわかっている。この腕の中で身もだえしながら甘い吐息をもらしていた彼女の姿、温かい手袋のように包んでくれた彼女の体。その記憶を葬り去るのは、もう一度拷問を受けるようなものだ。だが、そうするしかない……そうできるよう願うしかない。

ケイドは顔をしかめ、下半身に視線を落とした。少しメグのことを考えただけでこのありさまだ。できることならいますぐ彼女の部屋に行き、その肌に顔をうずめたい。

厩舎の庭に視線を移し、朝の仕事にいそしむ馬丁を見ながら、ケイドは平静を取り戻そうとした。少なくともメグはこちらの言うことを聞き、今朝はエヴェレットとの乗馬に出かけるのをやめたらしい。ル・レナールのまわりを嗅《か》ぎまわってその正体を暴こうとするとは、なんと向こう見ずな女性だろう。実に大胆でばかげたことをしたものだ――この自分のために。

だがエヴェレットとのことに決着をつけるのは自分の役目だ。すでにひとりの男を雇ってエヴェレットを見張らせていたが、メグと公園で会っているのを突き止められなかったことを考えれば、そいつが失敗したのはあきらかだ。その男は即刻おはらい箱にした。ほかにもっと頼りになり、猫のように相手に勘づかれることなく尾行ができる人物を知っている。エヴェレットがなにかおかしな動きをすれば、すぐにこちらの知るところとなるだろう。そしてあの裏切り者の悪党が尻尾を出したとき、自分がかならずこの手でつかまえてみせる。

ケイドの欲望の炎がようやくおさまってきた。メグと顔を合わせたくなかったので、そろそろ出かけることにした。ステッキを手に取って部屋を出ると、外で待っている馬車のところに向かった。

「ケイドは来ないの?」その日の夜、玄関ホールでほかの人たちを待ちながら、メグはマロリーに尋ねた。

マロリーは白い手袋を着け終えてメグの顔を見た。「ええ、今夜は用事があるんですって。聞いてなかったの?」

「わたし、あの……そうだったわね。うっかり忘れてたわ」メグは落胆していることをマロリーに悟られないように、淡い桃色をしたシルクのイブニングドレスのしわを伸ばすふりをした。「あの人はもともとオペラが好きじゃないし」

マロリーはくすくす笑った。「ソプラノを聴くぐらいだったら、フクロウの鳴き声を聞くほうがまだましなんですって。ケイドの気持ちがさっぱりわからないわ。わたしはオペラが大好きだもの」

メグはからかうような目でマロリーを見た。「本当にそうなの? あなたがオペラを楽しみにしているのは、ある男性と会えることも理由のひとつじゃないかしら。今夜はハーグリーブス少佐もいらっしゃるんでしょう」

「へえ、知らなかったわ」マロリーはそっけない口調で言った。

ふたりは顔を見合わせ、声をあげて笑った。

メグが少佐とのことをもっと詳しく訊こうとしたとき、エドワードが現われた。それからしばらくして公爵未亡人が階段を下りてやってきた。あざやかな深紅色のサテンのドレスをまとったその姿は、貴婦人としての気品に満ちあふれている。玄関ホールの大理石の床をこちらに向かって歩きながら、召使いからマントを受け取った。

「準備ができたなら出発しようか」エドワードが言った。

一時間後、メグはクライボーン公爵家のボックス席に座り、上の空でオペラを聴いていた。顔に笑みをたたえていたものの、心は暗く沈んでいた。どうしてケイドは一緒に来なかったのだろう。今日は朝から一度も彼を見ていない。

朝、エイミーを呼んで着替えをすませると、メグは不安と期待の入り交じった気持ちで朝食室に行った。ケイドに会えるものだとばかり思っていたが、そこには彼の姿はなかった。熱い紅茶を飲み、さくさくしたスコーンと卵料理を食べているとき、ケイドが朝早く馬車の準備を命じてどこかに出かけたことを聞かされた。メグはなんでもない顔をし、内心の動揺と失望を隠した。

今日も午前中からぎっしり予定が詰まっていたので、それからの時間はまたたく間に過ぎていった。だがメグは心のどこかで、ケイドが外出先から戻り、自分をエスコートしてくれることを待っていた。そのとき彼はメグを脇に連れだし、ふたりきりで話をしようとするはずだ。

だが結局、ケイドは帰ってこなかった。

きっと忙しくてその暇がなかったのだろう。舞台に登場したオペラ歌手のテノールをぼんやり聴きながら、メグは自分に言い聞かせた。もしかすると昨夜のように、みんなが寝静まってから寝室に忍びこんでくるつもりなのかもしれない。メグの肌がぞくりとし、口もとに夢を見ているような笑みが浮かんだ。

やがて幕間《まくあい》の時間になり、メグたちは友人や知人に挨拶をしようとボックス席を離れ、ろうそくの光で照らされたロビーに向かった。予想どおりハーグリーブス少佐が現われると、マロリーは嬉しさを隠そうともせずに彼と話しはじめた。エドワードはいささか堅物そうなふたりの年配の紳士から、政治の話に引っぱりこまれた。公爵未亡人はというと、幼なじみらしい友人たちとおしゃべりをしている。

周囲にはたくさんの人がいたが、メグはひとりぽつんと取り残され、小さなグラスから甘いリキュールをひと口飲んだ。そのとき誰かがそっと肘に触れてきた。メグは顔を上げて目を見開いた。そこに立っているのは、明るく輝く金色の髪をし、真っ白な歯を見せて微笑んでいる長身の男性だった。心臓がひとつ大きく打ったが、それは嬉しい驚きからではなかった。

「ミス・アンバリー、こんなところでお目にかかれるとは光栄です」エヴェレット卿は優雅にお辞儀をした。「あなたのお姿が見えたので、ご挨拶にうかがいました」

「あら、その、こんばんは、閣下。あなたがいらっしゃっているとは……知りませんでしたわ」

「今夜のオペラには上流階級の人びとのほとんどが来ているようです。あなたもそのひとりでよかった」

　メグは足もとに視線を落とし、声が震えないよう祈りながら言った。「まあ、それはどういう意味でしょうか」

「今朝も公園に行きました。あなたが現われなかったので、具合でも悪いのかと心配していたところです」

　メグは深呼吸をして顔を上げ、エヴェレット卿の目を見た。「わたしなら元気です。今朝はつい寝坊してしまって」

「なるほど」エヴェレット卿は微笑み、メグにさらに近づいてささやいた。「だったら明日の朝はお目にかかれますね」

　グラスを持ったメグの手が震えたが、幸いなことにリキュールはこぼれなかった。なんと答えればいいのだろうか。ここはやはり、本当のことを言うのが得策だろう。少なくとも、本当らしく聞こえることを。「ごめんなさい、わたしは……行けません。もう朝から乗馬をすることはないと思います」

エヴェレット卿は不思議そうな顔をした。「どうしてです？　なにかあったのですか」

「婚約者です」メグはため息をついてみせた。せっかく慎重に練りあげた計画なのだから、ここで完全にあきらめることもないのではないかと思った。彼には近づかないというケイドとの約束は守るつもりだ。でもだからといって、エヴェレット卿が今後もし失態を演じることがあれば、それを見逃すつもりはない。

メグはまつ毛を伏せた。「わたしたちが会っていることをケイド卿に知られ、ひどく叱られました」

「それはそうでしょうね」エヴェレット卿は皮肉とも取れる口ぶりで言った。

「だからもうお会いすることはできません。大勢の人がいる前で、こうして閣下とお話をすることも許してもらえないと思います」

「わかりました。どうぞ気になさらないでください。わたしはこれで失礼します」

「申し訳ありません。やはり閣下は優しいおかたですね」メグは心にもないことを口にしている自分に嫌気が差したが、それを悟られないよう恥ずかしそうに微笑んだ。

エヴェレット卿はお辞儀をした。「もしまたお目にかかることがあったら、そのときはわたしも注意いたします」

見えない手で背筋をなでられたように、メグはぞっとした。いまの言葉はどういう意味だろう。

メグはあいまいにうなずき、エヴェレット卿が人混みに消えるのを見ていた。深いため息をついてグラスを口もとに運び、リキュールをふた口飲んだ。胃が温まると気持ちも落ち着いてきた。バイロン家の三人はまだほかの人との会話に熱中し、彼女とエヴェレット卿が話していたことには気づいていないようだ。メグはほっと胸をなでおろした。

しばらくするとまた別の男性が現われた。グレシャム卿だった。メグは笑みを浮かべたが、今度は本心からの笑顔だった。「閣下、お元気かしら」

グレシャム卿はしげしげとメグの顔を見た。「失礼なことを訊くようだけど、きみのほうこそ元気かな。少し顔色が悪いようだ。だいじょうぶかい？」

「ええ、あの……なんでもないの。わたしなら元気よ」

グレシャム卿は眉をひそめ、混んだロビーにさっと視線を走らせた。「さっきまでエヴェレット卿と話していたね。なにか気に障るようなことでも言われたんだろうか」

「いいえ、そんなことはないわ。エヴェレット卿になにも訊いたりしないでちょうだいね。あの人と親しく付き合うつもりはないから」メグはふと、ケイドがエヴェレット卿に近づくなと忠告してくれたことをありがたく思った。彼はコブラのような人間だ。優雅な外見の下に猛毒を隠しもっている。近づかないに越したことはない。

グレシャム卿は安心したようにうなずいた。「ああ、もちろん。ぼくからはなにも言わない。ところで、ケイド卿はどこにいるんだろう」

メグは一瞬、返事に詰まった。「ケイドは来てないの。その……彼は……つまり……」

「オペラを聴くことには耐えられないと？」

メグは吹きだした。「ええ、そのとおりよ。よくわかったわね」

「ケイド卿によろしく伝えてくれ。野暮用ができて、領地に戻ることになったんだ。明日ロンドンを発つ」

「まあ、それは残念だわ。どうぞお気をつけて、閣下」

「ありがとう。ではまたお会いしよう、ミス・アンバリー」グレシャム卿はメグの手を取ってお辞儀をした。背筋を伸ばし、ハーグリーブス少佐と楽しそうに話しているマロリーをちらりと見やったが、すぐに目をそらした。

そして微笑みを浮かべて立ち去った。

メグが通りかかった召使いに空のグラスを渡したところで、幕間の終わりを告げるチャイムが鳴った。公爵未亡人とエドワードとマロリーがメグのところにやってきて、四人でボックス席に戻った。

それから数時間後、メグは寝室でベッドに横たわっていた。ナイトテーブルの上で一本のろうそくが燃えている。上掛けの下で横向きになって身を丸め、隠し扉を開ける音がしてケイドが現われ、ベッドにはいってくるのを待っていた。

だが、ろうそくがすっかり溶けるころになってもケイドは来なかった。メグは疲れはて、だんだんまぶたが重くなってきた。ケイドの名前をつぶやきながら、やがて浅い眠りに落ちた。

17

「本当に行かないの?」それから三日後の午後、マロリーが言った。「ルシンダ・ペティグリューの園遊会《ガーデンパーティ》に行けば頭痛も治るわよ。今日はこんなにいいお天気だもの。さわやかな風に当たって陽射しを浴びれば、気分もよくなるんじゃないかしら」

メグは居間のソファに座ったまま、無理やり笑顔を浮かべた。「ありがとう。でも今日は外出せずにおとなしく刺繡でもしているわ。昼寝をしてもいいしね」ここ数日、睡眠不足であるのは事実だった。少し眠れば、この憂うつな気分もいくらか晴れるかもしれない。「わたしのことは気にしないで、どうぞ行ってらっしゃい。わたしならしばらくひとりでいたってだいじょうぶよ」

マロリーは心配そうな顔をした。「召使いにケイドを捜しに行かせようかしら。あなたの具合が悪いと知ったら、飛んで帰ってくると思うわ」

はたしてそうだろうか、とメグは思った。最近はほとんどケイドと顔を合わせていない。あの夜——はるか昔のことのように思えるが、ほんの四日前の夜——以来、ケイドは必要最小限しか彼女の前に姿を現わさない。

夕方になると屋敷に戻ってきて、社交界の作法にしたがい、メグとマロリーをパーティや舞踏会にエスコートする。だがいったん会場に着くと、メグの相手をすることなくまっすぐカードルームに向かう。日中はかならずなにか用事があり、兄弟や仲間と過ごすか、領地のことで忙しくしている。メグもケイドも朝から晩まで予定がはいっているので、表面的にはなにも変わっていないように見える。けれどもメグはなにかが以前と変わってしまったことに気づいていた。ケイドは彼女を避けている。

最初のうちは自分の考えすぎだろうと思っていたが、いくら毎日忙しいとはいっても、その気になれば話をする時間ぐらい作れるはずだ。寝室に忍びこんでくることだってできるのに、それもしようとしない。そしてメグは毎晩眠れず、悶々とするはめになっていた。

別にわたしはケイドに寝室に来てほしいわけじゃない。メグは心の中で叫んだ。もうあの人のことなんかどうでもいい！

メグの眉間に深いしわが寄り、本当に頭が痛くなってきた。「少し頭痛がするだけだもの。わざわざケイドを呼び戻すことはないわ。そんなことより、早く行かないと遅刻してしまうわよ。わたしのことは心配いらないから、楽しんできて」

マロリーは最後にもう一度、気遣うような目でメグを見ると、ようやく表情を和らげた。

「あなたがそう言うならわかったわ。ケーキをお土産にいただいてくるから楽しみにしててちょうだい。ペティグリュー家お抱えの菓子職人は、とびきりおいしいケーキを作るのよ」

メグは笑みを浮かべた。「それは楽しみだわ」

マロリーと公爵未亡人が出かけると、屋敷の中はしんと静かになった。エドワードは朝食をすませるとすぐにいなくなり、ケイドはそれより早く出ていった。メグは刺繍針を手に取り、グリーンのシルクの糸を通した。

黙々と針を動かしているうちに、布に葉の模様が浮かびあがってきた。次の模様に取りかかろうとしたとき、ドアを軽くノックする音がした。

「失礼します」クロフトが入口のところに立っていた。「マックケイブ大尉がお見えになりました。お通ししてもよろしいでしょうか」

「ええ、どうぞ」

執事がいなくなると、メグは刺繍道具を裁縫箱に入れ、立ちあがってスカートをなでつけた。まもなく大尉が居間にはいってきた。海の近くに行っていたはずはないのに、かすかに潮のにおいがする。

「ミス・アンバリー」マックケイブ大尉はつかつかとメグに近づくと、手を取ってお辞儀をした。「体調がすぐれないところに押しかけてきて申し訳ありません。だがどうしてもあなたとお話がしたかった。どうか怒らないでください」

「いいえ、そんな。少し頭痛がするだけで、たいしたことはありません。どうぞおかけになって」

「ありがとう、でも立ったままで結構です」大尉は初めて見せるようなそわそわした足取りで何歩か歩いた。「わたしにはもうあまり時間がありません。それでこうしていきなり訪ねてきてしまいました」ふりかえってメグの顔を見た。「今朝、命令がくだりました。ただちにポーツマスに発たなければなりません。一週間以内に出航します」

メグは反射的に大尉に歩み寄った。「まあ、残念だわ。もちろん戦況を考えると、いつ召集がかかってもおかしくなかったですものね。無事な旅と航海をお祈りしています。大尉とお付き合いできて、とても楽しかったわ。お別れするのは寂しいけど」

マックケイブ大尉はメグの目を見つめた。「わたしも残念です。この数週間、あなたのおかげで人生最高のときを過ごすことができました。あなたの友情には言葉に表わせないくらい感謝しています」

「わたしもです」

大尉は目をそらし、しばらく逡巡《しゅんじゅん》していたが、やがてメグの手を取った。「許してください、ミス・アンバリー」その手をぎゅっと握りしめた。「わたしにこんなことを言う資格がないのはわかっています。いや、とんでもない悪党だと言われてもしかたがない。でもこれ以上黙っていることはできません。あなたのことが好きだ。愛している」

メグははっと息を呑んだ。「大尉！」

「あなたが婚約していることは承知しています。別の男性と結婚するあなたに、こんなことを言うのは間違っていることもわかってる。でも自分の気持ちを伝えないまま、ロンドンを発つことはできなかった。わたしの気持ちが迷惑ならそう言ってください。そうすれば二度とあなたを困らせるようなことはしません。わたしには少しの望みもないでしょうか？　わたしと一緒に来てください。すぐに結婚しましょう。ミス・アンバリー……メグ……愛してる。どうか首を縦にふり、わたしを世界一幸せな男にしてもらえませんか」

　メグの心臓が早鐘のように打ちはじめた。まさかマックケイブ大尉の口からこんな言葉が出るとは思ってもみなかった。少し前までは、大尉からプロポーズされたらどうしようなどと考えたこともあったけれど、本気でそうなると思っていたわけではなかった。なにも努力をしていないのに、彼の心を射止められるとも思っていなかった。

　それなのに、マックケイブ大尉はいまこうして目の前に立ち、真剣な表情で愛を告白している。メグの胸が罪悪感に締めつけられ、呼吸が苦しくなってきた。大尉が期待に満ちた顔で返事を待っている。

　彼は結婚したいと言っているのだ。いまここでイエスと答えれば、ケイドとのことを終わらせられる。

　ケイドに自分との婚約を本物にするつもりがないことは、この数日でよくわかった。それを考えれば、ここで大尉の申し出を断わる手はないだろう。

でも自分は無垢ではない。ケイドに純潔を捧げてしまった。だが大尉がそのことをあからさまに責めることはないような気がする。それを思うと、かえって胸が痛くなる。もちろん彼も心の中では怒り、悲しみさえ覚えるかもしれないが、最終的には許してくれるのではないだろうか。では自分はどうしたいのだろう。こうした状況で、大尉と結婚したいのかどうなのか。

メグはマックケイブ大尉の優しく実直そうな目を、長いあいだじっと見ていた。早くイエスと言うのよ！　頭の中で声がした。それが一番利口なことなのだから。

ついに口を開いたものの、言葉が出てくるまで、自分でもなにを言おうとしているのかわからなかった。「あなたのお気持ちはとても嬉しく思います。でもあなたに友情以上の気持ちは持っていません。わたしはケイド卿を愛しています。わたしがなにか誤解させるようなことをしたのなら謝ります。あなたの心をもてあそぶつもりはなかったのですが、本当にごめんなさい」

マックケイブ大尉はメグの手を放し、しばらく無言でその場に立っていた。「いや、こちらこそ申し訳ありませんでした」かすれた声で言った。「あなたもわたしを想ってくれているのではないかと勘違いし、とんでもない告白をしてしまった。今日のことはどうか忘れてください」

「大尉――」

マックケイブ大尉はさっと会釈をした。「出発の準備がありますので、これで失礼します。どうかお幸せに。あなたの健康と幸福をお祈りしています」

メグは胸が詰まった。「わたしも大尉の健康と幸福を祈っています。無謀なことはなさらず、どうぞ無事でいてください」

大尉は寂しそうに笑った。「さようなら、ミス・アンバリー」

「さようなら」メグはマックケイブ大尉が大またで歩いて部屋を出ていくのを見ていた。おそらくもう二度と彼に会うことはないだろう。自分は最後にして最大の結婚のチャンスを逃してしまったのだ。でもほかに愛している男性がいるのに、どうしてちがう男性に嫁ぐことができるだろうか。

ケイドはクライボーン邸の玄関をくぐり、静けさにほっとしながら召使いのひとりと小声で挨拶を交わした。屋敷にはしばらく誰もいないとわかっていたので、今日はいつもより早く帰ってきたのだった。今朝、エドワードは、公爵家の農地で栽培しようと考えている新種のオート麦について農業の専門家から話を聞くため、キューに行くつもりだと言っていた。母によると、〝女性陣〟は午後からガーデンパーティに招かれているという。

ケイドは昨日〈ハチャーズ書店〉で買った本を、図書室で読もうか庭で読もうかと考えながら階段に向かった。そのとき階段の上からブーツを踏み鳴らす大きな足音が聞こえてきた。

上を見あげ、思わず目を丸くした。マックケイブ大尉が階段を駆けおりてくる。大尉はいったん立ち止まってケイドに挨拶をすると、足早に外へ出ていった。

ケイドは執事の顔を見た。「誰か家族がいるのかい?」

クロフトは謎めいた表情を浮かべた。「いいえ、閣下。ご在宅なのはミス・アンバリーだけです。最後にお見かけしたときは、居間にいらっしゃいました」

ケイドはくるりと後ろを向き、精いっぱいの急ぎ足で階段をのぼりはじめた。荒々しい足取りで廊下を居間に向かい、話し声が外に聞こえないよう後ろ手にドアを閉めた。一瞬、室内には誰もいないのかと思ったが、メグが窓際に立って外をながめているのが見えた。

物音に気づいたらしく、メグがふりかえった。「ケイド。なにをしているの?」

ケイドは柔らかなウールのじゅうたんを踏みしめ、メグに近づいた。「こっちこそ訊きたい。きみはパーティに行ったんじゃなかったのかな」

メグは肩をすくめた。「体調が悪いから行かないことにしたの」

「体調が悪いからか、それとも人を待っていたからか? マックケイブはなにをしに来たんだ」

メグは体をこわばらせ、ゆっくりとケイドに向きなおった。「大尉は船に戻るよう命令が下りたことを伝えに来ただけよ。一週間以内に出航するんですって」

ケイドは覚える権利のない安堵を覚え、怪我をしていないほうの太ももを指先で軽く叩いた。「別れの挨拶に来たというわけか」

「ええ。それから結婚も申しこまれたわ」

ケイドは愕然とし、しばらくのあいだ口がきけなかった。「それで、なんと返事をしたんだ？」胃がねじれるような感覚に襲われ、こぶしをぐっと太ももに押しつけた。

メグは目をそらした。「イエスと言ったほうがよかったんでしょうね」

ケイドはメグの言葉の意味がすぐには理解できなかった。「言ったほうがよかった？　ということは、断わったのか？」

メグはせつない目でケイドを見た。「ええ、そうよ。さっきも言ったとおり、わたしは気分がすぐれないの。部屋に下がらせてもらうわ」

メグが脇をすり抜けようとすると、ケイドがその腕をつかんだ。「どうしてプロポーズを断わったんだ」

「それはわたしの問題であって、あなたには関係のないことよ。さあ、放してちょうだい」

「大尉は結婚相手として申しぶんのない人物じゃないか。きみはてっきり彼のことを気に入ってるとばかり思っていた」

「大尉のことは好きよ。でもどうしてあなたがそんなことを気にするの？　もしかして、わたしがあなたに結婚を迫るとでも思ってるのかしら？　心配しないで、閣下。あなたは完全に自由の身よ。わたしは自分のことを求めてもいない男性に、結婚を無理強いするつもりはないわ。わたしに欲望も感じていない男性に」

ふたりで過ごした夜のことが脳裏によみがえり、ケイドの体がかっと熱くなった。とっさにメグの腕に両手をかけた。「きみはそんなふうに考えていたのか。ぼくがきみに欲望を感じていないと？」

メグはまつ毛を伏せた。「もうなにをどう考えていいのかわからないわ」

ケイドはメグを抱き寄せ、硬くなった股間を押しつけた。メグははっとし、ケイドの顔を見上げた。

ケイドはしぼりだすような声で言った。「欲望を感じていないわけがないだろう。ぼくはこの数日、きみに近づかないように必死で自分を抑えていた。だがこちらがどんなに努力をしても、きみにはぼくの分別を失わせる力があるらしい」

そして身をかがめ、荒々しくメグの唇を吸った。舌を口の中に入れて熱く激しいキスをしているうちに、思考が停止して全身が情熱の炎で燃えあがった。両手を下に滑らせてメグのヒップをつかみ、その体をさらに強く抱きしめた。

いますぐ彼女を放すべきだとわかっていたが、どうしてもできなかった。メグは酒やアヘンチンキよりもこちらを酔わせる力を持っている。ケイドはメグのなめらかな肌の感触や、彼の体をおずおずとなでていた華奢な手の感触を思いだし、渇望にも似た欲望を覚えた。もう一度彼女の肌に触れ、その中に身を沈めたくてたまらない。

ケイドはメグのドレスの背中に並んだボタンを慣れた手つきではずしはじめた。ボディスを肩から脱がせたが、その下から今度はコルセットが現われた。いらだちで思わずうめき声をあげ、締めひもをからませないよう注意しながら、慎重にコルセットをはずした。それからシュミーズの下に手を入れて彼女の素肌を愛撫し、ますます濃厚なキスをした。

メグは首筋や背中をなでられて体を震わせた。身も心もとろけるようなキスに溺れて陶然とした。かろうじて残っている理性が、彼を押しのけるよう告げている。だが心がさらに深く傷つくことになっても、プライドをかなぐり捨てても、ケイドを拒むことはできない。彼を否定するということは、自分を否定することだ。

わたしはケイドを愛している。これから先もずっと、この愛が消えることはない。

メグは抗いがたい彼のキスと愛撫にすべてを忘れた。背中を片手で支えられ、むきだしの乳房にくちづけられると、悦びが電流のように全身を貫いた。

めくるめく快感に包まれてまぶたを閉じ、むせび泣くような声を出した。両手を上げてケイドの髪をなでようとしたが、腕にひっかかったドレスの袖が邪魔をした。ケイドはメグがじれったそうにしていることに気づいて頬をゆるめ、彼女を抱く腕にぐっと力を入れた。乳首を歯で噛むと、次は舌をはわせ、ときおり軽く息を吹きかける。メグはエロティックな拷問に身もだえした。

脚のあいだがうずき、彼の愛撫を求めて泣いている。メグは自分もケイドを悦ばせようと思い、片方の手をなんとか動かした。たくましい太ももに触れると、筋肉がびくりとするのが伝わってきた。ケイドが乳房を口に含んだままうめき声をあげた。メグは手を横にずらし、今度は硬くいきりたったものに触れてズボンの生地越しにさすった。ケイドは身震いし、彼女の乳房をますます強く吸った。

そしてメグを抱きしめたまま何歩か前に進み、彼女を長椅子に押し倒した。メグの体が羽毛のクッションの上ではずんだ。ケイドは彼女のスカートをまくりあげて両脚を開かせた。

メグは彼がすぐに自分を奪ってくれるものだと思っていた。ところがメグの予想に反し、ケイドはひざをついて彼女の脚のあいだに顔をうずめた。それまでキスをされることなど想像したこともなかった場所にくちづけられ、メグは反射的に腰を浮かせて逃げようとした。だがケイドは彼女の腰を両手で押さえて逃げることを許さず、秘められた部分を舌で探った。

そっと円を描くように敏感な箇所を愛撫され、メグは頭がどうにかなりそうだった。やがて目のくらむ快感に降伏し、抵抗するのをやめた。体をくねらせて脚を大きく開き、禁断の愛撫に夢中になった。熱いものが体の奥からあふれてくるのを感じて困惑したが、彼はそれを喜んでいるようだった。いつかパーティでアイスクリームを食べていたときのように、おいしそうに口を動かしている。今回はお菓子ではなく、彼女がデザートだ。

メグはクッションに顔をうずめ、官能の世界に身を投じた。もうこれ以上我慢できないと思ったそのとき、ケイドが歯と舌を使って彼女に魔法をかけた。メグは体を震わせ、シルクのカバーのついた羽毛のクッションに口を押し当てて叫び声をあげた。

間髪を容《い》れずにケイドが顔を上げ、メグの体を手前に引き寄せた。メグは恍惚《こうこつ》とし、彼がもどかしそうな手つきでズボンのボタンをはずすのを見ていた。ケイドがメグの上におおいかぶさり、力強くその体を貫いた。

今回はなんの苦痛もなく、いっぱいに満たされているという悦びだけがあった。ケイドはメグの脚や腰に手をはわせながら、深く激しく、そして浅くゆっくりと彼女を突いた。メグは上体をわずかに浮かせて片手で彼の頭を支え、むさぼるように唇を吸った。ケイドも濃厚なキスでそれに応え、さらに激しくメグを揺さぶった。

次の瞬間、メグは絶頂に達し、歓喜の波にさらわれた。ケイドもメグの顔の両脇でクッションを握りしめ、小刻みに体を震わせながらクライマックスを迎えた。

ふたりは体を重ねたまま肩で息をした。ケイドはメグの唇と頬とこめかみにくちづけると、その乱れた髪をなで、首筋に顔をうずめて蜂蜜のような甘いにおいを味わった。すぐに体を離そうとせず、笑みを浮かべてメグの肌に鼻をすり寄せた。

素晴らしい快楽の余韻にひたっているうちに、また下半身が硬くなってきた。メグの太ももに手をはわせながら、今度は足をこちらの肩に乗せるよう言おうかどうしようか迷っているとき、かすかな物音が聞こえた。廊下で人の話し声がしている。聞き慣れた女性の声が、ゆっくりとこちらに近づいてくる。

「なんてこった！」悪態をついてとっさに立ちあがると、左脚に鋭い痛みが走った。それにもかまわずズボンのボタンをかけ、メグを立たせてその腕を引いた。メグは大きく目を見開き、せめて少しでも体を隠そうとボディスやコルセットを引きあげた。それからケイドに引っぱられるようにして奥の壁に向かった。

「ケイド、どうするつもりなの？」メグは小声で訊いた。

「こんなところを見られるわけにはいかないだろう」

ケイドはなんとか間に合うことを祈りながら、光沢のある青い腰長押《こしなげし》（椅子の背がしっくいに当たってすれないように内壁に張る水平材）の上をこぶしで強く叩いた。隠し扉が開くと、メグを押しこむようにしてその中にはいった。扉を閉めた数秒後、公爵未亡人とマロリーが居間にはいってきた。

「……そのときダフネ・スロックリーから、カキを食べないように言われたの」マロリーの声が壁越しに聞こえた。

真っ暗闇の中で、ケイドは通路の塗装されていない壁に背中を押し当ててメグを抱きしめた。メグは脱げかかったボディスの生地を握りしめ、ケイドの肩に顔をうずめた。

「あなたもわたしも食べなくてよかったわね」公爵未亡人が言った。「ルシンダ・ペティグリューはこれから大変だわ。彼女は貝が傷んでいるなんて知らなかったのよ。わたしもこれまで生きてきて、あれほどたくさんの人が一度に体調を崩すのを初めて見たわ」

「ええ、あれはひどい光景だった」マロリーはおそろしさと興奮が交じったような口調で言った。「メグに来なくて正解だったと言おうと思ってたのに、ここにはいないんですもの。クロフトは勘違いしたのね。もう寝室に戻って休んでいるんでしょう。ちょっと様子を見てこようかしら」

メグは体をこわばらせ、あっと小さな声をあげた。ケイドがなだめるようにメグの背中をなで、こめかみにキスをした。メグはケイドの胸もとに顔をうずめて唇を結んだ。

「寝室に下がったのなら、きっと寝ているはずよ」公爵未亡人の声がした。「お祖母《ばあ》様のことを覚えているでしょう。具合が悪いときに起こされるのをいやがる人もいるの」

マロリーは少し間を置いてから答えた。「それもそうね。本当のことを言うと、わたしも少し昼寝をしたいし」

「わたしはお風呂にはいることにするわ」

ふたりが出ていくと居間はしんと静かになった。ケイドとメグは念のため、しばらく様子をうかがった。

「マロリーの気が変わり、わたしの寝室に行ったらどうすればいいの」メグはささやいた。

「外で本を読んでいて、ふたりが帰ってきたことに気づかなかったと言えばいい」

メグは一考した。「ええ、そうするわ。あなたはこうしたことにやけに経験が豊富なのね」

「こうしたことって?」ケイドは愉快そうに言った。「情熱的に愛しあったあと、どこかに隠れることを言ってるのかな」

「そうよ」

「いや。少なくとも自宅では初めてだ」そう言うとケイドはメグに口を開く暇を与えず、暗闇の中でも迷うことなくその唇を探り当てた。しばらくして顔を上げると、メグのしなやかな背中に指をはわせた。「服を着るのを手伝おう」

「お願いするわ。居間に戻ってもだいじょうぶかしら？」

「ちゃんと服を着るまでは戻らないほうがいい。見えなくてもなんとかなるだろう」

メグはケイドがコルセットの位置を整えてひもを締めるあいだ、じっとおとなしく立っていた。肌がぞくぞくするのを感じながら、ドレスの背中についたボタンをかけてもらった。それが終わるとケイドはメグから手を離し、シャツのすそをズボンの中に入れてボタンがきちんとかかっているかどうか確認した。

「通路を抜けたほうがいいんじゃない？　これはどこに通じているの？」

「来客用の寝室だ。ふたりでそんなところに行くのはあまりいい考えじゃない。ここにいてくれ。ぼくが先に出る」

ケイドは居間から物音がしないことをもう一度確かめると、隠し扉の外に出た。室内をぐるりと見まわし、メグに合図をした。「だいじょうぶだ」

メグは外に出て、まぶしい午後の陽射しに目を細めた。「わたし、どんな顔をしてる？」

愛しあったばかりであることがひと目でわかる顔だ。ケイドは胸のうちで答えた。上気した顔に青い瞳がひときわあざやかに見える。唇も赤く染まり、しっとりと濡れている。「きれいだ」その言葉は本心から出たものだった。手を伸ばして顔にかかったメグの髪をなでつけた。「急いで部屋に戻るんだ。そうすればぼくたちがここにいたことは誰にもわからない」

「わかったわ」

だがメグはふいに心細そうな顔をし、すぐに立ち去ろうとはしなかった。ケイドはドアにちらりと目をやると、メグに歩み寄ってその体を抱きしめ、短いが情熱的なキスをした。

「さあ、行って。またあとで会おう」

メグは瞳を輝かせてうなずいた。そしてくるりと後ろを向いて出口に向かった。ケイドはしばらく待ち、それから居間をあとにした。

18

「なにもご用がなかったら、部屋に下がらせてもらいます」

「ええ、どうぞ。おやすみなさい」メグはエイミーに言った。エイミーは深々とひざを曲げてお辞儀をし、部屋を出ていった。

メグはベッドに向かい、ネグリジェとおそろいのベージュのガウンを脱いでシーツのあいだにもぐりこんだ。ほっと息をついて柔らかなシーツに体を横たえ、ふっくらした羽毛の枕に頭を乗せて物思いにふけった。

午後、ケイドと別れてから、まっすぐ寝室に戻った。幸いなことに、途中でマロリーにも公爵未亡人にも出くわさなかった。部屋に着くと髪からピンをはずしてドレスを脱ぎ、コルセットとシュミーズだけになってベッドにはいった。体は愛の営みの余韻でまだ火照っていた。目を閉じると、さまざまな思いや感情が一気にこみあげてきた。

それでもいつのまにか眠ってしまったらしく、二時間ほどたってからドアをそっとノックする音で目を覚ました。マロリーが部屋にはいってくると、ガーデンパーティで起きた事件について話しはじめたので、メグは初めてそのことを聞くふりをして耳を傾けた。それからマロリーが、今夜の音楽会には行けるかと訊いてきた。

断わろうかという考えがちらりとメグの脳裏をよぎったが、ひとりで家にいるよりも誰かと一緒にいたいと思いなおした。それに、ケイドのそばにいても顔が赤くならないことを確かめたくもあった。やけどをするような午後の出来事が頭によみがえってきた。前にもケイドと肌を重ねたことはあったが、今日はそのときとはちがっていた。

音楽会はなんとか無事に乗り切った——ケイドがみんなをエスコートしようと一階に下りてきたとき、メグと目配せを交わしたが、誰も不審には思っていないようだった。なにしろふたりは婚約者どうしなのだから、互いの目を見つめたところで、おかしいと感じる人はいないだろう。

音楽会はなかなか終わらなかったが、メグがときおりぼんやりしていても、周囲は頭痛のせいだと思ってくれたようだった。ようやく家に帰る時間になり、メグは馬車に乗ってケイドの向かいの席に座った。ケイドは馬車の中では無口だったが、屋敷に着いて階段を上がると、いつものようににこやかにおやすみの挨拶をした。そして廊下を寝室に向かって歩いていった。

そしていま、メグはベッドに横たわり、眉根を寄せてさまざまなことを思い返していた。でもケイドの態度が一変したことについては、なにも考えないことにした。理由をあれこれ想像していると、心が激しく揺れ動き、とても耐えられそうにない。メグは身を乗りだしてナイトテーブルに置かれたろうそくの火を吹き消し、仰向けになって目を閉じた。

うとうとしはじめたとき、奥の壁のほうから物音がした。メグはぱっちり目を開けた。ろうそくの火に照らされ、開いた隠し扉からケイドがはいってくるのが見えた。扉を後ろ手に閉め、ベッドに近づいてくる。

ケイドは長いあいだなにも言わず、じっとメグの目を見つめていた。思いつめたような顔にろうそくの炎の影が揺れている。厚手の黒いローブを身にまとい、足には薄い革の室内履きを履いている。「来るべきじゃなかった」やがて静かな声で言った。

「そうね」メグはささやいた。

「部屋に戻る」

「あなたがそうしたいなら」メグはケイドをベッドに迎えいれることも、部屋から追いだすこともしなかった。ケイドはメグの体に視線を走らせ、顔をしげしげとながめたあと、枕に広がる長い髪に目を留めた。メグは心臓が口から飛びだすのではないかと思いながら、黙ってケイドの視線を受けていた。

ケイドはおもむろに何歩か前に進み、持っていた燭台をナイトテーブルに置いた。それから腰に結んだひもをほどいてローブを脱いだ。それを脇に放ると、欲望に燃えた裸体をさらけだした。

上掛けをめくってシーツのあいだにもぐりこみ、メグにおおいかぶさって唇を重ねた。メグは熱くとろけるようなキスをされ、つま先が丸まって脚のあいだがうずくのを感じた。まぶたを閉じ、極上のキスに酔いしれた。

しばらくするとケイドは唇を離し、メグの髪に手を差しこんでなにかを言いたそうな顔をした。「メグ、きみはなにも心配しなくていい」

心配する？

「ぼくに任せてくれ」

任せる？　メグの胸がぎゅっと締めつけられた。

「きみのことはちゃんと考えている。ぼくは――」

メグはケイドの唇に指を当て、その先の言葉をさえぎった。

〝なすべきことをするつもりだ〟

ケイドはそう言おうとしたにちがいない。彼は紳士としての義務を果たそうとしているのだ。メグの体を荒涼とした風が吹きぬけた。

「それ以上言わないで」

「でも――」

「いいえ。いまはなにも聞きたくないわ。とにかく今夜はやめてちょうだい」愛のないプロポーズの言葉など永遠に聞きたくない。「いいからキスして」

「しかし、メグ――」

「キスをしないのなら、この部屋から出ていって。でもわたしはあなたに出ていってほしくない」

メグの頬に触れたケイドの手に力がはいった。「わかった。話はまた今度にしよう」

責任や義務の話なんか聞きたくないわ。メグは胸のうちで叫んだ。面と向かって愛していないと言われないかぎり、ひそかに希望を持ちつづけることはできる。それがはかない望みであることはわかっているけれど、真実を突きつけられたら心が壊れてしまうかもしれない。

ケイドはメグの目をのぞきこみ、まだなにか言いたそうな顔をした。だが次の瞬間、ふっと表情を和らげ、彼女のふっくらした唇を親指でなぞった。メグは思わず息が止まりそうになった。

そして気がつくとケイドの親指をなめ、そっと軽く噛んでいた。

ケイドの瞳がエメラルドのように光り、欲望であごがこわばった。親指をひっこめてメグの頬を両手で包み、荒々しく唇を重ねた。メグは小さな声をもらしながら、情熱的なキスでそれに応えた。彼が舌をからめ、ゆっくりと焦らすように動かしている。メグは官能の嵐に巻きこまれ、濃密さを増すキスに夢中になった。

やがてケイドが彼女の頬から手を離し、首筋から肩、そして胸をなでた。胸もとにキスの雨を浴びせられ、ネグリジェの生地越しに乳房を口に含まれると、メグは背を弓なりにそらして悦びに震えた。

しばらくしてケイドはネグリジェのすそに手を伸ばした。「脱いでくれ」しぼりだすような声で言い、シルクのネグリジェをメグの頭から脱がせた。それを脇に放ってむきだしの胸に顔をうずめ、両手で乳房を寄せるようにしながら唇と舌で愛撫した。

メグもケイドの温かい肌に手をはわせ、その筋肉質の体を隅々まで堪能した。胸をなでて乳首を探り当て、爪でそっと軽くはじくと、ケイドの口から快楽のため息が出た。指を滑らすようにして平らな腹部や太もも、引き締まったヒップをなでてさらに彼を悦ばせた。

そして勇気を出して硬くなった男性の部分を手のひらで包み、ゆっくりとさすった。ケイドがかすれたうめき声をあげた。メグが華奢な手で愛撫を続けると、彼のいきりたったものがますます大きくなった。

ケイドはそれ以上我慢できなくなり、メグの手をどかした。だがそのまま彼女の脚のあいだに分けいるのではなく、仰向けになってその体を胸の上に引きあげた。

「脚が痛いんだ」メグの太ももに手をかけ、腰にまたがらせた。「今夜はきみが上になってくれ」

そう言うと彼女の腰をいったん軽く持ちあげて位置を整えた。

「そうだ」熱く濡れた部分を貫く準備をするとささやいた。「ぼくを包んでくれ。奥深くまで」

メグは彼に促されるまま腰を沈めた。髪の毛が淡い金色のカーテンのように顔のまわりで揺れている。ケイドは上体を浮かせて唇を重ね、濃厚で情熱的なキスをした。

信じられないほど深く貫かれ、メグはなにもかも忘れて官能の世界に身を投じた。体じゅうが欲望で燃えあがり、灰になるまで焼きつくされてしまいそうだ。

メグの動きが鈍ってくると、ケイドが下から速く激しく突きあげた。やがてメグは悲鳴にも似たせつない声をあげて絶頂に達した。快感が電流のように全身を駆けめぐった。へとへとになってケイドの上に崩れ落ちたが、彼はまだメグを突きあげていた。まもなくケイドもクライマックスを迎え、枕に顔をうずめて荒々しい叫び声をあげた。

ふたりは息を切らしながら、すっかり満たされてベッドに横たわった。愛しているという言葉がのどまで出かかったが、メグはそれを呑みこみ、いまはただケイドの胸に抱かれている幸せを味わおうと自分に言い聞かせた。もしかすると、彼のほうから愛の言葉をささやいてくれるかもしれない。だがケイドはなにも言わず、やがてメグがくたびれはてて眠りに落ちるまで、黙ってその髪をなでていた。

ケイドは夜明け前にもメグを奪った。キスをして素肌を愛撫されると、メグはぱっちり目を覚まし、体の奥から熱いものがあふれてくるのを感じた。ケイドにひと突きで貫かれ、すすり泣くような声をもらしながら、腕と脚を彼の背中にからめた。ケイドはときに優しく、ときに激しく彼女の体を揺さぶった。

まもなくふたりは絶頂を迎え、ケイドはメグの首筋に顔をうずめて頭がはっきりするのを待った。しばらくして唇にそっとくちづけたが、メグがすでに眠っているのに気づいて微笑んだ。

彼女の上から下りて仰向けになり、腕で顔をおおいながらこの二十四時間の出来事について思いをめぐらせた。こうしてまたメグを抱いてしまったのが、とんでもないあやまちであることはわかっている。充分すぎるほどわかっているのに、なぜか後悔はしていない。彼女が欲しくてたまらず、もはやその気持ちを抑えることはできなかった。

メグにも伝えようとしたが、自分はちゃんとなすべきことをするつもりだ。いざとなれば結婚する覚悟もできている。もう彼女と何度も愛しあった――そして身勝手と言われようと、また愛しあうことを望んでいる――ことを考えれば、結婚しなければならなくなる可能性は低くない。いまこのときにも、メグのお腹に子どもが宿っているかもしれないのだ。そうなったら彼女が望もうと望むまいと、子どものために結婚する必要がある。自分の子どもを誰かほかの男が育てるのを黙って見ているわけにはいかない。自分のものを別の男に渡すつもりはない。でもいつかふたりの関係が終わり、子どもができることもなかったら、そのときはメグのしたいようにさせてやろう。マックケイブのプロポーズを断わった彼女だが、もしかするとほかに気に入った相手がいるのかもしれない。

だが、メグが誰かと結婚することになったとき、はたして自分は平気でいられるのだろうか。メグが別の男と一緒にいるところを想像しただけで、こぶしを壁に打ちつけたくなる。自分がメグにふさわしくないことは重々承知しているが、このまま彼女を手放すことになっても、本当にそれでいいのだろうか。

ともあれ、社交シーズンはあと数週間残っている。ロンドンにいるあいだは決断をくだすのをやめよう。メグは昨夜、約束はいらないと言っていた。とりあえずいまはなにも言わず、彼女にもこれからどうしたいのかと訊かないことにしよう。

ケイドはメグの温かな唇にキスをし、上体を起こしてガウンを羽織った。こんなところを使用人に見られては、彼女の評判が傷つき、自分と結婚する以外に道がなくなってしまう。わずかに溶け残ったろうそくに火をつけ、最後にもう一度メグの寝顔に目をやると、部屋の奥に歩いていって隠し扉の向こうに消えた。

19

二週間後、ケイドはロンドンのさびれた場所にあるさびれた酒場にいた。上流階級の人間は誰も足を踏みいれようとは思わない店だ。ここには人目につくことを嫌い、法に触れるようなあやしげなことをしている連中しか来ない。そうした店にあって、浮いた存在にならないよう、ケイドは手持ちの服の中で一番地味でくたびれたものを着てきた。そして入口が常に視界にはいり、会話を盗み聞きされる恐れもない薄暗い隅の席を選んだ。

古い玉ねぎやかびくさい葉巻の煙、気の抜けたビールのにおいがただよう中、傷だらけの木のテーブル越しに、向かいに座っている年長の男の顔を見た。ほんの数分前にやってきたその男は中肉中背の体つきで、茶色い髪は薄くなりはじめ、これといって特徴のない顔立ちをしている。名前をセロニアス・フェリックといい、目立たないという意味において、秘密の話をするにはその酒場と同じようにうってつけの相手だった。

フェリックは上着の袖口からのぞいている薄汚れたシャツで、ビールのグラスの縁をぬぐった。泡に軽く息を吹きかけ、酒というよりはテムズ川の泥水のような黒ずんだビールを飲んだ。ケイドは酒に手をつけなかった。酒場の店主に文句を言われないようにウイスキーを注文していたが、出されたそれは一見しただけで水で薄められているとわかる代物だった。

「それで、なにかわかったか」指紋でべたべたしているグラスをさらに遠くへ押しやった。

「いや、まだなにも。獲物を追う猟犬のようにあとをつけていますが、おれの知るかぎりおかしなことはしてませんね。気取ったお仲間とつるんで、やれパーティだなんだと出かけてます。そんなもののどこが楽しいんだか――おっと、これは失礼」

「気にしなくていい」

フェリックは団子鼻をかいた。「問題は、彼がパーティでなにかをしたとしても、おれにはわからないということです。だんなならそうした場所に出入りできるわけだし、自分で監視したほうが早いんじゃないですか」

「ああ、だがエヴェレットは、わたしがいる場所で誰かと接触するような愚かな男ではない。向こうはわたしが目を光らせていることをよく承知している」

それでもエヴェレットの傲慢《ごうまん》な性格を考えたら、絶対になにもしないとは言いきれないだろう、とケイドは思った。こちらの目をかすめて敵に情報を渡すことに、あの男は快感を覚えるにちがいない。だからケイドは、エヴェレット卿がいつもとはちがう動きをしたらすぐに知らせてくれるよう、アダム・グレシャムに頼んだ。グレシャムは彼の頼みを聞きいれ、急用ができて領地に戻るまでエヴェレット卿を見張ってくれた。グレシャムの話によると、エヴェレット卿が敵と接触するとしたら、おおやけの場ではなくどこか人目につかない場所を選ぶのではないかということだった。

たしかにその可能性はおおいにある。それでもエヴェレットを見くびってはいけない。あの男はどんな手段を使ってでも目的を果たそうとするはずだ。待っていれば、いつかかならず尻尾を出すときがやってくる。そのときを見逃さず、この手でエヴェレットの正体を暴いてやろう。

「それじゃあこのまま監視を続けるんですね？」フェリックはまずそうなビールを飲みながら言った。

「もちろんだ。エヴェレットの屋敷のメイドから、引きつづき情報をもらってるんだろう？」

フェリックは口もとにゆがんだ笑みを浮かべた。「ああ、ジェイニーのことですね。なかなか役に立ついい娘ですよ。しゃべるよりほかのことに口を使うほうが好きなようですが、そのあとでなんでも話してくれます」

「そうか。エヴェレットの身のまわりに変化があったら、どんなささいなことでも報告してほしい」

「はい、わかりました」

ケイドはうなずいた。「もしなにかわかったら、この前話した方法で手紙を送ってくれ。

それまではしばらく会わないほうがいい。見張りを雇えるのは、わたしだけではないからな」

ケイドはその日、万が一にも尾行されないよう、万全を期して酒場にやってきた。だがどんなに優秀なスパイも、ときに裏をかかれることがある。悔やんでも悔やみきれないが、彼の体についた傷がそれを証明している。

ケイドは立ちあがり、駄賃の硬貨をテーブルに放った。そしてそれ以上なにも言わず店をあとにした。

「どっちがいいと思う、メグ?」マロリーは鏡台の前のスツールに座っていた。「滴形《しずくがた》のダイヤモンドのついた真珠のネックレスか、アクアマリンの十字架のついた金のネックレスか。十字架のほうは少し地味な気もするんだけど、どんなドレスにもよく合うの。迷ってしまうわ」

メグははっとわれに返り、マロリーが持っているふたつのネックレスを交互に見比べて眉根を寄せた。「真珠かしら」そこでいったん間を置いた。「いいえ、やっぱり十字架ね。そう、クリーム色のサテンのドレスに合わせるんだったら、絶対にこっちのほうがいいわ。すっきりしてとても上品よ」

「この十字架のネックレスは、ハーグリーブス少佐のお気に入りなの。何度か褒められたことがあるわ。わたしの瞳の色によく似合っているんですって」

「だったら、わざわざわたしの意見を聞くこともないじゃない」

ふたりは目を見合わせて微笑んだが、メグの顔からはすぐに笑みが消えた。

「だいじょうぶ？」マロリーはネックレスを脇に置いた。

メグは無理やり笑顔を作った。「なんでもないわ。だいじょうぶよ」自分の抱えている問題も、ドレスに合わせる宝石を選ぶくらい簡単なことだったらよかったのに。最近はなにをしていても、自分の置かれた不安定な状況が心に重くのしかかっている。

「なにか悩みがあるのなら、わたしがいつでも聞くわ」マロリーのまなざしには友を気遣う優しさがにじみでていた。

メグはマロリーの目をじっと見つめ、すべてを話してしまいたい衝動に駆られた。ひとりで抱えてきた重荷を下ろしてマロリーに秘密を打ち明け、不安な気持ちを分かちあえたらどんなにいいだろう。でもそれはできない。なんといっても、これはマロリーの愛する兄であるケイドにかかわることなのだ。もし本当のことを言ったら、彼女はどれほど驚くだろうか。

〝ケイドが毎晩部屋に忍びこんできて、わたしを情熱的に愛するのよ。それがあまりに危険であることはわかっているのに、どうしても彼を追いはらうことができない。ケイドを深く愛してる。向こうもわたしと同じ気持ちであることを願っているけれど、彼はなにも言ってくれなくて、そのことが不安でたまらないの。いまは先のことを考えず、とにかく一日一日を過ごすことだと自分に言い聞かせているわ。でもこの宙ぶらりんの状態がつらくて、心が押しつぶされてしまいそう。ああ、そうそう、もうひとつ言わなくちゃならないことがあったわ……ケイドとわたし、実は婚約してないの！〟

そんなことをマロリーに言えるわけがない。それにこちらからケイドに愛を告白することもできない。頭の中ではその場面を何度も思い浮かべてきたが、彼からどんな言葉が返ってくるかが怖いのだ。というより、聞きたい言葉が返ってこないのではないかと思うと怖くてたまらない。

だからわたしはなにも言わず、プライドも道徳心も捨ててケイドに抱かれることを選んでいる。でも彼の恋人になり、毎晩愛しあっていることを後悔はしていない。まわりが寝静まった真夜中、キスをして愛撫を受け、情熱の炎を燃やす時間はわたしの宝物だ。

欲望を満たしたあと、彼の腕に抱かれてまどろむとき、この上ない幸せと安らぎを感じる。そのひとときだけはなにもかも忘れ、世界じゅうに自分たちふたりしかいないような錯覚を覚える。

でも朝が来ると、わたしはいつもひとりぼっちで目を覚まし、ケイドが寝ていた場所が冷たくなっていることに気がつく。彼が夜明け前に部屋を出ていくのは、わたしの名誉を守るためであることはわかっている。それでもその寂しさには、いつまでたっても慣れそうにない。

日中は相変わらず忙しく過ごし、表面的には以前となにも変わっていないように見える。今日もこうしてマロリーの寝室で椅子に腰かけ、今夜の舞踏会のためのドレスや宝石について話しあっている。

メグはマロリーの言葉をもう一度噛みしめ、心からの笑みを浮かべた。「ありがとう。でも本当になんでもないの。昨夜は遅くまで踊っていたから、少し疲れただけよ」

そしてそのあと、ケイドから新しい愛しあいかたを教えてもらっていたからよ。メグは心の中で付け加えた。そのときのことを思いだし、全身がかっと熱くなった。

「そう、わかったわ」マロリーは言った。

「ええ」メグはそれ以上ケイドのことを考えまいとした。「ところで、わたしはどのドレスを着たらいいと思う？　ペールイエローのサテンのドレス、それとも刺繍のついた白いシルクのドレスかしら」

それから数時間後、メグは混んだ広間をこっそり抜けだした。廊下に出ると、音楽や人びとの話し声が遠ざかって小さくなった。階段を下りて廊下を歩き、人気のない場所に進むにつれ、空気がひんやりしてきた。広間の中は人いきれでむっとしていたので、その冷たさが心地よく感じられる。

どこかに座れる場所はないかとあたりを見まわし、大きなイチジクの鉢植えの陰に半分隠れている椅子に目を留めると、長い廊下をそちらに向かって歩きだした。そしてそこに椅子を置こうと考えついた人に感謝しながら腰を下ろした。座ってみて初めて、生い茂った葉の陰に隠れ、周囲からは自分の姿が見えないことに気づいた。最初に迷っていた二枚のドレスではなく、若草色のサーセネットのイブニングドレスを着てきたのでなおさらだ。

五分だけここで休憩し、それからパーティ会場に戻ろう。ほんの短い時間でいいから、ゴシップ好きの社交界の人たちのつまらないおしゃべりや噂話から解放されたい。

メグは社交シーズンにだんだん飽きてきていた。いつも鋭い観察眼とウィットで楽しませてくれたマックケイブ大尉とグレシャム卿がいなくなったことも、退屈な気分に拍車をかけていた。マックケイブ大尉はプロポーズを断わられたので、もうメグの前に姿を現わすことはないだろう。その決断を後悔してはいないが、それでも大尉と会えないことはやはり寂しかった。

ケイドたち兄弟の誰かに声をかけようかとも思ったが、さっき広間に隣接した応接室をのぞいたところ、みな政治や戦争についての議論に夢中になっていた。マロリーは少佐とサパーダンスを踊り、公爵未亡人は友人とカードゲームに興じている。

あと少しで屋敷に戻れるのだから、それまで我慢しよう。あと数時間でケイドとふたりきりになれる。メグは目を閉じてうっとりした。

そのとき廊下の反対側からドアの開く音が聞こえた。音のしたほうに目をやると、知らない部屋からひとりの男性が出てくるのが見えた。それがエヴェレット卿であることがわかり、メグははっとした。あの金色の髪とすらりとした体形は、離れたところからでも見間違いようがない。エヴェレット卿がいったん立ち止まって周囲を確認するのを、メグは息を殺して見ていた。だが鉢植えの陰に彼女がいることに、向こうは気づかなかったようだった。エヴェレット卿は誰の姿もないことにほっとした表情を浮かべると、足音を忍ばせて屋敷の後方に向かって歩きだした。

彼はどこに行こうとしているのだろう。いったいなにをしようとしているの？　メグはためらうことなく立ちあがり、エヴェレット卿のあとを追った。

ケイドが知ったら激怒することはわかっていたが、エヴェレット卿が悪事を働こうとしているかもしれないのに、それを黙って見過ごすことはできなかった。もちろん、彼はただ、女性と密会しようとしているだけなのかもしれない。だがメグの本能は、なにか大変なことが起きようとしていると告げていた。もしエヴェレット卿が敵に国家機密をもらしている現場を押さえることができたら、それは願ってもないことではないか。向こうにこちらの姿を見せるような愚かで危険なことをするつもりはない。でも彼がフランスのスパイと一緒にいる場面を目撃できれば、ケイドの汚名をそそぎ、裏切り者を逮捕する証拠になるだろう。

磨きこまれた大理石の床の上を足音をたてずに歩きながら、メグはエヴェレット卿をつけた。少し先で彼が立ち止まったので、あわてて壁龕《へきがん》に隠れた。でも幸いなことに、エヴェレット卿は後ろをふりかえることなく、廊下の一番奥にある部屋のドアを開けて中にはいっていった。

メグは肩越しにちらりと後ろを見やり、誰にも見られていないことを確かめた。廊下にはまったく人の気配がなかった。パーティ会場に灯されたまばゆいろうそくの光も、ここまでは届いていない。照明の当たっていない場所からはみださないように注意し、エヴェレット卿のはいった部屋に歩み寄った。ぎりぎりまでドアに近づいて壁に背中を押し当てる。不安のあまり心臓が激しく打つのを感じながら、落ち着くよう自分に言い聞かせて耳をそばだてた。

しばらくのあいだ、部屋の中からはなんの音も聞こえなかった。エヴェレット卿ひとりしかいないのだろうかと思いはじめたそのとき、別の男性の押し殺したような声が聞こえてきた。メグはドアに耳を寄せ、懸命に会話を聞き取ろうとした。

「……こんなに危険なことはもう二度とさせないでくれ」

「……ほかにいい場所があるか？　……誰にもあやしまれることはないから心配はいらない」エヴェレット卿が言った。

長い沈黙があった。

「新しい情報は？」エヴェレット卿の声がした。

ところがふたりは部屋の奥に進んだらしく、声がまた聞き取れなくなった。メグは危険を承知で壁から背中を離し、ドアの真横に立って首を伸ばした。ちょうつがいとちょうつがいのあいだの細長いすきまから、室内が少しだけ見えた。エヴェレット卿がこちらに横顔を向けて立っている。だが謎の男の顔は闇に隠れ、肩と腕の一部しか見えなかった。

男が小さな紙片を差しだした。エヴェレット卿はそれを受け取り、中身にさっと目を走らせた。「これはたしかな情報か」

「信用できる筋から得た情報だ。もっともそいつはもう死んでいるから、確認を取ることはできないが」

メグは思わず息を呑み、口にこぶしを押し当てた。エヴェレット卿の低い笑い声に、背筋が寒くなるのを感じた。彼が裏切り者であることに、もう疑いをはさむ余地はない。一緒にいるスパイ仲間同様、エヴェレット卿は良心も罪の意識も一切持ちあわせていないのだ。

そのときふいにエヴェレット卿が口をつぐんでドアのほうを見た。メグはとっさに顔をひっこめ、口を手でおおって息を殺した。ドアのわずかなすきまから自分の影が見えていないことを、天に祈るような気持ちだった。

しばらくしてエヴェレット卿はふっと肩の力を抜き、手に持った紙片にふたたび目を落とした。「よくやった」そしてそれを上着の内ポケットに入れた。

「役に立てて嬉しいよ」謎の男は低くなめらかな声で言ったが、その口調にはどこか皮肉めいた響きが感じられた。「わたしはこれ以上長居しないほうがいいだろう。ほかに急ぎの用がなければ、これで失礼する」

メグはいますぐきびすを返し、人の多い安全な広間に戻るべきだとわかっていた。だがなぜか直感のようなものが働き、ドアのそばを離れられなかった。

男がその場を去ろうと歩きはじめると、メグは緊張で体をこわばらせた。だが彼は出口ではなく、部屋の奥にある両開きの扉に向かった。メグは男がいなくなる前になんとかその姿を見ようと目を凝らしたが、一瞬見えたその横顔も、薄暗い部屋の中では判然としなかった。ただ、黒っぽい髪に中肉中背の体形をしている、ということしかわからなかった。それだけではとても人物の特定はできない。

開いた扉からさわやかな六月の夜風が吹きこみ、薄いカーテンを揺らした。男はふりかえることなく、そのまま外に出ていった。

エヴェレット卿が扉を閉めて鍵《かぎ》をかけた。上着のポケットに手を入れて紙片を取りだし、もう一度中身に目を通す。それから火の消えかかった暖炉に近づき、紙を握りつぶして火床に放りこんだ。

それを見てメグは、もはや一刻の猶予もないことを悟った。精いっぱいの急ぎ足で廊下を半分ほど進んだところで、向かって左側の部屋のドアが半開きになっているのに気がついた。とっさにその暗い部屋に駆け寄って中に飛びこんだ。暗闇に身をひそめ、激しく打っている胸の鼓動が廊下まで聞こえるのではないかという不安と闘った。

まもなく静かな足音が近づいてきた。メグは目を固く閉じ、悲鳴をあげそうになるのをこらえた。見えない手で首を絞められているように、呼吸が苦しくなってきた。

足音がどんどん近づいてくる。メグは唇を噛んでじっと待った。だが足音はそのまま部屋の前を通りすぎ、やがて遠くに消えていった。

ひざから力が抜け、胸もとに汗が吹きだした。念のため五分ほどその場を動かず、それからおそるおそるドアに近づいた。廊下をのぞいてみたところ、どこにも人影は見えなかった。ドアの外に出て広間に向かいかけたところで、メグはふと足を止めた。

さっきの紙片にはなにが書かれていたのだろうか。

エヴェレット卿は中身を暗記し、それを暖炉に放りこんだのだろう。おそらくいまごろは灰になっているだろうが、ひょっとすると燃え残っているかもしれない。暖炉の火はほとんど消えかかっていた。紙片の一部でもいいから、残ってはいないだろうか。

メグは爪を噛みながら迷った。そして、ここまで来たのだから、最後まで見届けるべきだろうと考えた。くるりときびすを返し、足早に廊下の奥に向かった。

深夜の二時を過ぎたころ、ケイドはメグの寝室に続く隠し扉の掛け金をはずした。部屋に足を踏みいれ、ろうそくの炎を揺らしながら扉を後ろ手に閉めた。

いつもなら室内は闇に包まれているが、今夜はナイトテーブルの上でろうそくが燃えている。それにメグはベッドで待っているのではなく、暖炉のそばに置かれた椅子に座っている。ケイドが最初にこの部屋を訪れたときに座っていた椅子だ。あれからもうずいぶん長い時間が過ぎたような気がする。

ケイドはナイトテーブルに燭台を置いた。メグのほうをふりかえると、彼女が思いつめた顔をしているのに気づいた。「横になってればよかったのに」優しい声で言った。

「疲れてないの」

「ベッドで待つ理由はほかにもあるだろう」ケイドは手を差しのべた。「さあ、こっちにおいで。ぼくがきみを疲れさせてやろう」

だがメグはにこりともせず、黙ったまま動かなかった。

「どうしたんだ？」ケイドは手を下ろした。

「なんでもないわ。いえ……なんでもないことはないんだけど、でも……」

「でも、なんだい？」

メグはピンクのガウンをなでつけると、顔を上げてケイドの目を見た。「怒らないと約束して」

ケイドはけげんな顔をした。「どういうことかな」

「約束してくれたら話すわ」

ケイドは胸の前で腕組みした。「メグ――」

「お願い。それから大きな声も出さないと言ってちょうだい。みんなが起きて駆けつけてきたら大変だわ」

「声のことなら、ぼくはいつも細心の注意を払っている。きみのほうはときどきそのことを忘れるようだが」

メグは頬を赤らめた。「とにかく、紳士として誓ってほしいの」

ケイドはあごをこわばらせた。いったいなにがあったのだろうか。胃のあたりが急に締めつけられたような気がした。「わかった。けっして大声を出さないと約束する。怒りもできるだけ抑えることにしよう。さあ、話してくれ」

「これよ」メグはポケットに手を入れ、縁と中央部分に焦げ跡のある分厚い羊皮紙を取りだした。

ケイドはじっとそれを見つめた。「手紙かい？　それがどうしたというんだ？」

メグはうつむき、片手でシルクのガウンの生地をもてあそんだ。「ただの手紙じゃないの。これは……」

「話してごらん」ケイドは先を促した。

「エヴェレット卿が受け取った手紙なのよ。彼が暖炉に放りこんだものを、あとからわたしが拾いあげたの」

「なんだと！」ケイドは思わず大声を出した。

「怒鳴らないと約束したでしょう」

ケイドは体の脇で両手をこぶしに握り、そんな約束をしたことを後悔した。深呼吸をして気持ちを落ち着かせ、努めて静かな口調で訊いた。「それはどういう意味なんだ」

「あの人は今夜、スパイとひそかに会っていたの。そこでこれを手渡されたのよ」

ケイドのこめかみがうずきはじめた。「どうしてきみがそんなことを知っているのか」

「彼のあとをつけて、ふたりの会話を盗み聞きしたの」

「なんだと！」

メグはとがめるような目でケイドを見た。「大きな声を出さないでと言ったでしょう。しかも、さっきとまったく同じ言葉で怒鳴ってるわ」

ケイドはこぶしを握ったり開いたりした。声を荒げないよう注意しながら、ゆっくりと言った。「つまりきみは、エヴェレットが広間を出ていくのを見て、あとをつけたというわけか——」

メグはケイドの言葉をさえぎった。「いいえ、そうじゃないわ。少しひとりになりたくて一階の廊下で休んでいたとき、たまたまエヴェレット卿を見かけたの。彼が屋敷の一番奥にある無人の部屋にはいっていくのを見て、なにかを企んでいるとぴんと来たのよ」

「あの男がなにかを企んでいるのは、今夜にかぎったことじゃない」ケイドはローブのポケットに両手を入れて何歩か前に進んだ。「どうしてすぐに広間に戻らなかったんだ。ぼくに知らせてくれればよかっただろう」

メグは眉間にしわを寄せた。「あなたを捜す時間はなかったもの。それにあの人がなにをするのかを確認しないまま、黙って立ち去るなんてできなかったわ」

「いや、きみはすぐにその場を立ち去るべきだった。エヴェレットとはもう二度とかかわらないと、ぼくに約束したはずじゃなかったのか」

「ええ、あれから彼とは付き合ってないわ」メグはひざの上で指をからませた。「オペラに行ったとき、一度だけ向こうから近づいてきたことがあったけど――」

ケイドの頬がぴくりと動いた。「あいつが近づいてきたのか？」

「ええ、数週間前、あなたが一緒に来なかったときのことよ。わたしがもう付き合えないと言ったら、おとなしく引きさがってくれたわ。それ以来、ひと言も口をきいてない」

「どうしてもっと早くそのことを言わなかったんだ」

「あなたに話したら、さっきと同じような反応をすることがわかっていたからよ。でもこの手紙のことだけは、絶対にあなたに教えなくちゃと思って」

「なにが書かれている？」ケイドは感情を抑えて言った。「エヴェレットに姿を見られなかったか？」

「まさか」

「どうしてそう言いきれるんだ」

メグはむっとした。「気づかれように注意したもの」

「気づかれていたとしてもおかしくない。きみは自分がどれほどの危険を冒したのか、わかっているのかい？　会話を盗み聞きしているところを見つかったら、どんな目にあわされるだろうとは考えなかったのか」

メグは背中に冷たいものが走るのを感じた。「もちろん考えたわ。でも結局すべてはうまくいったんだし、エヴェレット卿ももうひとりのスパイも、わたしに見られていたとは夢にも思ってないはずよ」

ケイドは髪を指ですきながら、部屋の中を行ったり来たりした。あまりに危険なことをしたメグを怒鳴りつけたい気持ちでいっぱいだった。彼女の腕をつかんで椅子から立たせ、二度とばかなまねをしないよう、少し脅かしてでもきつく言い聞かせたい。エヴェレットとメグのことはもう解決したと思っていたが、どうやらそうではなかったようだ。

メグに近づくとなにをしてしまうか自分でもわからなかったので、ケイドはベッドのところに行ってマットレスに腰を下ろした。「それで、もうひとりの男は誰だったんだ？」不思議なほど落ち着いた口調で尋ねた。

メグはケイドの口調が和らいだことにほっと安堵のため息をついた。「わからない。相手はずっと暗がりにいたから、顔が見えなかったの。でも、イギリス人、しかも貴族のような話しかたをしていたわ」

「手紙は？　どこで拾ったんだい？」

「細かいことは省くけど、エヴェレット卿が広間に戻る前に暖炉に放りこんだのよ。わたしはあとからその部屋に戻ったの」

　ケイドは唇を結んだ。「なるほど」

「それが火床にあったことを考えると、燃え尽きなかったのは幸運だったわね。でも薪は消えかかっていたし……まあ、紙を完全に燃やすには火が弱すぎたみたい」メグはところどころ焦げた羊皮紙を掲げてみせた。

　ケイドは怒りをぐっとこらえた。「なにが書いてあるんだ？」

「どうぞ」メグは立ちあがり、ケイドに近づいた。「自分で読んだほうが早いでしょう」

　ケイドは一瞬間を置き、身を乗りだして紙片を受け取った。かさかさという小さな音をたてながら、くたびれた羊皮紙を開いた。

日曜
深夜十二時
ステイブリッジ荘

　一番下に書きなぐったような字で署名がされていたが、判読することはできなかった。

「充分な情報じゃないけれど、重要な手がかりになるかもしれないと思ったの。きっと密会場所ね」

「ああ」ケイドは紙片をふたたび半分に折りたたみ、ポケットに入れた。ステイブリッジ荘が破産した人物の元所有地で、つい最近競売にかけられ、匿名の入札者に落札されたことはメグには黙っていることにした。落札したのはエヴェレットだろうか、それともまったく関係のない第三者だろうか。エヴェレット以外のスパイや売国奴が入札者という可能性も考えられる。

「日曜というと明日だわ。これは明日の深夜のことかしら。もう日付が変わったから、今日と言ったほうがいいかもしれないけど」

「それはわからないが、きみが頭を悩ます必要はない」

「でもケイド――」

「この話はもう終わりだ。ぼくはきみに約束をした。今度はきみがぼくに約束してほしい。エヴェレットや彼が接触する人物の話を盗み聞きするなどといったスパイのまねごとは、今後一切やめるんだ。万が一エヴェレットが近づいてきたら、すぐにぼくのところに来て、片時もそばを離れないでくれ」

「片時もそばを離れないのは、お互いにちょっと窮屈そうね」

ケイドはメグの手をぐいと引っぱり、開いた脚のあいだに立たせて背中に腕をまわした。

「これは笑いごとじゃない。きみはひどい目にあっていたかもしれないんだぞ。頼むからぼくに約束してくれないか」

メグは真顔になった。「ええ、約束するわ。もう二度とエヴェレット卿のあとをつけたりしない」手を伸ばしてケイドの髪をなでた。「正直に言うと、怖くてたまらなかったの」

「それはそうだろう」ケイドは深呼吸をし、気持ちをなだめようとした。「もう夜も更けた。そろそろベッドにはいろうか」

「そうね」メグはケイドの頬をなでた。「まだわたしを疲れさせたい気分かしら?」

ケイドの下半身が即座に反応した。エヴェレットの手紙を拾いあげたことについては、また今度ゆっくり話をすればいい。メグの胸に顔をうずめ、甘く女らしいにおいを吸いこんだ。両手を柔らかなヒップにはわせ、優しくもみほぐした。そしてメグの体を抱いたまま、仰向けにベッドに倒れた。

メグは小さな悲鳴をあげながら、ケイドの上に倒れこんだ。みぞおちに硬くなった男性の部分が当たっている。「その気分のようね」

ケイドは彼女に唇を重ね、甘く情熱的なキスをした。

20

翌朝、朝食が終わるとケイドはメグを脇に連れだし、ほかの家族がいなくなるのを待った。召使いにもうなずいて合図をし、朝食室から出ていかせた。

「今夜はたぶん部屋に行けないと思う」小声で言った。「だからぼくを待たないでくれ」

メグはケイドの腕に手をかけた。「あの人のところに行くのね」

「念のため確認しに行くだけだ。日曜の深夜というのが、今夜のことではない可能性はおおいにある。ひょっとしたらあれは日時を指しているのではなく、なにかの暗号かもしれない」

メグはけげんな顔をした。「本当に暗号だと思ってるの?」

ケイドはメグの手を取り、自分の胸に押し当てた。「どちらにしても、きみは心配しなくていい。朝までには戻ってくる。ぼくがいないことに気がつく間もないくらいだ」

「あれはどこのことなの?　あなたは手紙に書かれていた場所のことをよく知ってるんでしょう」

ケイドはなんと答えようか迷い、しばらくのあいだ黙っていた。「実際に行ったことはないが、ステイブリッジ荘はケント州にある地所だ。そこから先のことは教えるつもりはない」

メグはそれ以上訊いても無駄だと思い、もうひとつ気にかかっていることを口にした。「兄弟の誰かも一緒なの？」

「いや」ケイドはメグの手を放し、一歩後ろに下がった。「わざわざみんなの手を煩わせることはない。偵察がすんだら、すぐにロンドンに引き返してくる」

ケイドはひとりで行こうとしているのだ。メグは不安で胃がぎゅっと縮んだ。あの紙片を暖炉から拾いあげ、ケイドに見せたりなどしなければよかった。自信家の男性にはよくあることだが、ケイドも自分だけの力でなんでもできると思いこんでいるらしい。でももし今回の件がケイドひとりの手に負えなかったら、そのときはどうなるのだろう。

「やっぱり誰かに頼んで――」

ケイドはメグの言葉をさえぎった。「ぼくを信じてくれ。今夜のことを話したのは、きみがまたやきもきしてばかなことをするんじゃないかと思ったからだ」

「ひどいことを言うのね、閣下。ときどき向こう見ずなことはするかもしれないけど、わたしはばかなことなんかしないわ」

ケイドはにやりとした。「きみを侮辱するつもりで言ったんじゃない。ちょっと釘をさしておきたかっただけだ」そこで急にまじめな口調になった。「とにかく今夜は母さんとマロリーと一緒に舞踏会に行き、いつものようにダンスを楽しんだら、まっすぐ屋敷に戻ってくれ。いいかい？」

「わかったわ」

舞踏会には行くつもりだが、かならずしも最後までいる必要はないだろう。それに会場からまっすぐ戻ったあと、ずっと屋敷にいるという約束もしていない。メグの頭にふとある考えが浮かんだが、いまはまだなにも決めないことにした。ひそかに考えていることをケイドに悟られないよう、心配そうな笑みを浮かべ、おとなしく引きさがったふりをした。

ケイドはいぶかしむような目でメグの顔を見ていたが、やがてふっと表情を和らげ、満足げにうなずいた。

閉まったドアにちらりと目をやると、メグを抱き寄せて甘いキスをした。「今日はお互いに忙しくてほとんど会えないだろうから、いまここでおやすみの挨拶をしておこう。また明日の朝会おう。でももし早く帰ってこられたら、寝室を訪ねることにする」

「ええ、また明日ね。くれぐれも気をつけて」

「ああ、そのつもりだ」

メグにはなにも言わなかったものの、ケイドはステイブリッジ荘にひとりきりで行くわけではなかった。連絡する時間はなかったが、セロニアス・フェリックも来るはずだ。フェリックの仕事はエヴェレットを尾行することなのだから、ケント州まで本人を追ってくるだろう。

このままロンドンにとどまり、フェリックの報告を待つこともできる。だがエヴェレットがついに正体を現わそうとしているのに、のんびり待ってなどいられない。それにあの男が誰と会っているのか、どういった機密情報がやりとりされているのかを、できればこの目で確かめたい気持ちもある。

メグに言ったことは嘘ではない。今日は様子をうかがうだけにとどめる予定だ。少なくともいまはそのつもりでいる。でももしチャンスがあれば、そのときは行動を起こす覚悟ができている。運がよければ、ふたりのスパイを同時につかまえることができるかもしれない。もちろんあの手紙に書かれていたことがでたらめで、エヴェレットが姿を現わさなかったら、ケント州の片田舎から真っ暗な長い道のりをひとりで戻ってくることになる。それでも、とにかく行ってみる価値はあるだろう。

その日の午後遅く、メグは厩舎に行った。マロリーと公爵未亡人は、晩餐とそのあとの舞踏会に備えて昼寝をしていた。ケイドが自室の窓から厩舎の庭がよく見えると言っていたことを思いだし、メグは屋敷を出る前に使用人をつかまえて、彼が外出していることを確認した。薄暗い厩舎に足を踏みいれると、一頭の馬がメグに挨拶をするように鼻を鳴らした。中は干し草のにおいと馬の体臭に満ちている。すぐになじみの馬丁がやってきて、ひょいと帽子を持ちあげた。

「こんにちは、ミス・アンバリー」

「こんにちは、ブラウン。ご機嫌はいかが？」

「はい、おかげさまで元気です。なにかご用でしょうか」ブラウンは不思議そうな顔をした。普段ならメグがその時間に厩舎にやってくることはない。

「ええ、ちょっと訊きたいことがあるの。ケイド卿から今夜、馬車の用意をするように言われなかった？」

ブラウンは帽子を脱いで頭をかき、それからまたかぶった。「わしはよく知らんのです。閣下はいつも馬丁頭と直接話をなさるもんですから。でも誰かが、ケイド卿の馬車を今夜準備しなくちゃならないと言っていたのを聞きました」

「時間は言ってなかった？」

ブラウンはぼさぼさの眉を上げた。「たしか十時でした」

メグは微笑んだ。「ありがとう。それから頼みたいことがあるんだけど、いいかしら」

ブラウンは落ち着かない様子で脚をもぞもぞさせた。「頼みですか？　なんでしょう」

「たいしたことじゃないわ。いつもの牝馬に鞍をつけ、すぐに乗れるようにしておいてほしいの。時間は……そうね、九時半に」

「お安いご用です」

「馬は馬房で待たせておいてくれればいいわ。支度ができたら下りてくるから」メグはポケットに手を入れ、ギニー金貨を取りだした。馬丁が二週間働いてようやく稼げるぐらいの金額だ。「このことは内緒にしてちょうだい。特にケイド卿には絶対に言わないで」

ブラウンは金貨をちらりと見た。一瞬ためらったのち、メグの手のひらからそれをさっと取ってポケットに入れた。「はい、わかりました。誰にも言いません。ケイド卿のあとを追うんですか？」そう言ってウィンクをした。

「まあね」

「馬は九時までに鞍をつけておきます。みんなで馬具室でカードゲームをするもんで、それより遅くなるとあやしまれますから」

「ええ、じゃあ九時に」


舞踏会を途中で抜けだすことは、予想していたよりもずっと簡単だった。メグは会場に到着してまもなく、公爵未亡人とマロリーを脇に連れだし、頭痛がするので屋敷に帰りたいと言った。

「ひどく顔色が悪いわ」マロリーが言った。

もし自分の顔が青ざめているとしたら、それは不安と緊張のせいだろう、とメグは思った。

「夏風邪じゃないといいんだけど」公爵未亡人が母親らしくメグの額に手を当てた。「熱はないみたいね」

「たいしたことはないの。いつもの偏頭痛だから、すぐによくなるでしょう」

マロリーはうなずいた。「だったらみんなで帰りましょうか――」

「いいえ、わたしのためにおふたりの予定を台無しにするわけにはいかないわ。どうぞおふたりで楽しんでちょうだい。屋敷に着いたら、馬車をまたここによこすから」

マロリーと公爵未亡人を説得するにはそれから一分ほどかかったが、最終的にはふたりとも会場にとどまることになった。メグはまた、帰宅しても自分の様子を見に来る必要はないとも言った。

「舞踏会が終わるのは真夜中ですもの。わたしは帰ったらすぐに横になり、ひと晩ぐっすり眠ることにするわ。また明日の朝に会いましょう」

まもなくメグは公爵家の馬車に乗って帰路についた。

屋敷に着くとエイミーにも頭痛がすると嘘をつき、ネグリジェを用意させて着替えた。そしてエイミーを追いだすようにして部屋から出ていかせると、着たばかりのネグリジェを脱いで黒いデイドレスに身を包み、一番歩きやすいブーツを履いた。

部屋を出る直前に思いつき、上掛けの下に枕をいくつか入れた。これなら万が一誰かが様子を見に来ても、シーツにくるまって寝ていると思ってくれるだろう。メグはナイトテーブルに置かれたろうそくの火を吹き消し、出口に向かった。

廊下に出て初めて、ケイドと鉢合わせする可能性に思いいたった。案の定、厩舎に続く階段を急ぎ足で下りているとき、二階からケイドの話し声が聞こえてきた。あわてて厩舎に駆けこみ、なんとか見つからずに馬房にたどりつくことができた。馬は鞍をつけ、いつでも出かけられる準備ができていた。

数分後、ケイドが馬車に乗りこみながら、馬丁のひとりと話している声がした。馬車が最初の料金所に着く前に追いつかなければ、彼を見失ってしまう。メグは一刻の猶予もないと悟り、牝馬の綱を引いて馬房の外に出ると、その背に乗って出発した。

あと少しで真夜中になろうというころ、ケイドはステイブリッジ荘から半マイルほど離れた暗い道に馬車を停めた。馬をその場に残して餌《えさ》をやり、林に分けいった。さっきあたりを見てまわったところ、誰にも気づかれずにステイブリッジ荘に近づくには、林を抜けるのが一番いいということがわかった。足音をたてないように注意して肥沃《ひよく》な土を踏みしめながら、ステッキがあってよかったと思った。起伏した地面を歩くのに重宝するばかりでなく、もしものときには護身にも役立つだろう。

数週間前に特別注文して作ったそのステッキには、空洞部分に剣が仕込んである。それを使うことになるかどうかは、ケイドにもいまのところわからなかった。

　頭上高く満月が輝き、生暖かい夜風が吹く中、コオロギが歌うように鳴いている。やがて屋敷が見えてきた。建物の中に明かりがひとつついているのが見えたが、人が住んでいる気配は感じられなかった。管理人がやってくることはあるのだろうが、新しい持ち主はまだここを使っていないらしい。売国奴が密会するのに、これほど適した場所はない。

　ケイドは木陰に身をひそめ、じっと屋敷の様子をうかがった。五分がたった。やがて十分が過ぎ、二十分が過ぎた。あたりはしんと静まりかえり、人影はどこにもない。紙片に書かれていた日時はでたらめだったのだろうか。あるいは最初からこの場所で密会の予定などなかったのかもしれない。

　きびすを返して馬車のところに戻ろうとしたそのとき、みぞおちが締めつけられるような感覚に襲われ、全身が総毛立った。屋敷に続く小道に明かりが見えた。使用人らしき男がカンテラを高く掲げて歩いている。その後ろからもうひとりの男が現われた。あの自信たっぷりの不遜《ふそん》な歩きかたを見れば、それが誰かであるかはすぐにわかる。

　エヴェレットだ。

　ケイドはステッキを握る手にぐっと力を入れ、いつでも戦える体勢を整えた。だが背後をふりかえっても、そこに敵の姿はなかった。ケイドが険しい顔で見ていると、エヴェレット卿がブーツのかかとで砂利を鳴らしてふいに立ち止まった。そして林のほうを見た。

「そこにいるのはわかってるぞ、バイロン。お前が来るのをずっと待っていた」

ケイドはなにも言わなかった。エヴェレットは本当にケイドがいることを知っているのか、それとも当てずっぽうに言っているだけなのか。

「いい隠れ場所を見つけたな。わたしがお前でも、そこを選んでいただろう」

フェリックはどこだろう、とケイドは思った。彼もどこかで聞き耳をたてているのだろうか。お互いのいる場所がわかったら、ふたりでエヴェレットを倒すことができるのだが。もっとも、連絡員と会っていなかったとなれば、エヴェレットを倒す正当な理由はなくなる。だがあたりにスパイらしき人物の姿は見当たらない。

「やれやれ」エヴェレット卿はこばかにしたように言った。「もっと素直になったほうがいいぞ。こっちはお前の大切なものを預かっている」

大切なもの？　いったいなんのことだ？　これはきっとエヴェレットの罠にちがいない。あるいは適当なことを言い、こちらを挑発しようとしているのだろう。

「そうか、興味がないのか」エヴェレット卿はのんびりした口調で言った。「お前がそんな態度を取っていることがわかったら、さぞや落胆するだろうな。お前の雇った男は」

ちくしょう、フェリックだ。

「そのとおり。一時間ほど前に、このあたりをうろつきまわっているところをつかまえた。小賢《こざか》しくて腕っぷしの強い男だな。なかなか健闘したが、残念ながらわたしに勝つことはできなかった」

ケイドは木に寄りかかり、ささくれた幹にこぶしを強く押しつけた。

「心配しなくてもまだ生きている。だが頭蓋骨にひびがはいっていることを考えると、朝までもつかどうかは微妙なところだ。いずれにせよ、彼はお前を助けに駆けつけてくることも、自力で逃げることもできない状態にある」

フェリックを助けに行きたいのはやまやまだが、その前に自分までつかまってしまうのは目に見えている。ケイドは考えた。ここはいったんロンドンに引き返し、兄弟に助けを求めるのが一番だ。運がよければ、フェリックが命を落とす前に救いだすことができるだろう。だがもちろん、エヴェレットが彼を殺してしまえば、それもかなわないことだ。

エヴェレット卿は大きなため息をついた。「お前には本当にいらいらさせられる。だったらもうひとつ、とっておきのものを見せてやろう。お前にこれを見せないわけにはいかないだろうからな」

ケイドはふたたび胃がねじれるような感覚を覚えた。あの悪党は、フェリックのほかにも切り札を持っているというのか。

エヴェレット卿がいったん後ろに下がり、ひとりの人物をひきずるようにしてカンテラの明かりの当たるところに連れてきた。それは女性だった。女性がつまずきそうになると、黒いスカートのすそが大きく揺れた。淡い金色の髪が月光のようにきらめいている。

〝メグ！〟

ケイドは心臓が止まりそうになった。

「彼女が死んでもいいのか」

そのときメグがエヴェレット卿の手をふりはらい、口にはめられた猿ぐつわをもぎとった。

「だめよ、ケイド！　出てきちゃだめ！　そこにいるなら逃げて。さあ、早く！」

メグは走ろうとしたが、三歩も進まないうちにウェストに手をかけられてひきずり戻された。エヴェレット卿が片手をメグのこめかみに当てる。その手には銃が握られていた。

「さあ、どうする？」それまで冷静だったエヴェレット卿の声音が、突然荒々しくなった。

「逃げたらこの女の命はないぞ」

ケイドはためらうことなく足を前に踏みだした。

21

ケイドが林から出てくるのを見て、メグは胸が押しつぶされそうになった。絶望のあまり、こめかみに硬く冷たい金属が押し当てられていることにも、ほとんど気がつかなかった。ケイドのあとを追ってきて、こうしてとらえられてしまうとは、わたしはなんと愚かだったのだろう。メグは激しく自分を責めた。わたしの軽率な行動が、ケイドをますます窮地に追いこんでしまった。

メグは自分がどうして見つかってしまったのか、いまだによく理解できなかった。小道の横にある芝生の庭をこっそり歩いていると、突然エヴェレット卿が現われた。いつのまにか背後から近づいてきて、いきなりメグをつかまえたのだ。鼻と口を手で強くふさがれ、メグは大声を出す暇さえなかった。そしていま、エヴェレット卿がなにを企んでいるのかもわからないまま、ケイドを罠にかけるための餌に使われている。

「止まれ」ケイドがあと数ヤードのところまで近づくと、エヴェレット卿は言った。

ケイドは立ち止まった。

「武器を隠していないかどうか調べさせる」

使用人がうなずいてケイドに駆け寄った。衣服越しにケイドの体を軽く叩いて調べ、上着の内ポケットからナイフを二本、右のブーツから一本抜きだした。それから武骨な手でステッキの握りをひねり、それが取れるかどうかを確かめた。だが純金の握りも上質な黒檀《こくたん》の柄も、ぴくりとも動かなかった。「これはどうします？ 取りあげておきますか？」

ケイドが口をはさんだ。「別にかまわないが、それがなければぼくはうまく歩けない」

エヴェレット卿はゆがんだ笑みを浮かべた。「そうだ、お前は傷痍《しょうい》軍人だったな。戦争で怪我をするのはよくあることとはいえ、お前もつくづく運の悪い男だ」そう言うと使用人が持っているステッキをながめた。「返してやれ。そんなもので銃弾がよけられるとも思えない」

使用人はにやにや笑い、ステッキをケイドに投げてよこした。ケイドは横に何歩かよろめき、芝生に落ちたステッキを拾いあげた。

「なかにはいれ」エヴェレット卿は先に屋敷にはいるよう、銃でケイドを促した。エヴェレット卿に腕を乱暴につかまれ、メグは悲鳴をあげた。そして彼の横に並び、ひきずられるようにして一緒に屋敷に歩いていった。

鏡板張りの暗い玄関ホールは荒れはてており、埃とかびのにおいが鼻をついた。かつては美しい建物だったのだろうが、いまでは高い天井の隅にクモがいくつも巣を張っている。元の所有者が破産したせいで、すっかりさびれた場所と化したらしい。家具らしい家具といえば、木の椅子が一脚、さらに隣接した客間にぼんやり見えるすりきれた大きなソファがあるぐらいだ。

危険を察知したネズミが甲高い声で鳴き、尻尾を揺らしながら幅木の下のすきまに逃げこんだ。

使用人が二本のろうそくに火を灯すと、メグはぞっとして目をそらした。明かりが増えたせいで、不気味な室内の様子がよく見えるようになった。

エヴェレット卿はケイドに身ぶりで椅子を示した。ケイドは一瞬ためらったが、メグにまだ銃口が向けられているのを見て観念した。ここしばらくなかったほどひどく足をひきずりながら玄関ホールを横切り、壁にステッキを立てかけて椅子に腰を下ろした。使用人に促されて椅子の後ろに手をまわし、太いロープで手首を縛られた。使用人が最後にロープをきつく締めあげると、ケイドの体が傍目にもわかるほどこわばった。

「下がれ」エヴェレット卿は使用人に命じた。「必要になったらまた呼ぶ」

メグは次に使用人の手が必要になるのはどんなときだろうといぶかったが、その答えは知らないほうがよさそうだと思いなおした。

ケイドの自由を完全に奪い、エヴェレット卿の表情から緊張の色が消えた。満足感が安っぽいコロンのように全身からただよっている。「こんなにうまくいくとは正直思っていなかった。図書室でちょっとした罠を仕掛けたときには、これほどの素晴らしい結末は予想してなかったよ」

「どういう意味？」メグは驚いた。「罠とはなんのこと？」

「おやおや、まだわからないのか。昨夜、きみは舞踏会でわたしたちの話を盗み聞きしていただろう」

「でもわたしは——」

「声も出さなかったし、足音もたてなかったと言いたいのかい？　きみは素人にしてはなかなか優秀だったが、あいにく偽装と小細工はわたしの得意分野でね。天才と言ってもいいだろう。きみはまんまと罠にかかり、偽物の手紙を拾いあげた」

メグはあ然とした。「偽物ですって？　わたしはあなたがもうひとりの人物から手紙を受け取り、暖炉に放りこむのをこの目で見たわ」

「その手紙が偽物かもしれないとは考えなかったようだな。本物はわたしの上着のポケットにはいっていた」

「どうしてわたしが部屋に引き返すことがわかったの？」

エヴェレット卿は肩をすくめた。「確信はなかったが、やってみる価値はあると思った。きみがもし手紙を拾ったら、すぐにバイロンに報告することはわかっていた。この場所で密会があるかもしれないとなれば、バイロンがそれを黙って見過ごすはずがない。わたしの尻尾をつかまえる絶好のチャンスだからな。きみには本当に感謝しているよ、ミス・アンバリー。バイロンをここにおびきだしてくれたことに礼を言う」

メグは吐き気を覚え、後悔に胸をさいなまれた。わたしはなぜケイドの言うことに耳を貸さなかったのだろうか。彼は何度もエヴェレット卿のことを警告していたのに、わたしは自分ならだいじょうぶだとたかをくくり、ケイドの役に立てるとうぬぼれていた。ケイドはばかなことをしたわたしに、ほとほと愛想が尽きたにちがいない。メグはケイドの顔を見ることができず、床に視線を落とした。

「でもきみには本当に驚かされたよ。罠を仕掛けたときは、きみたちふたりを同時につかまえることになるとは思ってもみなかった。わたしが狙っていたのはバイロンだけだったからな。ロンドンで出くわしてからというもの、こちらが周到に練りあげた計画の邪魔をするバイロンは、ずっと頭痛の種だった。彼がわたしのことをスパイだと騒ぎたてるまでは、なにもかもうまくいっていた。ところがあの一件があってからというもの、わたしは目立たないようにおとなしくしていなければならなかった。せっかくのチャンスが目の前を通りすぎるのを、黙って見ていなければならなかったんだ。世間の信頼を完全に取り戻すには何週間もかかったよ。そうした状況に近々終止符を打たなければと思っていたが、ようやくその機会が訪れた」

「〝終止符を打つ〟とはどういう意味なの?」

「きみが想像しているとおりの意味だ。バイロンを生かしてはおけない。本当はヨーロッパ大陸で部下が始末するはずだったのに、あの無能な連中はわたしの期待を裏切った。だから今度はわたしが直接手をくだす」

「ああ、神様」メグはかすれた声でつぶやいた。

エヴェレット卿は哀れむような目でメグを見た。「きみまで殺さなくてはならないとは残念だ。こんなに大胆で芯《しん》の強い女性は見たことがない。まさにわたしの理想の女性だ。おとなしくクライボーン邸にいてくれなかったことが悔やまれる」

メグははっとして身をよじったが、銃口はこめかみに押し当てられたままだった。

「そんなに意外そうな顔をすることはないだろう」エヴェレット卿はメグを茶化した。「わたしがきみを自由にするとでも思っていたのか。きみにはあまりに多くのことを知られてしまった。ここで解放などしたら、きみはロンドンに飛んで帰ってクライボーン公爵に一部始終を話して聞かせるに決まっている」

「そんなことはしないわ。ケイドとわたしを逃がしてくれたら、このことは誰にも言わないと約束――」

エヴェレット卿はおかしくてたまらないというように笑いだした。「なるほど。きみのように楽しい女性がこの世から消えると思うと悲しいよ。しかもとびきりの美人ときている」そう言いながら、まだ笑っていた。

「どうやってぼくたちを始末するつもりだ」ケイドがふいに口を開いた。「いくらお前でも、彼女とぼくの死を世間が納得するように説明するのは無理だろう」

エヴェレット卿は真顔になった。「そのことならちゃんと考えている。お前が嫉妬《しっと》に狂ってミス・アンバリーを殺害し、そのあと銃で自殺したと説明するつもりだ」

「ぼくがそんなことをする理由はない」

「世間はみんな、お前がいかれていることを知っている」

ケイドはエヴェレット卿のすました顔を殴りつけたい衝動に駆られ、こぶしにぐっと力を入れた。もう少しの辛抱だ。そう自分に言い聞かせた。あの男の驚く顔が目に浮かぶ。あと数分のうちに、形勢は一転するだろう。

ケイドたちにとって幸いなことに、エヴェレット卿にはいまひとつ部下を選ぶ目がなかった。さっきの男も武器のほとんどは見つけたが、ケイドがシャツの袖口に忍ばせておいた小さなかみそりには気がつかなかった。

エヴェレット卿が得意げに話しているあいだ、ケイドはひそかに両手を動かし、シャツの生地を切ってかみそりを取りだそうとしていた。努力が実ってようやくかみそりが出てきたときには、思わず勝利の笑みがこぼれそうになるのをこらえた。あとは刃をうまい角度に固定して持ち、太いロープを切るだけだ。

ケイドの思ったとおり、エヴェレット卿は自分の手に落ちた獲物をもてあそんで楽しんでいる。ケイドは腕や手の筋肉の動きを悟られないよう、エヴェレット卿の話に付き合った。

「お前の説明に説得力はない。少なくともぼくの家族は誰も信じない」

「さあ、どうだろうな。お前の手紙を読んだら気が変わるんじゃないか」

「手紙だと？　お前が暖炉に放りこんだ手紙のことじゃないだろう」

「ああ、あの手紙のことではない。だが、たとえあれが人の目に触れたところで、なんの問題もない。あの手紙にはただ日付と時間と場所が記されているだけだ。わたしが言っているのは、お前が今夜ミス・アンバリーに書いた手紙のことだ。その中にはお前がここでわたしと対決し、正義の鉄槌をくだすつもりだと書かれている」

「そんな手紙はもらってないわ」メグが言った。

「これから書くんだ」エヴェレット卿は余裕の表情で言った。「もともと考えていた筋書きよりも、そのほうがずっとつじつまが合う。わたしは屋敷の修理の進み具合を確認するためにここに来た。ところが屋敷は相変わらずひどいありさまで、わたしは明日の朝一番で建築家に会うため、そのままひと晩泊まることにした。そこへわたしのあとを追ってきたケイド・バイロンが現われ、怒りに狂ってわたしを殺そうとした」

「都合のいい筋書きだな」ケイドはまだかみそりを動かしていた。

「そのとおりだ。建築家は明日の早朝、本当にここに来ることになっている。彼はそのとき、悲嘆に暮れたわたしの姿を目にするだろう」

「悲嘆に暮れただと？」

「ああ、そうだ。わたしは明日の朝、目の前で起きた悲劇に深く心を痛めているはずだ」エヴェレット卿は芝居がかった口調で言った。「屋敷の鍵をかけようとしていたら、いきなりケイド・バイロンが乱入してきた。そして、わたしがなにかを企んでいる、ここでスパイと密会するつもりだろう、今日こそ復讐してやるなどと、わけのわからないことをわめきちらして襲いかかってきた。わたしはバイロンの目を覚まさせようとしたが、彼はすっかり妄想にとらわれ、こちらの言葉に耳を貸してくれなかった。そこでわたしはやむをえず、自分の身を守るために応戦した」

「さっきも言ったと思うが、そんな話を誰が信じるものか」

「そうかな。まず、さっきの使用人がわたしの話はすべて事実だと証言するだろう。それからミス・アンバリーも、わたしの主張を裏付ける重要な証人になってくれる。彼女はお前の手紙を読んで動揺し、お前を助けなければと思ってここに来た」

「彼女がぼくの家族や友人にそのことを話さないのはおかしいだろう。どうして誰にも助けを求めず、ひとりでここに来るんだ？」

エヴェレット卿は一考した。「女というものは、気が動転するとばかなことをする生き物だ。彼女はお前の命と評判を守りたい一心だったんだ。身内のあいだでさえ、すでにお前の評判は落ちている。彼女はお前が隔離施設に送られることを恐れたんだろう。いったんそこに送られたら、誰も戻ってこられないという噂だ。まあ、その話はこのへんにしておこう」

ケイドはかみそりの刃をロープに深く食いこませながら、あざけるような口調で言った。

「申し訳ないが、続きを聞かせてもらえないだろうか。その先が気になってしかたがなくてね」

エヴェレット卿はにやりとした。

その隣りでメグが恐怖で凍りついた表情を浮かべている。ケイドはメグの心中に思いをはせるのをやめ、ロープを切ることだけに集中した。

エヴェレット卿は話を続けた。「手紙を読んだミス・アンバリーがお前を追ってここに来てみると、わたしとお前が争っていた。お前は彼女がわたしを助けに来たのだと勘違いした。なぜならお前は、わたしたちが早朝にふたりきりで乗馬をしていたことをつい最近知ったからだ。その話は当然聞いているだろう？」

ケイドのあごがぴくりとした。「ああ。メグから聞いた」

「そうか。そこでお前は嫉妬に狂い、怒りの矛先を今度は彼女に向けた。わたしはなんとか彼女を助けようとしたが、お前は銃を撃ってミス・アンバリーを殺した。そしてわたしにも銃口を向けた。お前が持ってきたふたつめの銃をめぐってわたしたちは取っ組み合いになり、その最中にお前が銃弾を受け、傷口が深かったためにまもなく息を引き取った。なんという悲劇だろう」

「そんなおとぎ話のような説明で、世間をだませると思うのか」

「ああ、もちろん。世間はお前がわたしを憎んでいることも、激しやすい性格であることもよく知っている。舞踏会でわたしに襲いかかってきたことを忘れたのか」

「あのときとどめを刺せなかったのが残念だ！」

「そう、その粗暴な性格だ。ぞっとする！」エヴェレット卿はわざとらしく顔をしかめてみせた。「手紙の話に戻るが、わたしは偶然にも少し前にお前の筆跡を手に入れた。お前がわたしのことをあれこれ訴えた手紙を、陸軍省の友人が心配して見せてくれたんだ。それにしてもあれは汚い字だったな。友人はわたしが事務弁護士に見せたいと言ったら、喜んでその手紙を貸してくれた。たまたまわたしは他人の筆跡をまねるのがうまくてね。そういうわけで、翌日手紙を返却するころには、お前にそっくりの字を書けるようになっていた」

エヴェレット卿は笑みを浮かべたが、目は笑っていなかった。「わたしの書いた文字を見れば、お前の家族でも判断に迷うだろう。なかには疑念を抱く者もいるだろうが、いずれにせよ、その手紙が偽物だと証明することは誰にもできない。わたしはなんの罪にも問われず、本来の仕事に戻って戦争のために尽くすことができる」

ケイドは声をあげて笑った。「お前もぼくに負けず劣らず頭がいかれているらしい。いますぐメグとぼくを解放してくれたら、命だけは助けるよう王室にかけあってやろう。もちろん投獄は免れないが、死刑になるよりはましだろう」

「お前は本当に口の減らない男だな、バイロン。それほどの根性の持ち主を殺すのは残念な気もするが、そろそろお別れだ」

ケイドはロープを切る手を動かしつづけていた。エヴェレット卿に勘づかれないよう、ときおり作業を中断しなければならなかったが、あとひと息というところまで来ていた。だがたとえ両手が自由になっても、メグのこめかみに銃が突きつけられている状況に変わりはない。まずはロープを切ることに集中し、それから次の手を考えることにしよう。

「どちらを先に始末しようか」エヴェレット卿がひとりごとのようにつぶやいた。「やはりお前だろうな、バイロン。わたしはその後、ミス・アンバリーと心躍るひとときを過ごすことにしよう。いや、待ってくれ。せっかくの楽しい光景をお前に見せないのも気の毒だ」

かみそりの刃が滑り、ケイドは手首を切った。あわてて指先でかみそりをつかみ、すんでのところで床に落とさずにすんだ。「なんだと？」

「おいおい、とぼけないでくれ。わたしがお前の婚約者に欲望を感じているのはわかってるだろう。わたしとお前の仲で、いまさら隠しごとをしてもしかたがない。これほどの美女をバージンのまま墓の中で腐らせるのは、もったいないと思わないか。命を奪うより罪なことだ」

「放して、このけだもの！」メグは死に物狂いで身をよじった。ふいをつかれたエヴェレット卿は一瞬、手を離しかけたが、すぐにしっかりメグの体をつかんだ。そして彼女の頰を平手で思いきり打った。

メグは悲鳴をあげてふらつき、赤くなった頬に震える手を当てた。

「おとなしくしろ。それともきみは乱暴なほうが好みなのか。きみがぜひにと望むなら、付き合ってやってもいいぞ」

ケイドは両手を縛られたまま、思わず椅子から腰を浮かせた。「彼女に手を出すな！　これはぼくとお前の問題だろう。彼女は関係ない」

「いや、それはちがう。彼女も無関係というわけにはいかない。それにお前には、死ぬ前にもう少し苦しんでもらいたい。ポルトガルでのときのように、お前をいたぶりつつわたしも同時に楽しむには、それが一番の方法だ」

ケイドの目の前が怒りでちかちかし、こめかみが激しくうずきはじめた。いますぐエヴェレット卿につかみかかり、相手が肉の塊になるまで殴りつけてやりたかった。だがここで怒りに呑まれてしまえば敵の思うつぼだとわかっていたので、ケイドは必死で自分を抑えた。エヴェレットの目的はこちらが苦悶するのを見て楽しむことにある。自分が挑発に乗れば、メグの身がますます危険にさらされる。とにかくいまは冷静になり、自由になる機会をうかがうことだ。それにはまず、エヴェレットの気をそらさなければならない。

「ポルトガルでのときとはちがう」ケイドはふたたび手を動かしながら言った。

エヴェレット卿はひと呼吸置いてから言った。「ほう、どうちがうんだ？　あのときの状況と酷似しているじゃないか。お前はまたしても劣勢に立たされ、椅子に縛りつけられている。そしてこちらはお前の婚約者をあずかっている」

「彼女はぼくの婚約者じゃない」

「どういうことだ！」エヴェレット卿は顔をしかめ、ケイドの話に食いついてきた。

「嘘ではない。ぼくたちの婚約はいつわりだ。彼女が結婚相手を見つけるまでのあいだ、芝居を続けることになっている」

「ばかげたことを言うな」エヴェレット卿は鼻で笑った。

「本当だ。ぼくの言うことが信じられないなら、彼女に訊いてみればいい。数カ月前、メグは助けを求めてぼくの屋敷にやってきた。しばらくふたりきりで屋敷に閉じこめられるはめになったため、彼女の名誉に傷がつく恐れがあった。でもぼくたちはどちらも結婚を望んでいなくてね。そこである計画を思いついた。メグを社交界に出入りさせ、別の花婿を探させるという計画だ。彼女が早く適当な相手を見つけて婚約解消を申し出てくれるのを、ぼくは首を長くして待っていた。そういうわけで、ぼくは献身的な婚約者に見えるかもしれないが、彼女に愛情はない」

エヴェレット卿は横を向き、血の気のないメグの顔を見た。「本当か」

メグはうなずいた。「ええ。彼の言ったことはすべて事実よ」

「わかったか、エヴェレット。お前がメグを無理やり自分のものにするのを見せられたところで、ぼくが感じるのは同情だけだ。それが彼女ではなくほかの女性であっても、きっと同じように感じるだろう。メグを辱《はずかし》めることでぼくに苦痛を与えようと思っているなら、残念ながらお前の望みはかなわない。人を愛する心はもうぼくにはない。たったひとりの愛する女性をお前に殺されたとき、心も一緒に死んでしまった」

メグは急に息ができなくなったように、悲鳴にも似た小さな声をあげた。青い目に悲しみの色が宿り、顔面は蒼白《そうはく》になっていた。

「ミス・アンバリーには異論があるようだ。お前たちのあいだにまったくなにもなかったとは言わせない」

ケイドは自分の言葉をメグがどう聞いたのかが気になったが、そのことをあえて考えまいとし、ひたすらかみそりを動かした。こちらがあんなことを言ったのは、エヴェレットの気をそらして時間を稼ぐためだと、彼女はきっとわかってくれているはずだ。

「お前の言うとおりだ。よくわかったな。メグとぼくには体の関係がある」

エヴェレット卿の探るような視線を受け、メグの顔がかっと赤くなった。

「彼女はおそろしく魅力的な女性だ。そんな女性がすぐ手の届くところにいるのに、なにもしない男がいるだろうか」ケイドは無造作に肩をすくめ、ロープがぷつりと切れる音をごまかした。だが腕は後ろにまわしたまま、動かさないように気をつけた。「それでも一回か二回関係を持ったからといって、祭壇に立たされてはかなわない。ただで手に入れたものにわざわざ対価を支払う必要はないだろう」

メグが怒ったような声を出した。その声もまだ消えないうちに、ケイドはすばやく手を伸ばして壁に立てかけてあったステッキを取り、椅子から立ちあがった。

エヴェレット卿は虚をつかれて愕然とした。あわてて銃を構えようとしたが、それより先にケイドが飛びかかってきた。そしてステッキをエヴェレット卿の頭めがけて打ちおろし、もう片方の手で銃を奪い取ろうとした。

エヴェレット卿は痛みと怒りで叫び声をあげ、ケイドの手をふりはらおうともがいた。ケイドはエヴェレット卿の苦しそうな声にひそかな満足を覚えながら、気持ちの悪い虫でも握りつぶすように彼の手首をひねった。あわよくば骨を砕いてやろうと満身の力を指に込め、相手の手から銃をもぎとろうとした。少しでも気を抜くと主導権を奪い返されるとわかっていたので、一瞬たりとも力をゆるめなかった。

もう一度ステッキをふりあげたが、エヴェレット卿がすかさずそれをつかんだ。ふたりは銃とステッキを奪いあいながら、そのまま何歩かよろけるように歩いた。

エヴェレット卿がケイドの怪我をしたほうの太ももを蹴ろうとした。ケイドはとっさに身をかわし、正面からまともに蹴られるのを防いだ。それでも脚に鋭い痛みが走り、筋肉が悲鳴をあげた。だがケイドはそれをものともせず、ますます激しい怒りに燃えてエヴェレット卿につかみかかった。

ふたりは息を切らし、互いに一歩も譲らずに戦った。永遠にも思われる時間が過ぎたころ、ケイドはエヴェレット卿の力が弱まっていることに気づいた。その機を逃さずに全力でステッキをもぎとり、エヴェレット卿の手をめがけてふりおろした。

エヴェレット卿は苦悶の叫び声をあげ、腕を震わせた。銃を持つ手から力が抜けそうになっている。ケイドは銃を奪い取ろうとしたが、汗で指が滑って銃身をつかみそこねた。次の瞬間、銃が宙に舞って床に落ち、部屋の隅へと転がっていった。

ケイドが銃を拾いに行く間もなく、エヴェレット卿が頭を低くして体当たりしてきた。ケイドは後ろに倒れそうになり、ステッキを必死でつかんだままなんとかバランスを取ろうとした。メグが悲鳴をあげた。

壁に勢いよく背中を打ちつけられると、埃があたりに舞った。エヴェレット卿に太ももを立てつづけに蹴られ、ケイドは痛みにあえいだ。

こめかみが激しくうずくのを感じながら、最後の力をふりしぼってエヴェレット卿の首に手をかけた。やがてエヴェレット卿の目が充血しはじめた。苦しそうにもがき、両手でケイドの指をはずそうとしている。エヴェレット卿の爪が皮膚に食いこみ、ケイドの指から血が流れた。だがケイドはけっして手を放そうとせず、さらに強く相手の首を絞めつづけた。

それからエヴェレット卿を床に突き飛ばした。エヴェレット卿はぐったりと横たわり、息も絶え絶えになっていた。ケイドがステッキの握りについたふたつの宝石を押してさっとひとふりすると、さやの中から剣が現われた。

ケイドはすばやくエヴェレット卿に近づき、剣の先端をその首に当てた。エヴェレット卿は凍りつき、胸を上下させながら憎しみもあらわにケイドを見上げた。

だがその顔に浮かんでいるのは、憎しみだけではなかった。

エヴェレット卿の目には恐怖の色も浮かんでいる。

ケイドは剣を彼の首に突きたてて命を奪うところを想像した。これほど邪悪な男を生かしておくわけにはいかない。だがこの男の犯した罪を考えると、このまま死なせるのは罰として生ぬるい気がする。ケイドはエヴェレット卿を見下ろしながら考えた。

おもむろに手首をひねり、剣の先端を首の端から端へと一直線に動かした。エヴェレット卿の乱れたタイに真っ赤な血がにじんだ。傷は死にいたるほどではなかったが、痕が残る程度には深いものだった。

「この傷を見ればぼくを思いだすだろう」ケイドはつぶやいた。

突然ドアのほうから足音が聞こえた。「武器を下ろせ!」

エヴェレット卿の使用人が銃口をケイドに向け、ゆっくりと近づいてきた。

「早くしないと撃つぞ」

そのときケイドの右側でスカートの衣擦れの音がした。「こっちこそ撃つわよ!」メグが言った。さっき床に落ちたエヴェレット卿の銃を両手でしっかり持っている。

使用人はこばかにしたように笑い、足を前に踏みだした。

メグは引き金を引いた。手の中で銃が跳ねあがり、火薬のにおいが部屋にただよった。

使用人は肩から血を流し、ひざから崩れ落ちて横向きに倒れた。

メグは顔面蒼白になっていた。「どうしよう！　死んでしまったかしら?」

ケイドが口を開こうとしたとき、荒々しい足音が外から聞こえた。エドワードとジャック、それにドレークが玄関ホールにはいってきた。三人は目の前に広がる光景に、しばらく呆然と立ちつくしていた。床で痛みにうめいているエヴェレット卿ののどもとに、ケイドが剣の切っ先を向けている。使用人は気を失い、メグが握った銃からはまだ煙が立ちのぼっている。

三人が言葉を失うのも無理はない、とケイドは思った。

「なるほど、こういうことになったのか」ジャックが眉を上げた。「ぼくたちが来る必要もなかったようだな。わくわくする場面を見逃してしまったのが残念だ」

22

「みんなの顔を見て嬉しくないわけじゃないが、どうしてここにいるんだ？　そもそも、どうやってぼくたちの居場所がわかったのかい？」ケイドは兄弟に訊いた。

エドワードがいつもの堂々とした足取りで部屋の奥に進んだ。「お前たちを助けに来たに決まってるだろう。それから居場所がわかった件については、エヴェレットに見張りをつけていたのはお前だけではないということだ。ぼくの雇った男が今夜ここで起きていることを目撃し、あわてて知らせてきた。たまたまジャックとドレークがクライボーン邸に居あわせ、知らせを聞いて一緒に来てくれると言ったんだ」エドワードは首から血を流しているエヴェレット卿をさげすむような目でちらりと見た。「だがジャックの言ったとおり、お前とミス・アンバリーだけでなんとかなったようだな」

「とにかく、メグもぼくも兄さんたちが来てくれたことに感謝している」

エドワードはうなずいた。「さっきお前の雇った男を発見した。ひどく殴られたようだが、なんとか命は助かるだろう。すぐに近くの宿屋に連れていき、医者を呼ぶように手配した」

「恩に着るよ」ケイドは言った。「ところでみんなに相談したいんだが、このふたりをどうしたらいいだろう。使用人はまだ生きてるか?」

ドレークが男に近づき、腰をかがめて確認した。「息はあるようだ。本当にきみが撃ったのかい、メグ」

みなの目がいっせいにメグに向けられた。メグは銃を握りしめたまま、ひと言も口をきかず、その場に棒立ちになっている。ケイドは彼女が放心状態にあるのだとわかった。

「エヴェレットを見張っててくれるか」兄弟に向かって言った。

ジャックが前に進みでた。「わかった」

ケイドはジャックに剣を渡し、メグに歩み寄った。「これはぼくがあずかろう」小さな声で言い、メグの手からそっと銃を取った。

メグはおとなしく銃を放し、ケイドに促されて椅子に向かった。さっきまでケイドが縛りつけられていた椅子だ。座面に腰を下ろすと、目を伏せて床を見た。

「もう少しここで我慢できるかな」ケイドはメグの耳もとでささやいた。

「だいじょうぶよ」

「それほど長くかからないから、終わったら家に帰ろう」

「ええ」メグはつぶやいた。「家に帰れたら、どんなに心が休まるかしら」

その言葉になんとなくひっかかるものを感じたが、ケイドは黙ってメグの頬をなでた。ところがメグはかすかに身じろぎし、ケイドの手から逃れようとした。ケイドはけげんに思ったものの、なにも言わなかった。今夜起きたことを考えれば、彼女がまだショックから立ちなおれないのも無理はない。気遣うような目でもう一度メグを見ると、兄弟のところに戻った。

それから自分たちふたりを殺すというエヴェレット卿の企みを含め、今夜の出来事について三人に話して聞かせた。だができるだけメグのことには触れないように気をつけた。特にふたりが秘密の関係を結んでいたことや、あれだけ言い含めておいたにもかかわらず、彼女が自分のあとを追ってここに来たことは隠しておいた——ロンドンに帰ってメグが落ち着きを取り戻したら、一度そのことについてじっくり話をしなければならない。

ケイドはひととおり説明が終わると言った。「そういうわけだから、せいぜい誘拐罪と殺人未遂罪に問うことしかできないだろう。でもそれだけの罪状があれば、エヴェレットを牢《ろう》獄《ごく》に送れるはずだ。ひょっとしたら、絞首刑を言いわたされるかもしれない」

それまで沈黙を守っていたエヴェレット卿が、ケイドをねめつけた。「そんなことはありえない。わたしはすべてを否定する。そうなれば、お前とわたしのどちらが信用できるかという問題になるだろう。わたしの後ろには摂政皇太子をはじめ、社会的地位の高い人物が何人もついている。仮に投獄されたところで、一時間もすれば釈放だ」

「それはどうかな。お前が本物の売国奴だったと知ったら、いくら親しくしている相手でもかばってはくれないだろう」エドワードが言った。

エヴェレット卿は笑い声をあげた。そしてふいに黙り、首の傷に手をやった。また新たに血が流れ、タイにしみを作った。「そんな証拠はどこにもない」耳障りな声で言った。「わたしは祖国に忠誠を誓ったイギリス人だ」

「これを見たら、とてもそうは思えないが」エドワードはドアに近づき、小さな革製のかばんを床から拾いあげた。「罠を仕掛けられるのは、なにもお前だけではない」

「なんのことだ？」エヴェレット卿はあざけるように言った。

「わたしは数週間前、陸軍省と一緒にある罠を仕掛けた。軍の高官ふたりと相談し、極秘情報を外にもらしたんだ。ただ、その情報は偽物で、お前が食いついてくるかどうかを試すためのものだった」エドワードは腰をかがめ、秘密を打ち明けるようにエヴェレット卿の耳もとでささやいた。「このかばんにはいっている文書が、お前の有罪を証明するだろう」

エヴェレット卿はふてぶてしい態度を崩さなかった。「でたらめを言うな——」

「でたらめではない」エドワードはぴしゃりと言った。「お前がこの極秘情報——部隊の規模や位置といった重要な情報も含まれている——を渡した相手は、わたしたちの仲間のひとりだった。二重スパイを使っているのは、フランスだけじゃないことを覚えておくといい、わが友《モナミ》よ」

エヴェレット卿の顔が青ざめたが、それは出血のせいではなかった。

「この証拠があれば、お前は反逆罪で裁判にかけられ、ゆくゆくは絞首刑に処せられるだろう。わたしの唯一の心残りは、お前が別のスパイと会っている現場を押さえられなかったことだ。ほかにも内通者がいることはわかっている。ただ、それが誰かまではわからない」

「絶対に教えるものか。わたしからなにかを聞きだそうとしても無駄だ」

エドワードは肩をすくめた。「何週間か獄中で過ごしても、そう虚勢を張っていられるかな。人間が暮らすには快適な場所ではないぞ」

エヴェレット卿は観念したようにため息をついた。

「それから本人がそうしたいと望むなら、わたしから陸軍省に話をし、お前の尋問をケイドに任せようと思っている。どんな方法を使うのも彼の自由だ」

それまで強がっていたエヴェレット卿の顔に恐怖の表情が浮かび、傍目にもわかるほど体が震えだした。

そのときドアの外から足音が聞こえてきたかと思うと、四人組の男が屋敷にはいってきた。見るからに屈強そうで、鉄の棒を素手で曲げられるのではないかと思うような男たちだ。

「お迎えが来たぞ、閣下」エドワードはエヴェレット卿を見下ろした。「ロンドンを発つ前に、護送用の馬車をここによこすように頼んでおいた」そこでいったん言葉を切り、男たちを見た。「連行しろ。そこにいる男もだ。そいつにはあとで手当てを受けさせてくれ」

エヴェレット卿の使用人は少し前に意識を取り戻し、肩を押さえて苦痛に顔をゆがめていた。そして男たちを見てうめき声をあげた。

「かしこまりました」一番年長の警吏が言った。「ふたりとも連行します」

エヴェレット卿と使用人は外に連れだされた。エヴェレット卿は、警吏ごときに手荒く扱われることに不満を言っていた。

彼らがいなくなると、エドワードはケイドに向きなおった。「お前が本当にエヴェレットの尋問をしたいなら、陸軍省にかけあってもいい。そうすれば少しはお前の気も晴れるんじゃないか」

ケイドは長いあいだエドワードの申し出について考えていた。いつものように復讐への強い思いでいても立ってもいられなくなるだろうと思ったが、不思議とそうした気持ちは湧いてこなかった。代わりに静かな安らぎのようなものが心を満たしていた。

「いや。誰かほかの人間にやらせてくれ。復讐は今夜で充分だ。エヴェレットの正体が世間の知るところになっただけで、もうぼくの気はすんだ。これ以上、血は見たくない。いまのぼくの望みは、普通の平凡な男になって人生を取り戻すことだけだ」

「お前が普通の平凡な男になれるとは思わないが、過去を忘れる気になったのは喜ばしいことだ」エドワードは言った。

ケイドは自分もエドワードと同じように感じていることに気づいて驚いた。いよいよ決断のときがやってきた。これまでがんじがらめになっていたつらい過去を葬り、未来に向かって歩いていこう。

その決意を胸に、椅子に座って待っているメグを見た。彼女の顔を見ながら、あらためて今夜の出来事について思いをめぐらせた。メグが馬に乗り、衝動的にケイドのあとを追ってきたのはあまりに無謀なことだった。彼女はおとなしく家で待っていてほしいというケイドの言葉をまるっきり無視したのだ。そのことについては、また日をあらためて話をしなければならない。

だが、メグは目を瞠るほど勇敢でもあった。けっして冷静さを失わず、最後まであきらめなかった。男も含め、ケイドの知っている人間のほとんどは、メグと同じ状況に置かれたら取り乱して泣くことしかできないだろう。これほど勇気ある女性がほかにいるだろうか。

メグしかいない。

メグは自分にとってかけがえのない存在だ。ケイドはようやく彼女への想いに気づき、われながら信じられないというように微笑んだ。「婚約者を家に連れて帰ってもいいかな」小声でエドワードに言った。

「ああ、もちろん」エドワードは探るような目でケイドとメグを交互に見た。

ケイドがメグのところに行こうとすると、さやに剣がおさまったステッキをドレークが差しだした。「ほら、これを忘れている。さっきじっくり見せてもらったが、興味深い構造をしているな。なかなか素晴らしい設計ではあるけれど、まだ改善の余地がありそうだ。ぼくに任せてくれたら、あとひとつかふたつ、新しい機能を追加できるかもしれない」

新しい機能とはなんだろう、とケイドは思った。こと数学と機械に関しては、ドレークの右に出る者はない。だがいまは、それより大切なことがある。「その話はまた今度にしてくれないか」

「ああ」ドレークは自分たちがどこでなにをしているのかを、ふと思いだしたような顔をした。「たしかにそんな話をするのにふさわしい場面じゃないな。それに少し時間をもらったほうが、ぼくがなにか見落としている点はないか、じっくり考えることもできる」

ケイドは口もとがゆるみそうになるのをこらえ、メグに歩み寄った。伝えたいことはたくさんあるが、時間と場所を考えると、ロンドンに戻ってからにしたほうがよさそうだ。そろそろ早朝といってもいい時間だし、屋敷に着いて体を休められるまで、まだ長い道のりが待っている。メグとは明日、ゆっくり話をすればいい。それまでこの想いは胸に秘めておこう。

ケイドはメグに手を差しだした。「行こうか。早くここを出て帰ろう」

メグは一瞬ためらったのち、うなずいてケイドの手を取った。


屋敷に着いたのは朝の五時近かったが、メグは眠れなかった。ベッドにひとり横たわり、だんだん明るさを増す空を見ていた。

その少し前に使用人用の出入口からそっと屋敷にはいり、足音を忍ばせて階段をのぼった。

ケイドが部屋の前まで送ってくれたが、中にはいろうとはしなかった。

「ぐっすりおやすみ。あとで話そう」彼はそうささやくと、額に軽くくちづけ、廊下を自分の寝室に向かって歩き去った。

メグは部屋にはいり、ドレスを脱いでシュミーズ姿になった。開いた窓からそよ風が吹いてきていたものの、室内は蒸し暑く、そのまま上掛けの上に横になった。そして目を閉じてなんとか眠ろうとした。眠っているあいだだけは、すべてを忘れられる。

ところがその夜の出来事がくり返しまぶたに浮かび、神経がたかぶってまったく寝つけなかった。こめかみに押しつけられた銃の感触や、レイプすると脅されたときの恐怖がよみがえり、背筋がぞっとした。それでも、メグの心に一番大きな影を落としているのは別のことだった。ケイドの言葉を思いだすと、鼻の奥がつんとし、胸が押しつぶされそうになる。まるでれんがをいくつも胸の上に載せられているようだ。

もちろんケイドが言ったことのほとんどは、エヴェレット卿の気をそらして時間を稼ぐためのものだったとわかっている。それでも中には真実の響きを持つ言葉があった……。

〝一回か二回関係を持ったからといって、祭壇に立たされてはかなわない……〟

あの言葉は意外でもなんでもない。ベッドをともにするようになってからも、ケイドはわたしと結婚したいと言ったことはないのだから。

〝ぼくは献身的な婚約者に見えるかもしれないが、彼女に愛情はない〟

メグはぎゅっと目を閉じ、ケイドの声を頭から追いはらおうとした。

〝たったひとりの愛する女性をお前に殺された〟

涙が頰を伝い、悲しみで胸が詰まった。ケイドのあの言葉で、愛されているかもしれないという希望は粉々に打ち砕かれてしまった。

今回の芝居を始めたばかりのころ、わたしは誰かいい男性を探して結婚すれば、ケイド・バイロンのことなどすぐに忘れて幸せになれると思っていた。でもそれは間違いだった。わたしはケイドを愛している。初めて会ったときに心を奪われ、もうほかの男性は愛せない。いまも、そしてこれからも。

ケイドが〝なすべきことをする〟という言葉どおり、わたしにプロポーズしてきたとしても、社交界や世間のしきたりを守るためだけに結婚するのだと思うと、とても耐えられない。わたしは同情や憐《あわ》れみではなく、ケイドの愛が欲しいのだ。けれども彼の心が別の女性のものであることを、今夜いやというほど思い知らされた。どんなにつらくても、その現実を受けとめなければならない。

これからどうすればいいのだろう。

メグは濡れた頰をぬぐって考えた。しばらくしてからベッドを出ると、呼び鈴を鳴らしてメイドを呼んだ。

23

その日の午後遅く、ケイドは馬車から降りた。前夜のエヴェレット卿との格闘で体は悲鳴をあげていたが、足取りは軽かった。脚の痛みも忘れ、はやる心でクライボーン邸の玄関をくぐった。一刻も早くメグに会い、この気持ちを伝えたい。

ケイドは〈ランドル・アンド・ブリッジ〉から戻ってきたところだった。その店で一時間以上かけ、メグへの贈りものを選んだ。愛の証の指輪だ。

早朝に屋敷に戻り、寝室の前で彼女と別れてから、ひとりのベッドで眠ろうとした。だが頭の中はメグのことでいっぱいで、なかなか寝つけなかった。

彼女を愛していることが、どうしていままでわからなかったのだろう。真実は文字どおりずっと目の前にあったのに、ケイドはかたくなに目を閉じてそれを見ようとしなかった。

メグを失いそうになってようやく目が覚め、彼女が空気と同じようになくてはならない存在になっていることに気づいた。自分はもうメグなしには生きていけない。

いまでも心のどこかでは、別の男と一緒になったほうがメグのためだとわかっている。ケイドのように複雑な過去を背負った男ではなく、マックケイブ大尉のような人物のほうがメグにはふさわしいのかもしれない。けれど彼女はマックケイブのプロポーズを断わった。そしてメグへの気持ちに気づいたいま、ケイドはほかの誰にも彼女を渡したくなかった。メグさえよければ、今日にでも結婚したいぐらいだ。

実を言うと、特別許可をもらいに民法博士会館（結婚許可証の発行や遺言の登録などを行なう一種の民事裁判所）に行こうとさえ考えた。だが直前で、もしかするとメグは伝統に則《のっと》った豪華な結婚式をしたがるかもしれないと思いなおした。すべてはメグの望むとおりにしよう。まずはとにかく、彼女の手を取って結婚を申しこまなければ――今回は心からのプロポーズだ。

「女性陣は出かけたのか」ケイドは階段に向かいながらクロフトに訊いた。メグが外出しているのなら、戻り次第知らせてくれるよう、彼女のメイドに頼んでおこう。

「はい、閣下。奥方様とレディ・マロリーは少し前にお出かけになりました。ミス・アンバリーは、その……」執事は口をつぐみ、眉間にしわを寄せた。

「二階にいるのかな」ケイドはメグの驚く顔を想像して相好を崩した。「わかった。捜してくる」

「ですが閣下――」

「まだ寝てるのかい？」メグが乱れたシーツにくるまれ、うとうとしている姿を思い浮かべた。

クロフトがなにか言いかけたのを手で制し、ケイドは精いっぱいの急ぎ足で階段を上がった。廊下をメグの寝室に向かいながら、口もとがゆるむのを抑えられなかった。はたから見たら間の抜けた顔をしているだろうが、そんなことはどうでもいい。

寝室に着いてみると、ドアが半開きになっており、中をのぞいてもメグの姿はなかった。ケイドは困惑し、こぶしに握った手を腰に当てた。彼女はきっと居間にいるのだろう。あるいはときどきそうしているように、音楽室でピアノでも弾いているのかもしれない。さっきクロフトは、そのことを言おうとしていたにちがいない。

メグを捜しに行こうとしたそのとき、エズメがこちらに向かって走ってくるのが見えた。

「メグを捜してるの？」

ケイドは妹に挨拶をしようとした。エズメがケイドの前で足を止めると、くるぶしまでの長さのスカートが揺れ、ゆるやかにカールした褐色の髪が肩ではずんだ。

「そうだ。彼女を見かけなかったかな？」

エズメの表情が曇った。「出ていったわ」

「出かけたんだね？　友だちとだろうか、それとも誰か紳士が訪ねてきたんだろうか」もしそうなら、メグにとって今日が男友だちと出かける最後の日になるだろう。

たとえ世間から野暮だと言われようと、これからはメグを片時も離したくない。昼も夜も彼女を独り占めしたい。結婚したら、とりわけ夜はずっと彼女と一緒にいよう。

エズメは首をふった。「ちがうわ。出ていったの。わたしが子犬と遊んでいたら——」

「家庭教師の目を盗んで部屋を抜けだしたんだろう？」ケイドは笑みがこぼれそうになるのをこらえた。

エズメの頬がかすかに赤くなった。「昼食が終わったあと、ミス・カーソンからお昼寝していいと言われたの。でもわたしはそれよりゼウスを庭で散歩させようと思って。それで廊下を歩いていたら、ちょうどメグが部屋から出てくるのが見えたわ。前に着ていた黒いドレスを着て、旅行かばんを持ってた」

ケイドはみぞおちを思いきり殴られたような衝撃を受けた。「どこに行くか言ってたかい？」

「ううん。訊いても答えなかったわ。ただ、ちゃんとお別れの挨拶をしないで出ていくのを申し訳なく思ってる、としか言わなかった。せめてケイドかお母様が帰ってくるまでいてちょうだいと頼んだのに、メグは聞いてくれなかったの。わたしを抱きしめてから、階段を急いで下りていった。クロフトたちも一生懸命止めようとしたけれど、メグは貸し馬車を呼んでくれなかったら歩いて出ていくと言ったのよ。彼女は泣いてたわ、ケイド。なにがあったのかしら？」

「わからない。でも心配しなくていい。かならず見つけるから」だがどこをどう捜せばいいのだろう。ケイドにはメグが出ていった理由も、どこに向かうつもりなのかもわからなかった。まさか彼女は、ケイドが昨夜エヴェレットに口からでまかせで言ったことを信じたのだろうか。でもそれしか理由は思いあたらない。

そのときメグのメイドが現われた。目を大きく見開き、真っ青な顔をしている。「失礼します、閣下。ミス・アンバリーからこれをことづかりました」そう言って手紙の束を差しだした。

ケイドは顔をしかめた。「どうしてここにいるんだ、エイミー。ミス・アンバリーについていかなかったのか」

エイミーはおろおろした。「ミス・アンバリーが出ていったことを知ってるんですね？」

「ああ、知っている。たったいま妹から聞いたばかりだ。教えてくれ。どうしてミス・アンバリーは付き添いもなしにひとりで出ていったんだ」そもそも、なぜ出ていかなくてはならなかったのか？

「わたしを連れていってくれなかったんです。ひどく取り乱して、もともと持っていたものだけをかばんに詰めていきました。きれいなドレスや靴は全部置いていきましたよ。これは自分のものじゃないから、持っていくことはできないと言ってました」

「続きを聞かせてくれ」

「止めても無駄だとわかったので——本当に止めようとしたんです——わたしも自分の荷物をまとめてくると言いました。でもミス・アンバリーに、それはだめだと言われました。お金がないからいまはわたしを連れていけないけど、すべてがうまくいったら、あとで呼び寄せてくれるそうです」

ケイドは胃がぎゅっとねじれるのを感じ、パニックに襲われた。メグは付き添いもなしに旅をするつもりなのだ。メイドすら連れずにひとりで旅をするのが、どれほど危険なことであるか、彼女にもわからないはずはないだろう。どうしてそんなに無茶なことをするのか。メグに追いついたら、身の危険を顧みない悪い癖について、みっちり説教をしてやらなければならない。だがそれよりなにより、いまは彼女を連れ戻すことが先決だ。

「行き先の見当はついているかい？」

エイミーは首をふった。「手紙に書いてあるかもしれません」

「そうだな。もう下がっていい」ケイドは言った。エイミーはお辞儀をして立ち去った。

ケイドはせわしない手つきで手紙の束をめくった。公爵未亡人とマロリー、そしてエドワードへの手紙に交じり、ケイドに宛てた手紙があった。美しく女性らしい筆跡で自分の名前が書かれたその手紙を抜き取り、ケイドは急いで封をはずした。

封を開けたとたん、ダイヤモンドの指輪が転げ落ちた。それは婚約指輪だった。にせの婚約者を演じる芝居の一環として、彼が以前メグに贈ったものだ。ケイドは指輪を一度強く握りしめてからポケットに入れ、手紙を開いて読みはじめた。

一八〇九年六月
クライボーン邸

親愛なるケイド卿へ

こうして卑怯《ひきょう》にも黙って出ていく非礼をお許しください。ですがわたしはこれ以上ここにとどまることができません。これからこの手紙に書くことを、面と向かってあなたにお話しする勇気もありませんでした。

まず、この数カ月間、あなたとご家族にとても親切にしていただいたことに心よりお礼を申しあげます。最近の一連の出来事で、わたしはロンドンに来る前にあなたと交わした契約が期間限定のものであることを、あらためて思いだしました。契約で決めたことを守れそうにないわたしが、このままここでお世話になるわけにはいきません。

もうあなたのお邪魔はしませんので、どうか安心してください。名誉のためだけの誓いも約束も、わたしは望んでいません。あなたが以前おっしゃったとおり、そんなことをしても、お互いに不幸になるだけです。契約は今日かぎりで無効にしましょう。わたしに責任を感じる必要はありません。あなたとのあいだにあったことは、わたしの意思で行なったことです。

あなたと出会う前に続けていた旅を再開します。大叔母はきっとわたしを温かく迎えいれてくれるでしょう。わたしのことは、どうぞ心配なさらないでください。

なんということだ！　ケイドは手紙をぎゅっと握りしめた。メグはこちらのことを血も涙もない男だと思いこんでいる。いったいどんな気持ちでここを出ていったのだろうか。

それでも彼女は、義務感や責任感からの結婚は望んでいないと言っているだけだ。結婚そのものがいやだとはどこにも書かれていない。メグに追いついたら、彼女が思いちがいをしていることを教えてやらなければ。

〝でも彼女が出ていったのはお前を愛していないからで、結婚するつもりはないと言われたらどうするんだ？〟頭の中でささやく声がした。

そのときはこの熱い想いを伝え、メグに考えなおしてくれるよう懇願するだけだ。

とにかく行き先がわかったので、彼女を捜しだすのはそれほどむずかしいことではないだろう。ケイドが顔を上げると、エズメの視線とぶつかった。

「なにが書いてあったの？」

「メグはスコットランドの親戚のところに行くつもりらしい。ぼくはこれからすぐあとを追う」

そのとき犬の吠《ほ》える声が聞こえたかと思うと、ゼウスがふたりに向かって走ってきた。子犬らしく元気いっぱいで、いっときもじっとしていられないらしい。ケイドも一刻も早くメグのあとを追いたくて、体がうずうずした。

「午後の授業に遅れないうちに、ゼウスを散歩に連れていくといい」ケイドはエズメに言った。

「メグが戻ってきてくれるといいんだけど」

「戻ってくるさ」

ケイドはかならずメグを連れ戻すことを心に誓った。

24

メグは郵便馬車のひび割れた茶色い革の座席に、肩を縮めるようにして座り、窓の外を流れる田園風景をながめた。頭上から降りそそぐ遅い午後の陽射しはまぶしく、小麦やトウモロコシの畑と畑の合間に、背の高いあざやかな緑の草が生い茂っているのが見える。

胸のすぐ下で腕を組み、隣りに座る歯並びの悪いやせた男性が、ときどき肩をぶつけてくることを気にするまいとした。同じ座席に自分も含めて三人がぎゅうぎゅう詰めで座っている状態では、体をずらしたくてもずらせなかった。向かいの座席も同じく満員で、みな窮屈そうにしている。

本でも持ってくればよかった、とメグは思った。そうすれば少しは気がまぎれたかもしれない。でも数ページも読みすすめないうちに、どうせまたケイドのことを考えてしまうだろう。

読書が大好きだったケイド。眼鏡をかけた姿も素敵だった。本に納得できない箇所があると、眉をひそめてむずかしい顔をしていたのを思いだす。興味があることを話すときの、低くなめらかな声。あの声をもう聞くことはできないのだと思うと、すべてがむなしく感じられる。なにかを説明するとき、大きな手を動かしていたのも忘れられない。とても形のいい美しい手だった。ケイドはあの手でわたしを力強く抱きしめた。そして夜になると、わたしの肌を愛撫した……。

メグははっとし、ケイドのことを考えてはいけないと自分を叱った。ふたりで過ごした夜は終わり、もう二度とあの人に会うことはない。もしもできることなら、彼に関する記憶を頭から消してしまいたい。でも心を捧げた相手のことを、どうして忘れられるだろうか。ケイドはわたしにとって、たったひとりの愛する人なのだ。

こうするしかなかったのよ。メグは自分に言い聞かせた。あのままケイドのそばにいることには耐えられなかったのだから、わたしが出ていく以外に方法はなかった。

なのにどうして、体の一部をえぐりとられてしまったような気がするのだろう。ひざに顔をうずめ、涙が涸《か》れはてるまで泣きたいのはなぜだろうか。

でもこの混んだ馬車の中で、見知らぬ人たちに囲まれて泣くわけにはいかない。スコットランドに着いたら、いくらでも涙を流す時間はある。ケイドのことが思い出になるまで、きっと何年も泣きつづけることになるだろう。

大叔母がわたしを歓迎してくれるかどうかはわからない。年老いた大叔母はわたしのことをどう思うだろうか。もしかすると、玄関をくぐって数分後にはふたたび出ていくことになるかもしれない。

もし追い返されたら、そのときはふたたび南に向かうことにしよう。幼いころからの友だちで、わたしをしばらく置いてくれそうな人に心当たりはある。少なくともなにか仕事が見つかるまでは置いてもらえるだろう。どこかのお屋敷で家庭教師の口を見つけよう。それがだめなら、レディの付き添いでもいい。とにかくなんとかしてこれからの人生を生きていかなくては。

メグがまだ物思いに沈んでいると、乗客の何人かが外を見て騒ぎだした。

「あの男はなにをしているんだ?」メグの向かいの座席に座った男性が言った。「あんなふうに馬車を走らせるとは、正気の沙汰じゃないな」

丸顔の女性が言った。「こっちに手をふってるみたいよ。止まれと合図してるように見えるけど。まさか追いはぎじゃないでしょうね」

「あれは追いはぎの格好じゃねえな。どこかのいかれた貴族のようだ。酒がだいぶまわってるんじゃないか」別の男性が言った。

「若い貴族が賭けでよくこんなことをしてるらしいわ。先月も無理やり四輪馬車の御者席に乗りこんだあげくに事故を起こし、中に乗っていた人たちを全員死なせた貴族の話を聞いたのよ」

「おや、今度は反対側にまわったぞ。この馬車の前に出ようとしている」

メグはいったいどういう人物だろうかと思い、身を乗りだして窓の外を見た。手綱を操っている長身で肩幅の広い男性を見て、思わず目を丸くした。

ケイドだわ！

メグは座席に深く身を沈め、ケイドに見つからないことを祈った。でも彼はわたしが中にいることを知っているはずだ。そうでなければ、馬車を止めようとする理由がない。そもそもケイドはどうしてここにいるのだろうか。あの人は手紙を読んでわたしがいなくなったことを知り、ほっとするにちがいないと思っていた。わたしが黙って屋敷を去れば、お互いに顔を突きあわせて気まずい思いをすることもないのだから。きっとプライドと道義心が許さなかったのだろう。でもわたしはそんなものを満足させてやるつもりはない。

馬車が速度を落としはじめた。やがて完全に停止すると、ケイドと御者の話し声が聞こえてきた。そしてちょうつがいをきしませながら、扉が突然開いた。

追いはぎを恐れていた女性がはっと息を呑んだのがわかった。乗客全員の目が、メグの座席と反対側の乗降口に立ったケイドにそそがれている。

メグは小さく身を縮め、ほかの乗客の陰に隠れようとした。だがケイドの森のように深いグリーンの目は、まっすぐにメグをとらえていた。

「メグ」ケイドは、さあおいでというように手を差しのべた。

メグは席を立とうとしなかった。「どうして来たの。帰ってちょうだい、閣下」

「きみと話をするまでは帰らない。ふたりきりで話そう」ケイドは、乗客がおもしろい芝居でも見物しているような顔で自分たちを見ていることに気づいた。

「なにも話すことはないわ。手紙を読まなかった？」

ケイドはいつものようにあごをぴくりとさせた。「ああ、手紙なら読んだ。おかげでどこを捜せばきみに会えるかわかったよ」

ああ、もう！　メグは心の中で悪態をついた。行き先を書くべきでないことはわかっていたが、バイロン家の人たちに心配をかけたくなかったのだ。

「わたしの気持ちは変わらないわ」メグは胸の前できつく両腕を組んだ。「ロンドンには戻らない。家に帰って、みんなにわたしは元気だと伝えてちょうだい。さあ、ここにいる人たちをこれ以上待たせるわけにはいかないわ。それに、いつも正確な〈ロイヤル・メール・サービス〉の配達を遅らせては大変よ」

「罰金なら払うさ。もちろんきみが馬車から降りさえすれば、それで問題は解決する」

「あなたが帰ればいいじゃないの」

ケイドはもう一度手を差しだした。「メグ、もういいだろう」

「そうだ、あんたが帰ればいい」乗客のひとりが言った。「このお嬢さんにいったいなんの用があるんだ？」

「そのとおり。彼女が帰れと言ってるんだから、黙って帰ればいいじゃないか」別の乗客も

「きみはどうしたいんだい？　どうして黙って出ていったりしたのかな」ケイドの落ち着いた声音に、メグはますますかちんと来た。

「手紙に書いてあったでしょう」

「ああ、あれか。でもあの手紙を読んで、ぼくの疑問はかえって深まった」

メグはうつむいてブーツを見つめた。「もしそうだとしたらごめんなさい。でもわたしに言えることは、あれが精いっぱいだったの。ロンドンに戻るつもりはないわ。わたしはここで次の郵便馬車を待つから、あなたはもう帰ってちょうだい」

「きみから離れるつもりはない」ケイドが隣りに立つと、ブーツを履いた足がメグの視界にはいった。

「いったいなにを考えてるの？　さっきの人たちに、わたしがあなたの妻だと言ったりして」

「もうすぐそうなるんだからいいだろう」

メグは息が苦しくなった。「あなたと結婚するつもりはないわ」

「理由を教えてくれ」

「言ったでしょう。義務でする結婚なんかごめんだわ」

「たしかに手紙にはそのようなことが書いてあった。でも、愛のために結婚するとしたらどうだい？」

「なんですって？」メグはぱっと顔を上げた。ケイドがふたの開いた黒いベルベットの宝石店の箱を持っているのを見て、目を大きく見開いた。箱の中には驚くほど見事なムーンストーンの指輪がはいっている。光沢のある青い宝石を、きらきら輝くダイヤモンドが取り囲んだデザインの金の指輪だ。「これはなんなの？」

「きみへの贈りものだ。普通はあまり選ばない石かもしれないが、色合いがきみによく似合うと思った。今日の午前中に買ってきたんだ」

「本当に？　どうして？」

ケイドはメグの手を取って立たせた。「今度は本物のプロポーズをしようと思ったからだ。嘘もいつわりもない、正真正銘の婚約指輪をきみに贈りたかった。愛してる、メグ。ぼくの妻になってくれないだろうか」

「でもあなたはわたしと結婚したくないんじゃなかったの」

「そんなふうに思ってるのかい？」ケイドはメグを抱きしめた。

メグはかすかに身震いした。「そうよ。あなたはわたしを愛してなんかないわ。あなたが愛しているのは、亡くなったカリダでしょう」

「やはりきみは、ぼくがエヴェレットに言ったことを本気にしたんだね。昨夜はすまなかった」

「でもあのとき言ったことのすべてが嘘ではないはずよ。あなたがカリダを愛しているのはわかってるわ」メグはケイドの胸もとに視線を据えていた。彼の顔に浮かんでいる表情を見るのが怖かった。

「そう、ぼくはカリダを愛していたし、彼女の死を心から嘆いていた。だがぼくの苦しみは、純粋に彼女を失った悲しみだけでなく、罪悪感から来ていたのも事実だ。少し前からぼくの中には新しい感情が芽生えていた。それを自分で認めたくなくて、あえて目をそらしていたような気がする。でもこれ以上、真実に目をつぶることはできない。ぼくはふたたび恋に落ちた——きみを愛している」

メグは心臓を締めつけられたような気がし、自分の耳を疑った。ケイドをじっと見つめたまま、目をそらすことができなかった。

「カリダへの気持ちときみへの気持ちは別のものだ。自分がこれほど深く誰かを愛するようになるとは、思ってもみなかった。昨夜、きみを失いそうになり、ぼくはようやく自分の気持ちに気づいた。きみがいなかったら、ぼくの人生はどれほどむなしいものになるだろう。今朝きみが出ていったことを知ったとき……ぼくを支えていたのは、きみを取り戻してみせるという強い思いだけだった。頼むからイエスと言ってほしい。それ以外の答えは聞きたくない」

メグは大粒の涙をこぼし、ケイドの胸に顔を押しつけて泣きじゃくった。

ケイドはメグを強く抱きしめて髪をなでた。「泣かないでくれ。いったいどうしたんだ？

きみがつらそうにしているところは見たくない。ぼくを愛してないから泣いているのかい」

メグは顔をあげて洟《はな》をすすった。「そうじゃない。わたしもあなたを愛してるわ。どうして愛してないなんて思うの？」

ケイドは親指でメグの濡れた頬をぬぐった。「だったらなぜ泣いてるんだ」

「あまりにも……幸せすぎて」メグはケイドが困惑顔をしていることに気づいた。「本当にわたしを愛してる？」

「ああ」

「本心からわたしとの結婚を望んでるの？　わたしをきずものにしたから責任を取るんじゃなくて」

「そうだ。でも正直に言うと、いますぐにでもまたきみを抱きたいと思っている」

「紳士としてなすべきことをするためじゃないのね？」

ケイドは優しい笑みを浮かべた。「ああ。もちろんきみとの結婚が〝なすべきこと〟であるのは間違いないだろうが、ぼくはけっして義務感からプロポーズしているわけじゃない。ぼくたちの相性は最高だ。きみ以外に、ぼくのこの短気な性格に音をあげない女性がいるとは思えない」

メグはケイドの頬に片手を当てた。「短気な性格も含めて愛してるわ。ええ、答えはイエスよ」

ケイドは笑いながらメグの薬指に指輪をはめた。そして彼女にそれをじっくりながめる暇も与えず、抱きしめて唇を重ねた。メグは天にも昇る心地だった。

ケイドにキスを返しながら、まわりの世界が溶けていくような気がした。ケイドの温かい胸に抱かれ、もう彼のことしか考えられない。ケイドの肩に両手をかけ、甘く情熱的なキスに酔いしれた。やがて恍惚とするあまり、足もとが揺れているような錯覚を覚えた。

しばらくしてそれが情熱のためだけでなく、地面が本当に揺れているせいであることに気づいた。まもなく馬車が大きな音をたてて近づいてくると、数人の男性がこちらに向かって下品な野次を飛ばした。メグは顔を赤くした。

「キスだけで満足するんじゃないぞ！」

「ズボンの中のものを彼女に見せてやれ！」

男たちの冷やかしの声を残し、馬車は走り去った。

「やれやれ」ケイドは言った。「彼らの言うことにも一理ある。屋敷に戻って言われたとおりにしようか」

メグはますます頬を赤らめ、声をあげて笑った。「ええ、そうね。わたしもあの人たちに賛成だわ」

25

四週間後、メグは家族用の居間で、磨きこまれたサテンノキのテーブルの上に広げた生地の見本をめくっていた。その中からふたつを選び、ケイドのほうを向いた。「どっちがいいと思う？　クリーム色、それとも黄緑色《ウィローグリーン》？」

アームチェアに座っていたケイドは、本から顔を上げて眼鏡越しに見本を見た。「なにに使うんだい？」

「食卓の飾りに使うリボンよ。花とけんかしないで、食器を引きたてるものにしたいの」

「ふたつともきれいだ。きみはどう思うのかい？」

メグは眉根を寄せた。「クリーム色かしら」

「じゃあクリーム色にしよう」

「でもウィローグリーンも素敵ね。迷ってしまうわ」メグは見本をテーブルに置くと、羽根ペンを手に取り、羽根の部分であごをとんとん叩いた。「披露宴ではなにを出したらいい？　薄く切ったオレンジを浮かべたシャンパンと、生のサクランボを入れたリキュールのどっちがいいかしら」

「サクランボはきみの好物だし、ちょうど旬の果物だ。リキュールにしたらいい」

「ええ、でもあなたも招待客のかたたちもオレンジが好きだから、サクランボじゃないほうがいいような気もするし」

ケイドは読みかけのページに印をつけて本を脇に置き、眼鏡をはずしてその上に置いた。

「メグ、こっちにおいで」

メグは怪訝な顔をした。「なにかしら?」

ケイドは口もとがゆるみそうになるのをこらえた。「いいからおいで」

メグは羽根ペンを置いて立ちあがった。

メグが近づくと、ケイドはその手を取り、怪我をしていないほうのひざに座らせた。思わず笑い声をあげるメグを抱きしめ、唇を重ねた。

唇を離したころには、メグは息を切らしていた。「どういうつもりなの?」青い瞳をうっとりしたようにうるませて訊いた。

「少しのあいだだけ、結婚式の準備のことを忘れたほうがいいと思ったんだ。きみはすっかり気が張りつめている。もっと肩の力を抜き、準備を楽しんだほうがいい」

「楽しんでるわ」メグは言った。「まあ、そうじゃないときもあるけれど。わたしはただ、すべてを完璧にしたいだけなの」

「完璧である必要はないさ。きみのしたいようにすればいいんだ。一カ月前に教区司祭の前で誓いの言葉を口にしていれば、いまごろは新婚旅行先のベッドで抱きあっていただろう。でもきみは国教会での結婚式を望んだ。二週間後の土曜日に聖ジョージ礼拝堂で式を挙げることは決まっているし、招待状も発送した。きみの指についたインクがその証だ」ケイドはメグの手を取った。手のひらにキスをし、ぎゅっと握りしめた。

「結婚式は一生に一度のことだもの。マロリーやエズメ、それにあなたのお母様をがっかりさせたくないわ。エズメはフラワーガールになって花をまくのを、とても楽しみにしているの。わたしと顔を合わせるたびにそのことを口にするのよ。マロリーも花嫁の付添人になるのが楽しみだと言ってくれてるわ。それにお母様だって、花婿と花嫁両方の母親になることを、涙を流して喜んでいらっしゃるの」

メグはいったん言葉を切った。「わたしの母親代わりになると言ってくださったとき、本当に嬉しかった。あなたのお母様は素晴らしいかただわ。短い期間なのに、これだけの準備を手伝ってくれたんですもの」

「六週間はきみにとっては短いかもしれないが、ぼくにとっては長すぎる。なにしろ結婚式が終わるまで、きみから寝室を訪ねないように言われたんだからな」

メグはケイドの胸をなでた。「わたしだって寂しいのよ。でもまだ身ごもってないんだったら、そうするほうがいいと思ったの。初めての子どもが生まれたとき、世間から計算が合わないと後ろ指をさされるのはいやでしょう」

「婚姻登録簿に署名がすんだら、きみはすぐにでも身ごもるかもしれないから覚悟しておいてくれ。ぼくは朝も昼も夜もきみのそばを離れないつもりだ。でも子どもができるのがあまりに早すぎても困るな。しばらくはきみを独り占めしたい」

メグは肌が火照るのを感じ、笑みを浮かべた。「わたしもあなたと夫婦になれると思うと嬉しいわ。特に冬はあなたと一緒のベッドで寝たい。だってあなたは毛布よりも温かいんだもの」

ケイドは不満そうな声をもらし、ひざの上でメグの体をはずませた。「口に気をつけないと、約束を破るかもしれないぞ」

「からかわないでちょうだい」

ケイドとメグは長いあいだ見つめあっていた。ふたりの瞳には情熱の炎が燃えている。やがてメグはため息をつき、ケイドのひざの上で少し体を後ろにずらした。ケイドもそれを止めようとしなかった。

「結婚式の話だが」ケイドは咳払いをした。

「ええ」

「これからはもっと気楽に構えて、あれこれ細かいことを心配するのはやめるんだ」

「でも——」

「まわりにどう言われるかということは考えず、きみが一番いいと思ったことをすればいい。きみがそうしたいなら、食卓の飾りにくすんだ茶色のリボンを使っても、披露宴にレバーソーセージのプディングを出してもいいんだ」

メグは顔をしかめた。「くすんだ茶色のリボンやレバーソーセージのプディングなんか、誰も喜ばないわ」

「人のことは気にしなくていい。大切なのは、その日がきみにとって特別な日であるということだ。ぼくはきみの望むとおりにしてもらいたい。正しいも悪いもない。きみがいいと思うことだけをすればいい。花嫁はきみなんだ。きみの好きなようにしてほしい」

「でもあなたにとっても特別な日なのよ。わたしはあなたにも幸せを感じてほしいの」

「ぼくは幸せだ。いままで生きてきて、これほど幸せを感じたことはない。結婚したら、ますます素晴らしい人生になるだろう。まだわからないのかい？　きみと一緒なら、ぼくにとって毎日が特別な日なんだ」

メグの唇に至福の笑みが浮かんだ。「ああ、ケイド。わたしは世界一幸せな女だわ。あなたを心から愛してる」

「ぼくもだ。さあ、もっとこっちにおいで。お互いに約束を守れるかどうか試してみよう」

メグは吹きだした。そしてケイドに抱きついて唇を重ねた。ケイドは甘くとろけるようなキスを返した。体が欲望で燃えあがり、メグへの愛おしさが胸にあふれている。ふたりの愛を邪魔するものはもうなにもない。

そのとき手を二度叩く音が聞こえた。

「ふたりともそこまでよ！　結婚したらいくらでも時間はあるんだから、それまで待ったらどうなの」公爵未亡人が部屋の奥に進みながら言った。「早くマーガレットを放しなさい」

メグがひざから下りようとすると、ケイドがそれを止めた。「母さんの言うことに逆らいたくはないが、今回ばかりは無理だな」

「まあ、どうしてなの」

「メグはぼくのものだ。ぼくは二度と彼女を離さないと決めている」

訳者あとがき

「トラップ・シリーズ」「ミストレス・シリーズ」に続く新シリーズの第一弾をお届けいたします。

ヒロインのメグ・アンバリーは両親を亡くし、唯一の身寄りである大伯母のもとに向かう途中で猛吹雪に巻きこまれ、ケイド・バイロンの屋敷に助けを求めます。公爵家の次男であるケイドは、イギリス軍の偵察将校としてイベリア半島で活動しているときにフランス軍に捕らえられ、肉体的にも精神的にも、想像を絶する過酷な体験をしました。帰国してからは愛情あふれる家族にも固く心を閉ざし、人里離れた北の領地に引きこもって酒だけを頼りに暮らしています。そんなところにいきなりやってきたメグは、当然ながら、ケイドにとって迷惑な存在でしかありませんでした。それでも何日か一緒に過ごすうちに、美しく聡明な彼女にだんだん好意を抱くようになります。一方のメグも、頑固で偏屈ながら、ときおり意外なほどの優しさを見せるケイドに惹かれていきます。でも、ケイドの心には別の女性が棲《す》みついていました。ある夜、アヘンチンキで意識がもうろうとしていたケイドが、メグのことをその女性と間違えてベッドで抱きしめたことから、ふたりのあいだには溝が生まれてしまいます。

やがて雪がやみ、いよいよ別れの日という朝、近所に住んでいる噂好きの老人が突然ケイドの屋敷を訪ねてきました。ケイドはメグの評判を守るため、ある決心をします。それはメグを婚約者としてロンドンに連れていき、社交界に出入りさせて、結婚相手にふさわしい男性を探させるというものでした。気に入る相手が見つかったら、自分との〝婚約〟を破棄すればいいと言うケイド。最初は突拍子もない計画だと難色を示していたメグも、そのまま大叔母の住むスコットランドに行ったところで明るい未来が待っているとも思えなかったため、しぶしぶケイドの提案を受けることにします。そうしてふたりはお互いに惹かれる心から目をそむけ、優しく温かなバイロン家の人びとの前で、さらに華やかなロンドン社交界で、〝愛しあった婚約者どうし〟を演じるのでした。

これまでウォレン作品をお読みになったことのあるかたなら、この作家が細やかな心理描写を得意としていることをよくご存じのことでしょう。本作もいままでの作品同様、登場人物の心の揺れが丁寧に描かれています。特にヒーローとヒロインの悲しみが静かに共鳴する場面、その悲しみゆえに気持ちがすれちがって苦しむ場面では、訳者も思わずキーボードを打つ手を止めて原書に読みいってしまいました。かつて愛を誓った女性を目の前で殺され、仇《かたき》への激しい憎しみと自責《じせき》の念を抱えて生きてきたケイド。自分のような男はメグにはふさわしくないと、かたくなに思いこんでいます。一方、ケイドの心にはいまなお別の女性が棲んでおり、愛してもけっして報われないのだと知って絶望するメグ。彼女は彼女で、自分が早く結婚相手を見つけてバイロン家を去ることがケイドのためなのだと思っています。そんなふたりが試練を乗り越えて愛を確かめあうまでの山あり谷ありのストーリーを、心ゆくまでご堪能ください。ケイドの恋人を殺した宿敵が後半でロンドンの社交界に登場し、甘くせつないロマンスに復讐劇のスパイスを添えています。

さて、本作に続くシリーズ第二作目、“*Seduced by His Touch*”は、バイロン家の三男ジャック・バイロンの恋と結婚がテーマになっています。本作のヒーローであるケイドとは対照的に、ジャックは明るくて陽気、その気さくな人柄で周囲を魅了している人物です。そんなジャックがひょんなことから絶体絶命のピンチに陥り、そこから抜けだすために、ある女性に近づくところから物語は始まります。その次の第三作目、“*At the Duke's Pleasure*”は、バイロン家の長男でエドワードことクライボーン公爵と、親どうしが決めた結婚相手であるヒロインが繰り広げる物語です。どちらも本作に負けず劣らず読みごたえのある作品に仕上がっていますので、どうぞ楽しみにお待ちください。

本作の訳出にあたっては、二見書房編集部の尾高純子さんにお世話になりました。この場をお借りしてお礼を申しあげます。どうもありがとうございました。

二〇一一年六月

ザ・ミステリ・コレクション

その夢《ゆめ》からさめても

著者 トレイシー・アン・ウォレン

訳者 久野郁子《くのいくこ》

発行所 株式会社 二見書房
東京都千代田区三崎町2-18-11
電話 03(3515)2311［営業］
03(3515)2313［編集］
振替 00170-4-2639

印刷 株式会社 堀内印刷所
製本 合資会社 村上製本所

落丁・乱丁本はお取り替えいたします。
定価は、カバーに表示してあります。

ISBN978-4-576-11091-2
http://www.futami.co.jp/